Fünf Minuten Fies

Gesa Schwarze | Anja Ulbig

Fünf Minuten Fies

Kurzkrimis

Edition Falkenberg

Die Handlung und alle handelnden Personen sind frei erfunden.
Jegliche Ähnlichkeit mit lebenden oder realen Personen wäre rein zufällig.

Titelabbildung: fotolia

1. Auflage 2017

ISBN 978-3-95494-106-3
www.edition-falkenberg.de

www.edition-falkenberg.de

Inhaltsverzeichnis

Es war einmal ein Strychninchen

Komm spiel mit mir
Es tut nicht weh
Nur ein bisschen Zucker essen
Da ist ein Strychninchen
Und da sind zwei Zucker schau
Äußerlich einander gleich
Du musst dir nur merken
Wo was liegt
Zucker nach links
Zucker nach rechts
Das Gift nach rechts
Zucker nach links
Wo ist das Strychninchen?
Augen nach rechts
Das Gift nach links
Zucker nach rechts
Panik nach links
Wo ist das Strychninchen?
Gut gemacht
Du hast aufgepasst
Es nützt dir nichts
Es waren drei Strychninchen

Plötzlich und unerwartet

Markus war wie geschaffen für diesen Beruf, für den man nichts weiter gelernt haben musste, wo eine forsche Ausstrahlung im Grunde alles war, was man brauchte.

»Ganzheitliche Gesundheitsberatung« stand mit schwarzen Buchstaben auf seinem Türschild aus poliertem Messing.

Gesundheitsberater. Ein herrlicher Beruf mit völlig ungeschützter Bezeichnung. Jeder durfte sich so nennen, aber nicht jeder war so schlau, das auch zu tun. Markus hatte schon sehr frühzeitig in Erfahrung gebracht, dass man sich gewisse Berufsbezeichnungen einfach aufs Türschild pinseln durfte, ohne sich erst durch ein Studium quälen zu müssen.

Makler war auch so ein Beruf. Aber Makler war ein bisschen schwieriger. Da musste man in teure oder wenigstens teuer aussehende Anzüge investieren, sich schicke Mietautos ausleihen und sich zumindest ein wenig in die trockene Materie einlesen.

Außerdem – und das war das eigentliche Problem – musste eine größere Anzahl von Personen genügend Vertrauen haben, um ihm ihr Haus oder ihre Wohnung anzubieten.

Um ihre Gesundheit sorgten sich die meisten Menschen weit weniger als um ihre Immobilien.

Erstaunlich, ja, doch vor allen Dingen günstig für Markus.

Schnell hatte er sich im Bremer Westen eine umfangreiche Kundenkartei aufbauen können und die Patienten strömten nur so ins Waller Wied, ein winzigkleines Wohnviertel, das von wenig benutzten Hafenanlagen und einer vierspurigen Hauptverkehrsstraße umklammert wurde. Ein Deich schützte Markus und seine Nachbarn vor dem Straßenlärm – ein Deich, den im Frühling unzählige wellenförmig gepflanzte Osterglocken schmückten und auf dem im Winter unerschrockene Waller Kinder Schlitten fuhren.

Kleine Häuschen, aus denen man ohne schützenden Vorgarten direkt auf den Gehweg plumpste, beherbergten die unterschiedlichsten Menschen und seit einigen Monaten auch Markus.

Markus. Eigentlich hieß er ja gar nicht so. Bisher war er als Marco durchs Leben gegangen. Aber er hatte schnell erkannt, dass Marco kein geeigneter Name für einen Gesundheitsberater war. Marco klang südländisch, klang nach lockerem Vogel, klang einfach nicht seriös.

Marco, Carlos, José – das wollten die Leute in ihrem Urlaub am Mittelmeer haben, aber nicht vor ihrer Haustür.

Der Name Markus war da entschieden besser. Außerdem hatte es im Hörfunkprogramm einmal einen Doktor Markus gegeben. Das war mehr als günstig: Unbewusst assoziierten seine Patienten einen »Doktor« mit seinem Namen.

Spätestens beim zweiten Treffen mit seinen Patienten ging Markus zum Du über, sofern Alter und Status seiner Kundschaft es irgend erlaubten. Die meisten jüngeren Patienten und ausnahmslos alle Frauen liebten es, wenn er die Stimme vertraulich senkte und fragte: »Und, wie geht es dir jetzt?«

Viele begannen dann nervös zu stottern, mischten »Du«, »Sie«, »Herr Doktor« bunt durcheinander, bis er endlich mit den blauen Augen zwinkerte und bat: »Nenn mich doch einfach Markus, ja?«

Die wenigen, bei denen sich diese Masche nicht empfahl, mussten ihn eben »Herr Baumgart« nennen. Oder »Doktor Baumgart«. Wer wollte sich dagegen wehren?

Seine Tätigkeit selbst war bestechend simpel. Er gab das Geburtsdatum und -jahr des Patienten in den Computer ein, kombinierte das Ganze mit irgendwelchen obskuren Mondphasen und nannte schließlich in überzeugtem Tonfall den Namen eines beliebigen Minerals.

Mineralienmangel als Wurzel allen Übels.

Kalium, Magnesium, Zink – völlig egal.

Er besaß eine Schublade voller orangefarben getönter Kunststoffröhrchen mit hübschen Etiketten, gefüllt mit den preiswerten Schätzen der Homöopathie.

Preiswert für Markus, der sowohl die Röhrchen als auch deren Inhalt en gros per Internet bezog, sie durch seine Ausstrahlung mal eben schnell segnete und sie sich dann von seinen Patienten in Gold aufwiegen ließ.

Blutproben untersuchte Markus grundsätzlich nicht. Dann hätte er nämlich eine Arzthelferin beschäftigen müssen, was ihm aus verschiedenen Gründen nicht ratsam erschien. Von den Kosten ganz zu schweigen.

Ab und zu verlangte er eine Urinprobe, die dann in die Restmülltonne wanderte, ohne je entkorkt zu werden.

Im Großen und Ganzen verließ sich Markus auf das gelegentliche Ausreißen und Analysieren eines Haares und vor allem auf seinen Scharfblick.

Er durchschaute sie. Er durchschaute sie alle.

Zum Beispiel Martina. Sie war der Typ, dem man am besten Frauenmantel oder Mariendistel verordnete. Martina hatte in sechs Jahren drei Kinder geboren und der Eisenmangel stand ihr ins Gesicht geschrieben. Man musste wahrlich nicht studiert haben, um das zu erkennen.

Martina hing an seinen Lippen. Es war nicht nur Eisen, an dem es dieser jungen Frau mangelte.

»Martina …« hatte Markus beschwörend zu ihr gesagt. »Martina, ich darf dich doch so nennen?«

Heftiges Nicken. Rote Flecken im blassen Gesicht.

»Martina, du hast da ganz schön was geleistet. Du hast alles gegeben und jetzt ist es an der Zeit, einmal an dich zu denken. Ich weiß, das gehört eigentlich nicht hierher, aber ich bewundere Frauen, die sich nicht scheuen, ihrer natürlichen Bestimmung zu folgen. Leben schenken. Das hast du getan.«

Martinas Augen begannen zu glänzen. Wie ein ausgedörrter Schwamm nahm sie jedes seiner Worte auf, nicht ahnend, dass es eher flache Bäuche ohne Schwangerschaftsstreifen waren, die er in seiner Freizeit bewunderte, und dass er sich weiß Gott Besseres vorstellen konnte als kreischende Gören vor einer hastig geschlossenen Schlafzimmertür.

»Aber, Martina, da ist noch etwas …«

»Ja?« Sein ernster Tonfall ließ sie aufhorchen.

»Erinnerst du dich noch an die Haaranalyse?«

Natürlich erinnerte sie sich daran. Ganz behutsam, fast zärtlich hatte Markus ihr ein Haar ausgerissen und es auf einen Objektträger geklemmt.

»Nun«, begann Markus und räusperte sich. »Dein Magnesiumhaushalt ist ziemlich durcheinander. Du weißt, dass man das nicht auf die leichte Schulter nehmen darf?«

»Ja … äh … nein … das heißt …« Kuhaugen tauchten tief in seinen verständnisvollen Blick. »Ist das schlimm … Markus?«

Der Gesundheitsberater lächelte mit blendenden Zähnen.

»Nichts ist so schlimm, als dass wir es nicht in den Griff kriegen würden. Hör zu, Martina, du musst viele Mangos und Papayas essen in der nächsten Zeit.«

Martina nickte. Mangos essen. Papayas essen. Ja, das würde sie tun.

»Dann ist es vielleicht auch besser«, murmelte sie, »wenn ich in Zukunft mehr Milch und weniger Kaffee trinke?«

Ihr Blick schien förmlich um gute Noten zu betteln.

Markus nickte. »Da machst du nichts falsch.«

Martina strahlte. »Wissen Sie … äh … weißt du, manchmal ist es einfach leichter, sich eine Tasse Kaffee einzuschenken als sich einen

Apfel zu schälen. Und dringender nötig. Besonders, wenn man nachts fünfmal aufstehen und die Kinder beruhigen muss. Das kann man sich wohl vorstellen …«

»Ich glaube«, erwiderte Markus, »das kann sich keiner wirklich vorstellen, der das nicht selbst durchgemacht hat.«

Er stand auf und schüttelte seiner Patientin die Hand.

Genug für heute. Die Nächste bitte.

Häufig war Markus auch bereit, noch mehr für seine Patientinnen zu tun. Vorausgesetzt, sie gefielen ihm und waren nicht allzu anhänglich. Allerdings hasste er es, wenn Frauen selbst die Initiative ergriffen. So hatte einmal eine junge und ausgesprochen hübsche Dame auf seine harmlose Frage »Kann ich sonst noch etwas für dich tun?« gelächelt, ihr knapp sitzendes Sonnentop abgestreift und es wie einen Fehdehandschuh auf seinen Schreibtisch geworfen.

Diese Patientin hatte er energisch in ihre Schranken verweisen müssen. Er war nun einmal der Ansicht, dass Frauen weder zum Mond fliegen noch in der Liebe den Ton angeben sollten.

An einem warmen Julivormittag, als Markus sozusagen schon mit einem Bein im Freibad war, klopfte es plötzlich an die Tür seines Sprechzimmers.

Der junge Mann runzelte die Stirn. Niemand hatte sich für diese Uhrzeit angemeldet. Schneite hier auf einmal jeder herein, wie es ihm gerade passte?

»Herein!«, rief er in einem Ton, der deutlich machte, dass seine Zeit knapp bemessen war.

Eine junge Frau trat ein, eine dunkelhaarige Schönheit mit der geschmeidigen Anmut einer Gazelle.

Nicht übel, dachte Markus, wirklich nicht übel.

In ihrem Fahrwasser ein unscheinbarer Mann.

»Meine Dame …« Markus zog ihr einen Besucherstuhl heran, wobei er ihren Begleiter völlig ignorierte.

»Bitte?«, fragte er. »Was kann ich für Sie tun?«

»Sie können mir eine Reihe von Fragen beantworten.«

Markus zog seine blonden Augenbrauen zusammen. Nun war es soweit. Das Gewerbeaufsichtsamt.

Markus duckte sich ein wenig.

»Hauptkommissarin Maiwald, Kripo Bremen«, stellte sich die junge Frau vor. »Und dieser Herr hier ist Kommissar Gerber.«

Kripo? Seit wann beschäftigte sich die Kripo mit Fällen wie ihm? Oder worum ging es hier?

Gelassen schlug Hauptkommissarin Maiwald die wohlgeformten Beine übereinander und nahm sich die Zeit, Markus Baumgart eingehend zu taxieren. Er trug ein schneeweißes T-Shirt zu einer schneeweißen Jeans, was seiner Sonnenbräune ungemein schmeichelte. An den sockenlosen Füßen registrierte ihr Blick weiße Birkenstocksandalen, echte selbstverständlich, nicht die nachgemachten aus dem Supermarkt. Sogar in Zahnweiß schien Markus Baumgart zu investieren.

Zu schön der Mann, um wahr zu sein, dachte Hauptkommissarin Maiwald und sah ihm kritisch in die Augen. Auch die Augen viel zu blau, womöglich trug der eitle Kerl auch noch getönte Haftschalen. Zuzutrauen war es ihm durchaus.

»Polizei? In meiner Praxis?«

»Polizei. In Ihrer Praxis«, bestätigte sie.

»Herr Gisbert Grundberg ist ermordet worden. Digitalis.«

Grundberg? Der Mann von Martina? Der Vater der drei kleinen Orgelpfeifen?

Natürlich kannte er Martinas Mann. Jeder in Walle kannte ihn. Gisbert Grundberg war Laienprediger einer kleinen Religionsgemeinschaft. Hauptberuflich. Scheinbar konnte man von so etwas leben.

Markus war nie dahintergekommen, worum es sich bei dieser Sekte im Einzelnen handelte. Die Zeugen Jehovas waren es nicht, irgendwas anderes, weniger Bekanntes. Gisbert Grundberg hatte immer nur von »unserer Gemeinschaft« gesprochen und sich dabei bemüht, seinen Gesichtszügen einen verklärten Ausdruck zu geben. Und nun sollte er tot sein?

Markus Baumgart traute seinen Ohren nicht.

»Was habe ich damit zu tun?«, fragte er kühl.

»Die Digitalistabletten befanden sich in diesem Röhrchen«, sagte Hauptkommissarin Maiwald. Trotz der prekären Situation bemerkte Markus, wie hübsch die Hand war, die ihm eines seiner orangefarbenen Röhrchen entgegenstreckte. Es war die feingliedrige Hand einer Amazone. Braungebrannt mit langen Fingern. Am Ringfinger ein goldener Schlangenring. Der Kopf der Schlange ein funkelnder Rubin.

»Ich habe nie Digitalis verordnet«, sagte Markus. »Das hätte ich doch gar nicht gedurft. Und Herr Grundberg war zu keinem Zeitpunkt mein Patient.«

»Trotzdem befand sich das Gift in diesem Röhrchen«, beharrte Hauptkommissarin Maiwald. »Es stammt doch aus Ihrer Praxis?«

Markus Baumgart nickte.

»Gibt es irgendeine Verbindung zwischen Herrn Grundberg und Ihnen?« Die schöne Gazelle war unerbittlich.

»Nun ja …« Markus seufzte. »Seine Frau ist meine Patientin. Nichts Ernstes. Eisen- und Magnesiummangel.«

Er lebte sichtlich auf, fühlte wieder festen Boden unter den Füßen. »Sie glauben gar nicht, wie wichtig ein ausgeglichener Mineralienhaushalt ist.«

»Wichtig wofür?«, raunzte unvermutet Kommissar Gerber. »Für Ihre monatliche Bilanz? Für die Bezahlung Ihrer Miete?«

Markus blickte in das Gesicht des unscheinbaren Polizisten, in dessen Jugend eine Zahnkorrektur leider versäumt worden war, und senkte irritiert die Lider. Das war einer von denen, die niemals sein Patient werden würden. An denen man sich besser nicht die Finger verbrannte.

Tatsächlich täuschte Kommissar Gerbers harmloses Äußeres. In Verhören schnappte er plötzlich zu wie ein überzüchteter Terrier. Hauptkommissarin Maiwald wusste diese Eigenschaft sehr zu schätzen. Schon so mancher Verdächtige hatte auf diese Weise völlig den Faden verloren.

Markus Baumgart begann, nervös mit dem Kugelschreiber auf seinen aufgeschlagenen Terminkalender zu klopfen. Seine Zeit war kostbar – kapierten die beiden das nicht?

Auch wenn ihm die langen braunen Beine der Polizistin gut gefielen, ihr Tonfall behagte ihm ganz und gar nicht.

Markus rechnete mit unverschämten Fragen, war aber dennoch nicht vorbereitet auf das, was nun kam.

»Sie haben ein Verhältnis mit Martina Grundberg. Richtig?«, fragte Hauptkommissarin Maiwald in gleichmütigem Ton.

Markus wurde unter seiner Solarienbräune blass.

»Wer sagt das? Martina?«

»Ach, Sie duzen Frau Grundberg?«

»Ich duze die meisten meiner Patienten. Das gehört sozusagen zu meiner Therapie.«

»Ach ja?« Die Mundwinkel der schönen Gazelle kräuselten sich. »Und was gehört sonst noch so alles zu Ihrer Therapie?«

»Ich verbitte mir Ihre Unterstellungen! Ich habe zu Frau Grundberg keinerlei Beziehung, die über das Verhältnis von Gesundheitsberater und Patientin hinausgeht.«

»Wieso nennen Sie sie jetzt auf einmal Frau Grundberg?«

»Weil Sie mir die Worte im Mund herumdrehen!«

Markus schnaubte vor Wut. Das Waller Wied war ein Klatschnest, zugegeben, ein gut aussehender Junggeselle hatte hier einen schweren Stand – aber durften blutjunge Polizistinnen einem jedes dumme Gerücht wie eine Tatsache um die Ohren knallen?

Hauptkommissarin Maiwald nickte gedankenvoll und packte gelassen ihre Umhängetasche. Sie hatte genug gehört. Gerber folgte ihr wie ein Schatten.

Eine knappe Stunde später schlug Hauptkommissarin Maiwald wieder ihre langen braunen Beine übereinander. Diesmal auf dem abgewetzten fleckigen Sofa der Familie Grundberg. Auf dem Couchtisch stand eines dieser altmodischen Tonbandgeräte, die nur noch von Polizisten und Lehrern benutzt werden.

Martina Grundberg zupfte an ihrem geblümten Baumwollrock, um ihre käsigen Beine darunter zu verbergen. Vergeblich. Immer wieder lugte das helle Fleisch hervor.

Die Polizistin sah aus dem Fenster. Hier war es wesentlich hübscher als bei Markus Baumgart. Viel Grün, gepflegte Vorgärten, breite Wege mit spielenden Kindern. Straßennamen wie »Backbord«, »Steuerbord« und »An der Reling« erinnerten an die Nähe des Hafens. Dies hier war eins der Sahnestücke Walles und nur der Fischmehlgeruch, der ab und zu vom Hafen herüberwehte, konnte die Idylle trüben. Die schmucken Spielstraßen führten direkt in den Park. Ein Paradies für die drei Grundbergkinder und ganz gewiss nicht billig.

Hauptkommissarin Maiwald blickte auf ihre Notizen und machte sich an die Arbeit.

»Frau Grundberg, Ihr Mann hat mit oder ohne Absicht Digitalis geschluckt. Sie haben angegeben, dass Ihre Schwiegermutter Digitalistabletten nimmt und diese sich ständig in ihrer Handtasche befinden. Wie aber kommen sie in Herrn Baumgarts Tablettenröhrchen? Haben Sie da keinen Vorschlag?«

Martina Grundberg sah zu Boden und schüttelte den Kopf.

»Wo hat das Röhrchen gelegen, als Sie es zum letzten Mal gesehen haben?«

»Es hat auf meinem Nachttisch gelegen. Immer.«

Hauptkommissarin Maiwald nickte. Dort hatte es auch die Spurensicherung gefunden. Auf Martinas Nachttisch, nicht auf dem ihres Mannes.

»Wer außer Ihrer Schwiegermutter hatte Zugang zu dem Gift?«

»Ach, jeder, wirklich jeder …«

»Jeder?« Die Polizistin zog die gezupften Augenbrauen hoch.

»Ja, wirklich, das stimmt!« Martinas Wangen röteten sich. »Sie hängt ständig bei uns rum und lässt überall ihre Handtasche liegen.«

»Sie lieben Ihre Schwiegermutter nicht besonders?«

Martina Grundberg schnaubte nur verächtlich.

»Bekommen Sie manchmal Besuch von Herrn Baumgart, Frau Grundberg?«

»Ich? Besuch von … nein, nie, er war noch nie bei uns im Haus.« Ihre Wangen waren nun flammend rot.

»Aber Sie besuchen ihn regelmäßig, ist das richtig?«

»Besuchen? Ich bin bei ihm in Behandlung, Besuch ist wohl nicht das richtige Wort.«

»Mama! Wie lange dauert der Scheiß noch?«

Drei kleine Kinder, die sich bisher nur die Nasen an der Wohnzimmertür plattgedrückt hatten, stürmten nun herein.

Ein Sechsjähriger baute sich herausfordernd vor Hauptkommissarin Maiwald auf, ein Vierjähriger kletterte auf den Schoß seiner Mutter, ein rotzbeschmierter Dreikäsehoch begnügte sich damit, an den staubigen Teppichfransen zu nuckeln.

»Willehad! Friedwart! Seht ihr nicht, dass wir etwas zu besprechen haben?« Sie lächelte die Polizistin dabei an, flehte um Verständnis. »Ansgar! Der Teppich ist bäh, hörst du?«

Der kleine Ansgar hörte nicht.

Hauptkommissarin Maiwald seufzte vernehmlich.

Willehad, Friedwart, Ansgar – du liebe Zeit …

Ganz bestimmt war es nicht die eher einfach gestrickte Martina gewesen, die ihnen diese Namen verpasst hatte. Der unfehlbare Gisbert wird es gewesen sein, wenn nicht sogar die liebe Schwiegermutter.

Ob Martina ihren Ältesten manchmal Willi nannte? Wenigstens heimlich?

»Mama, dürfen wir fernsehen?«, fragte Willehad in einem Ton, der keine Frage war. »Und dabei Milchschnitten essen?«

Seine Mutter nickte müde und führte ihren Gast ins Esszimmer.

»Haben Sie noch mehr Fragen?«

Die Polizistin nickte und ließ sich graziös auf einem Stuhl nieder, während Martinas feuchten Hände ein Taschentuch malträtierten.

»Frau Grundberg, wie gut kannten sich Herr Baumgart und Ihr Mann?«

»Ach, nur so vom Sehen, eigentlich gar nicht, wie man sich in Walle eben so kennt …«

»Man kann nicht sagen, dass sie sich in irgendeiner Weise im Wege waren? Beruflich? Privat?«

Martina riss ihre blassblauen Augen auf. »Sie meinen, Markus soll … Markus könnte … niemals! Wenn Sie ihn nur ein bisschen kennen würden, dann würden Sie diese Frage gar nicht stellen! Er ist ein grundanständiger Mensch, ein Mann, wie es mit Sicherheit nur wenige gibt …«

Das Taschentuch wurde zur schweißgetränkten Wurst.

»Mama!«, gellte es aus dem Wohnzimmer. »Wir brauchen noch Milchschnitten! Mama!«

Martina Grundberg zuckte zusammen.

»Gehen Sie nur, ich finde allein hinaus«, sagte Hauptkommissarin Maiwald und packte ihre Sachen.

Gerber saß im Vahrer Polizeirevier und guckte hinaus auf die Hauptstraße. Mit einer langsamen Drehung seines Schreibtischstuhls wandte er sich seiner Vorgesetzten zu.

»Na, die ist ja schwer beeindruckt von unserem Halbgott in Weiß«, bemerkte er grinsend, nachdem er die Aufnahme des Verhörs zum zweiten Mal gehört hatte. »Ich glaube fast, da sehe ich ein Motiv.«

»Ich weiß nicht«, murmelte Hauptkommissarin Maiwald. »Selbst wenn sie auf Markus Baumgart scharf ist, muss sie deshalb gleich ihren Mann vergiften?«

»Vielleicht wollte sie mehr. Vielleicht wollte sie völlig frei sein für den schönen Markus. Ich glaube, diese Quäker lassen sich nicht so leicht scheiden wie unsereins. Oh, Entschuldigung ...«

»Schon gut«, winkte seine Vorgesetzte ab, die seit sechs Monaten wieder allein lebte.

»Und da wäre noch etwas ...« Gerbers Wangen röteten sich vor Eifer. »Die Religion der Grundbergs lehnt Empfängnisverhütung kategorisch ab. Vielleicht hatte Frau Grundberg es satt, alle zwei Jahre ein Kind zu bekommen und sah einfach keine andere Möglichkeit?«

In Hauptkommissarin Maiwalds Kopf spulte sich ein hektischer Film ab. Martinas erschöpfte Gestalt, die tiefen Schatten unter ihren verwirrten Augen, ja, vielleicht passte das alles zusammen.

Das Verhör mit der alten Frau Grundberg hatte Gerber übernommen und er war schnell überzeugt, dass es hier keinerlei Verdachtsmomente gab. Völlig ungeniert hatte sie zugegeben, dass ihre Handtasche mal hier und mal dort herumlag, sodass sich praktisch jeder an dem Gift hätte vergreifen können.

»Eine Frage hätte ich noch, Frau Grundberg«, ließ sich Gerbers Stimme vernehmen. »Halten Sie es für möglich, dass Ihr Sohn die Tabletten in dem Glauben genommen hat, er würde lediglich ein wenig Eisen schlucken?«

»Möglich, ja … Gisbert war recht angespannt in der letzten Zeit. Andererseits hielt er nicht viel von diesen Quacksalbereien. Ich übrigens ebenso wenig.«

»Ist es möglich, Frau Grundberg?«

»Möglich? Nun, möglich ist es schon.«

Gerber raufte sich die schütteren Haare. Es blieb die Frage, wer die harmlosen Mineralien gegen das tödliche Digitalis ausgetauscht hatte.

Er verabschiedete sich von der alten Dame und begab sich zur Polizeiwache. Bei den Grundbergs hatte er sein Auto nicht parken können. Sie hatten eins der Häuser in Walles winziger autofreien Zone ergattert. Es war ein kurzer und recht angenehmer Weg. Da die Polizisten ihre Büros gleich neben dem Einkaufszentrum hatten, gingen viele Leute in die gleiche Richtung. Als er die Waller Heerstraße überquerte, mischte sich der Geruch von Döner mit dem der Abgase. Walle, ein Sommermärchen … Er liebte diesen Stadtteil, obwohl er so häufig in seinen dunkelsten Ecken wühlte.

Im Büro erinnerten ihn bunte Klebezettel daran, dass sie dringend auf das Ergebnis der Spurensicherung warteten. Erst gestern hatte seine Vorgesetzte ihm aufgetragen, dort anzurufen und ein bisschen Dampf zu machen.

»Gerber!«, hatte sie gebrüllt (jawohl, gebrüllt!), »haben wir endlich das Ergebnis der Spurensicherung? Die Fingerabdrücke auf dem Röhrchen?«

»Äh, nein«, hatte er gestottert. »Leider noch nicht …«

»Dann sehen Sie zu, dass Sie da anrufen! Immer wieder, am besten im Viertelstundentakt, kapiert? Solange hat es noch nie gedauert und dies ist schließlich kein kleiner Handtaschendiebstahl!«

Gerber seufzte und machte sich ein wenig planlos an den Papieren zu schaffen, die seinen Schreibtisch bedeckten.

Die Tür flog auf, Hauptkommissarin Maiwald stürmte ins Zimmer. Die Tür flog zu. Rumms.

»Immer noch nichts von der Spurensicherung?«, fragte sie und schlug mit der Faust auf seinen Schreibtisch, dass ihre Armbänder klirrten.

»Verdammt, Gerber! Ich verstehe das nicht!«

»Keine Ahnung«, stöhnte er. »Die haben wohl reichlich zu tun. Genau wie ich. Ich weiß auch kaum noch, wo mir der Kopf steht.«

Hauptkommissarin Maiwalds Blick wanderte über das Chaos auf seinem Schreibtisch und blieb an einem Rätselheft hängen, an dem »Almanach für Ratefüchse«.

»Gerber!!!«

»Nun ja ...«, der junge Polizist wand sich verlegen. »Ich habe mal gehört, das schärft den Verstand.« Er lächelte unsicher und glich mehr denn je einem verängstigten Hasen. Warum konnte man Menschen mit vorstehenden Zähnen eigentlich nicht ernsthaft böse sein?

Hauptkommissarin Maiwald schnappte sich das Heft und hielt es mit drohender Miene über Gerbers Papierkorb, bevor sie es in ihrer Umhängetasche verschwinden ließ. Dabei fiel ihr Blick auf die Unterlagen, die sich unter dem Rätselheft befanden.

Ein wichtig aussehender Brief, an dessen oberem Rand das Wort »Spurensicherung« prangte.

»Gerber!!!«

Der Kommissar wechselte die Farbe. Was würde nun kommen? Dafür gab es keine Entschuldigung, das war ihm klar.

Er hatte Glück. Seine Vorgesetzte war so gefesselt von dem, was sie da las, dass sie ihn scheinbar völlig vergessen hatte.

»Na, das ist doch ... das gibt es doch nicht!«

Tiefe Falten gruben sich in ihre hübsche Stirn.

»Fingerabdrücke«, las sie halblaut, »die weder Markus Baumgart, noch Gisbert, noch Martina Grundberg gehörten. Kleine Fingerabdrücke. Die Fingerabdrücke eines Kleinkindes ...«

Wieder Hauptkommissarin Maiwald auf der Schwelle von Grundbergs Haus. Befremden, als die Polizistin die Kinder sprechen will. Zuerst den kleinen Friedwart. Was konnte das Kind denn schon wissen? Aber wenn sie meinte, bitte schön …

Hauptkommissarin Maiwald ging in die Hocke, versuchte sich auf die Ebene des kleinen Jungen zu begeben.

»Kennst du dieses Röhrchen?«, fragte sie.

Friedwart nickte, wandte sich dann ab.

»Was meinst du, kann man damit gut spielen?«

Er nickte wieder.

»Spielst du manchmal damit?«

Entschiedenes Kopfschütteln. Zu entschieden, um nicht verdächtig zu sein.

»Was könnte man denn damit spielen … ich meine … jemand anders, du natürlich nicht?«

Friedwart sah sich unruhig um, schien zu suchen und nicht zu finden. Hauptkommissarin Maiwald öffnete ihre Umhängetasche und begann, kleine weiße Pfefferminzbonbons in das Röhrchen zu füllen.

»Na, Friedwart, kann man jetzt damit spielen?«

Er konnte nicht länger widerstehen, nahm das Röhrchen und begann zu rasseln.

»Wie war das neulich, Friedwart, hat das Ding da auch so schön gerasselt?«

Ernstes Kopfschütteln. Diesmal echt, bestimmt.

»Du musstest es nachfüllen, richtig?«

»Nein!«

»Du, ich finde das ganz normal und überhaupt nicht schlimm. Ich finde Rasseln, die nicht rasseln, auch total doof.«

Friedwart starrte auf seine Hände. Hatten sie nun etwas Schlimmes getan oder nicht?

»Womit hast du es nachgefüllt? Mit solchen weißen Bonbons oder mit Omas grünen Pillen?«

Friedwart starrte den Fußboden an.

»Die von Oma, habe ich recht?«

Er nickte, schlug die Hände vor sein Gesicht und wiegte sich hin und her.

»Bitte, Friedwart, ich habe nur noch eine Frage, dann lasse ich dich in Ruhe. Wohin hast du die Rassel dann gelegt?«

Der Junge stand auf, schlich zitternd ins Elternschlafzimmer und legte das Röhrchen auf den Nachttisch seiner Mutter. Bevor Hauptkommissarin Maiwald etwas sagen konnte, war er schon aus dem Zimmer gerannt.

»Der kleine Junge?«, fragte Gerber später mit ungläubiger Miene. »Aber wie kam er dazu?«

»Er hat sich nichts dabei gedacht«, antwortete Inspektor Maiwald. »Die Eisentabletten waren verbraucht, seine schöne Rassel rasselte nicht mehr, Omas Herztabletten ständig vor der Nase ... Dem Zwerg kann man nun wirklich keinen Vorwurf machen.«

»Wie käme ich dazu?«, fragte Kommissar Gerber und zog die farblosen Augenbrauen hoch. »Und Gisbert Grundberg hat sie dann für ein harmloses Eisenpräparat gehalten? Ach ja, er soll sich ja so abgespannt gefühlt haben ... Mann, darauf soll nun einer kommen!«

»Naja«, lachte seine Vorgesetzte, »ich habe Sie ja auch gestört, als Sie gerade Ihren Verstand schärfen wollten. Gerber?«

»Ja?«

»Raten Sie mal: zwei arbeitsfreie Tage mit zehn Buchstaben?«

»Äh ... Wochenende?«

»Gut gemacht, Kollege!«

Und der »Almanach für Ratefüchse« landete auf seinem Schoß.

Siebzehn Stunden mit Elke

Christiane drückte die Wohnungstür mit dem Rücken zu, streifte die Schuhe ab und schleppte sich in ihr Wohnzimmer. Die Einladung lag noch auf dem Tisch.

Da sie am Telefon ihren Namen angegeben hatte, würden sie bald kommen. Die Frage nach den Gründen war vorherzusehen. Siebzehn Stunden Elke. Wie sollte sie das erklären? Eine Schulkameradin, die man nach Jahren zum ersten Mal wiedersieht. Höchstens, vielleicht, wenn eine Frau die Sache untersuchen würde.

Wie hat es angefangen? Genauso vorhersehbar die Frage, genauso schwierig. Mit Stunde eins, Umarmung, beidseitigen Küßchen, Kaffee und »Wie schön, nach so langer Zeit!«? Oder schon mit der Einladung. Mit Übernachtung. Warum bloß hatte Christiane sofort zugesagt, ohne nachzufragen, ob weitere Gästinnen zu erwarten seien?

Ganz allein mit Elke in Stunde zwei. Wie geht's dir so? Christianes Antwort wurde nach der ersten Satzhälfte unterbrochen: Guck mal, ich habe neue Balkonblumen. Keine weiteren Fragen. Elke ging in die Küche und erzählte durch die geöffnete Tür lustige Begebenheiten der letzten Zeit sowie Anekdoten, deren handelnde Personen Christiane unbekannt waren. Keine weiteren Gäste. Elke schien auch nicht in Erwartung, sondern machte den Vorschlag mit der Ausstellung. Na gut, hatte Christiane gedacht, Ausstellung bedeutet Bilder gucken in Ruhe. Hatte sie gedacht. Hatte also gesagt, ja, gerne, da war ich noch nicht. Es sollte ihr letzter vollständiger Satz sein. Von Stunde drei bis fünfeinhalb Abstraktes vor Christianes Augen und Elke in ihren Ohren. Weder das eine noch das andere blieb hängen. Ab Stunde sechs deutlichere Erinnerungen an das Essen, begleitet von Sätzen mit Ich.

Anschließend die Bar und Nico und Nele. Mittagsschlafgewohnheiten, Essverhalten, der Kindergarten, die vierte Klasse und am schlimmsten ist, dass sie am liebsten bei ihrem Vater sind. Christiane hatte keine Kinder. Und von Weißwein bekam sie sonst nicht solche Kopfschmerzen. Elke bestellte mehr Wein und erzählte von ihrem Geschiedenen und seiner Neuen. Ganz neu, die Neue, so bald schon. Elke wurde leicht weinerlich und versuchte, über den Tisch Christianes Hand zu fassen. Warum bloß hatte Christiane das nächste Glas getrunken? Während der Reise des Geschiedenen und der Neuen nach Elba, und er zahlt nie pünktlich für die Kinder, registrierte Christiane, dass sie nicht mehr Auto fahren konnte. Sie ertränkte Elkes Selbsthilfegruppe für Geschiedene in zwei weiteren Gläsern. Ein drittes war erforderlich für Elkes Chef und die abgelehnte Gehaltserhöhung.

Der Aufbruch kam für Christiane überraschend. Doch dann fiel ihr auf, dass Elke ein wenig schwankte. Oder war sie es selbst? Besoffen wovon? Im Taxi Elkes Ellenbogen in Christianes Seite, aber du hörst mir ja gar nicht zu! Also noch mal. Christiane erlitt einen leichten Schwächeanfall. Zurück in der Wohnung murmelte sie Bett und steuerte auf das Bad zu. Tiefe Atemzüge am offenen Fenster ernüchterten Christiane ein wenig. Okay, jetzt schlafen, und morgen nach dem Frühstück weg.

Im Flur wartete Elke schon, eine weitere Flasche in der Hand, ein Glas trinkst du doch noch mit? Warum bloß hatte Christiane in diesem Moment widerstandslos nachgegeben? Nach dem ersten Liebeskummerbericht rückte Elke näher an Christiane heran. Noch ein Fiesling und noch ein Glas. Christiane drückte sich in die Sofaecke und zog die Beine als Barriere hoch. Die Rettung kam, als Elke den Kopf auf die Sofalehne sinken ließ und einschlief, bevor sie ihren letzten Satz beendet hatte.

Christiane war über den Punkt hinweg. Wach und angetrunken lag sie auf Elkes Gästeliege, ihre Ohren summten in der ungewohnten Stille und die Geschichten fuhren Karussell. Die Gästeliege war schmal und hatte einen breiten kalten Metallrahmen. Christiane betrachtete die Digitaluhr auf dem Regal, rote Ziffern und ein Mickey-Mouse-Gehäuse. Daneben stand eine dickwandige, leicht schiefe Vase, die Elke offenbar selbst getöpfert hatte. Die Bettwäsche roch beißend nach Weichspüler. So um Stunde vierzehn dämmerte Christiane ein.

In Stunde sechzehn schreckte sie hoch, Elke im Nachthemd stand vor der Gästeliege. Du, äh, ich, Elke hockte sich auf den Fußboden, ich wollte nur noch, und dann brachen bei Elke die Deiche und sie heulte und stammelte Unzusammenhängendes. Sie legte den Kopf auf den Rand der Gästeliege. Das Laken wurde naß. Elke wischte sich Augen und Nase mit einem Zipfel der Bettdecke ab. Christiane rückte zur Seite, schloss die Augen und versuchte, sich am Schlaf festzuklammern. Elkes Wimmern war größtenteils unverständlich, aber das »Ich bin so einsam« kam deutlich heraus. Nach den Worten, du, wir müssen uns unbedingt öfter sehen, du bist die einzige, die ich habe, kam Christiane halbwegs zu sich. Sie nahm Elkes Kopf in beide Hände, hob ihn an und ohne richtig hinzusehen, schlug sie ihn auf den Metallrahmen. Und noch einmal. Ein Keuchen beendete Elkes Redefluss. Da das nicht lange dauern konnte, griff Christiane nach der Vase und schlug Elke ihr eigenes Kreativprodukt auf den Kopf. Stille. Sie sah, wie Elke zu Boden glitt. Vom Bettrahmen tropfte ein bisschen Blut. Elke war immer noch still und Christiane wurde richtig wach.

Tea for two

Nach langen, köstlichen Jahren der Trennung saß Marlene ihm heute noch einmal gegenüber.

Es gab da noch was zu klären, hatte er gemeint.

Eine ganze Weile hatte sie sich gegen diesen Vorschlag gesträubt. Renate, ihre Analytikerin, hatte ihr dringend empfohlen, diese Chance nicht ungenutzt verstreichen zu lassen. Sie müsse sich endlich ihren kontraproduktiven Ängsten stellen und den Stier bei den Hörnern packen.

Und nun saß Marlene auf der vorderen Kante eines schäbigen Küchenstuhls und wischte ihre Handflächen wieder und wieder an ihrem wenig saugfähigen Faltenrock ab. Der Raum, der früher einmal ihre gemeinsame Küche gewesen war, trug heute nur noch seinen persönlichen Stempel. Marlenes bunte Flickendeckchen aus Skandinavien waren verschwunden – wahrscheinlich ganz unten in einer muffigen Schublade, wenn nicht sogar im Mülleimer. Ihre Topfpflanzen hatte sie damals mitgenommen. Es war nicht damit zu rechnen gewesen, dass er ihnen auch nur einen Tropfen Wasser gönnen würde.

Marlene hob die Augen von den Falten ihres Rocks und sah sich verstohlen um. Absonderlicher Krimskrams füllte die staubigen Regale: Vergilbte Zeitungsausschnitte, deren Ränder sich wellten, alte Hustensaftflaschen mit verkrusteten Hälsen, angebrochene Döschen vegetarischer Brotaufstriche, abgebrochene Henkel diverser Tassen und Becher.

»Mischst du eigentlich noch immer deine verrückten Kräutertees?«, fragte Marlene. Das war nur eine seiner Marotten, die sie mit den Jahren kennen- und hassen gelernt hatte. Nur eine. Von unwahrscheinlich vielen.

»Was heißt hier verrückt?«, schnappte er zu. »Sie verrücken überhaupt gar nichts – im Gegenteil, sie rücken so manches gerade in dieser Welt!«

Es gab kein Kraut in seinem überwucherten Garten, das er nicht einmal als Tee probiert hatte. Aus allem und jedem machte dieser Mann einen faden Aufguss. Beinahe auch aus Marlene – gerade noch rechtzeitig hatte sie die Kurve gekriegt.

Vor keiner Pflanze schreckte er zurück. Stinkender Natternkopf, behaarte Bartflechte, drüsige Pestwurz – alles endete in seiner Tasse.

Überhaupt Tassen. Marlene hatte zuletzt nur noch kalte Getränke aus Gläsern getrunken. Wusste sie denn, was schon alles vor ihrem Kaffee in der Tasse gewesen war? Noch ein paar Jahre mit diesem Irren und sie hätte wohl nur noch aus eigenhändig entkorkten Flaschen getrunken.

Wie gesagt, vor keiner Pflanze schreckte er zurück. War es das Verlangen nach vollständiger Lückenlosigkeit oder war es der Hang zu abartigen Mutproben? Er köchelte und schlürfte auch Extrakte aus Giftpflanzen, wobei er sich an einer homöopathischen Dosierung orientierte. Und nach jedem dieser Tränke konnte er es kaum erwarten, dass es in seinem Bauch zu rumoren begann, um dann gewissenhaft über jede noch so geringfügige Darmbewegung Buch zu führen.

»Das hier m u s s t du probieren!«, rief er begeistert und schob Marlene eine Tasse gelblichen Gebräus hin. »Rate mal, was das ist, was da so übersinnlich schmeckt!«

Marlene wich zurück, die Hände zu einer flehenden Geste erhoben.

»Lenchen, also wirklich, traust du mir etwa nicht, nach all den Jahren? Hab keine Angst, schau, ich trinke das Gleiche wie du!«

Marlene ließ sich nicht gern einen Feigling nennen. Und von dem schon gar nicht. Überhaupt, was würde Renate sagen zu diesem Wiederaufflackern des übersteigerten Misstrauens, das sie doch eigentlich längst überwunden haben sollte?

Eine Tasse Tee. Keine große Sache.

Marlene trank einen winzigen Schluck. Angeekelt wand sich ihre Zunge unter Eindrücken wie Spinnweben und uralter Mottenkugeln. Er beugte sich vor, um mit einem hämischen Grinsen zu bemerken, wie voll ihre Tasse doch noch sei. Marlene nahm größere Schlucke in der Hoffnung, auf diese Weise insgesamt weniger schmecken zu müssen. Fette Spinnenleiber und warzenbedeckte Krötenbeine schienen in ihrer Tasse zu schwimmen.

»Feucht ist es in diesem Herbst«, sagte er. »Habt ihr auch so viele Pilze im Garten?«

Marlene wusste es nicht. Der Garten war Sache von Arnulf, ihrem zweiten Mann. Täuschte sie sich oder wurde ihr Herzschlag tatsächlich schneller und ihre Handflächen unnatürlich feucht? Mit einem Klirren, das in ihren Ohren schmerzhaft widerhallte, fiel Marlene der Teelöffel aus der Hand.

»Was ist mit dir, Marlene? Möchtest du dich vielleicht ein bisschen hinlegen? Du hörst es wahrscheinlich nicht gern, aber du siehst gar nicht gut aus.«

»Nichts ist mit mir«, zischte Marlene. »Erzähl mir lieber, was es deiner Ansicht nach zwischen uns noch zu klären gibt.«

»Carola hat mich verlassen.«

»Was habe ich damit zu tun?«

»Viel, sehr viel, Marlene. Mein Therapeut ist der Ansicht, dass ich beziehungsunfähig bin.«

»Das kann ich nur bestätigen.«

»Lass mich bitte ausreden, Marlene. Du hast den Grundstein gelegt für diesen Mangel an … nun ja … du bist die Wurzel allen Übels.«

»So, bin ich das?« Das Muster der Teetasse verschwamm vor ihren Augen. »Und da hast du beschlossen, dich an mir zu rächen?«

»Mich zu rächen? Aber, Marlene, wovon redest du? Wir trinken lediglich eine Tasse Tee miteinander.«

Marlenes Magen krampfte sich zusammen und schrie plötzlich nach Entleerung. Sie stürzte zur Toilette.

»Marlene, soll ich noch nachschenken? Nein? Naja, ist auch wohl nicht nötig …«

Mit spitzen Fingern goss er den Inhalt seiner Tasse in die ausgetrocknete Erde einer seiner Kakteen. Kakteen waren robust, oder nicht? Es würde sie wohl nicht umbringen.

Der Kindergarten

Der Kindergarten Die Eichhörnchen *befindet sich in Borgfeld, in dem ehemaligen Sommerhaus eines Bremen Kaufmanns, der es einem gemeinnützigen Zweck zuführen wollte. Das Gebäude wurde aufwendig renoviert und auf die Bedürfnisse von Kindern zugeschnitten, einer der Väter ist Bauunternehmer. Die Monatsbeiträge für die Kinderbetreuung sind hoch, den Kindern wird viel geboten. Die Gruppenräume und die sanitären Anlagen sind groß, in der Küche wird jeden Tag frisch und ausgewogen gekocht. Jeden Dienstag Vormittag versammeln sich die Fünfjährigen zum Englischunterricht. Donnerstags erteilt eine Mutter Flötenunterricht. Eine Malerin bietet verschiedene Kreativkurse an. Außerdem können die Kinder zwischen Kursen wie Judo, Ballett oder Geigenunterricht wählen. Das Außengelände ist weitläufig und durch Beete und Büsche gegliedert.*

Janni
Timo und ich sind im Zeichenkurs. Nach dem Zeichnen gehen wir immer raus. Torben spielt mit uns Fußball.

Annika
Torben ist unser Zivi. Die Jungs lieben ihn. Aber es gibt auch ein paar Mädchen, die gerne mitspielen. Der Ball fliegt schon mal in die Hecke oder so. Und als Torben ihn gesucht hat, muss es passiert sein. Die meisten Kinder haben ihm wahrscheinlich beim Suchen geholfen.

Torben
Ja, Timo ist mit uns raus zum Fußball. Ich habe nicht gleich gemerkt, dass er nicht mehr da war, erst als Janni nach ihm gefragt hat. Janni ist

sein Freund. Ich habe überall nachgesehen, aber nichts. Dann bin ich zu Emma. Alle haben mitgesucht. Dann hat Emma die Eltern angerufen.

Annika
Timo ist in meiner Gruppe, zusammen mit Janni. Beide spielen so gerne Fußball, ich verstehe nicht, warum Timo weggelaufen sein sollte.

Emma
Es ist einfach schrecklich. Als Leiterin bin ich natürlich verantwortlich, auch wenn ich zu dem Zeitpunkt gar nicht draußen war. Torben ist sehr zuverlässig und außer ihm waren noch zwei Mitarbeiterinnen draußen, in der Sandkiste und bei den Spielgeräten. Zu der Zeit werden schon die ersten Kinder abgeholt, die ganz kleinen zum Beispiel, oder wenn die Familie noch einen Termin hat. Die ersten Eltern waren wohl schon da.

Vater
Wir sind entsetzt. Der Kindergarten ist doch bekannt für Zuverlässigkeit. Beim Umbau haben wir sehr darauf geachtet, alle Gefahrenquellen zu beseitigen. Den Umbau hat mein Freund Alfred geleitet. Wir setzen unser Vertrauen jetzt in die Polizei. Uns bleibt nichts anderes übrig.

Mutter
Ich glaube nicht, dass Timo einfach so weggelaufen ist. Er hat sich im Kindergarten immer sehr wohl gefühlt und hatte viele Freunde.

Ich werde es jetzt sagen: Es hat Drohmails gegeben. Die Absenderadressen waren uns unbekannt. Benno, also mein Mann, und ich haben die E-Mails immer sofort gelöscht. Mit niemandem darüber gesprochen. Nicht ernst genommen. War das falsch?

Benno
Das einzige, was ich mir vorstellen könnte, ist, dass Timo zu Alfred gelaufen ist. Wie ich schon sagte, Alfred ist ein alter Freund von mir. Sein Haus ist nicht weit vom Kindergarten entfernt, ein kleines Stück die Oberneulander Landstraße lang, und Timo ist schon öfter bei ihm gewesen. Ich weiß zwar nicht, was er da wollte, aber wir müssen ja wohl alle Möglichkeiten in Betracht ziehen.

Alfred
Ich bin erst spät nach Hause gekommen, aber nein, soweit ich weiß, war Timo nicht bei uns, nicht an dem Tag. Er kommt schon öfters zu uns, aber natürlich nicht allein. Meine Frau oder ich haben ihn schon gelegentlich abgeholt, wenn seine Eltern uns darum gebeten haben. Janni und Timo haben dann zusammen hier gespielt. Als Bausenator hat Benno wenig Zeit.

Benno
Alfred und ich sind zusammen in den Kindergarten und zur Schule gegangen. Und dann zum Studium nach Hannover. War eine schöne Zeit. Katharina, meine Frau, und Alfreds Frau Claudia verstehen sich auch sehr gut. Und dass Janni und Timo gern miteinander spielen, passt einfach gut. Drohmails? Meine Frau und ich hatten eigentlich abgesprochen, nichts darüber zu sagen. Sehen Sie, in meiner Position passiert so was schon mal. Jemand fühlt sich schlecht behandelt, übergangen, was weiß ich, und dann kommt es zu solchen Reaktionen. Das kann man nicht alles ernst nehmen.

Claudia
Nein, ich habe Timo nicht abgeholt. Sonst hätte ich Janni ja auch gleich mitgenommen. Ich bin erst später gekommen. Hab mich gewundert, dass Timo schon weg war.

Janni
Ich musste mal und als ich wieder rausgegangen bin, war Timo weg. Ich hab Torben gefragt, aber der wusste auch nicht, wo Timo ist. Ja, wir spielen öfters auch nach dem Kindergarten zusammen. Manchmal bei Timo und manchmal bei mir, wenn seine Eltern keine Zeit haben.

Katharina
Natürlich hole ich meinen Sohn selbst ab. Wenn ich kann. Unsere Haushaltshilfe hat keinen Wagen. Und ich möchte auch mit den Betreuerinnen sprechen. Kontakt halten, nicht nur mein Kind abgeben. Claudia kommt auch immer selbst, soweit ich weiß. Ich kann mir nicht vorstellen, wer in einen Kindergarten geht und einfach ein Kind mitnimmt. Wer macht so was? Ich möchte einen öffentlichen Aufruf oder so was machen, im Fernsehen, wissen Sie, was ich meine? Vielleicht hat jemand was gesehen. Ich muss doch irgendwas tun.

Annika
Ja, die beiden Mütter kommen meistens selbst, soweit ich weiß. Manchmal holt auch eine von ihnen beide Kinder ab.

Emma
Jeder, der hier ein Kind abholen will, muss sich bei uns melden. Besonders, wenn es nicht die Eltern sind. Einige Kinder werden von der Haushaltshilfe oder dem Gärtner abgeholt, aber in diesen Fällen müssen die Eltern uns diese Leute erst vorstellen. Ich war wie gesagt nicht draußen, aber ich bin mir sicher, dass Torben oder irgendjemand von uns niemals einem fremden Menschen ein Kind mitgeben würde.

Benno
Was in den Drohmails stand? Ich soll zurücktreten. Zum Lachen. Was

die tun, wenn ich nicht zurücktrete, stand da nicht. Das war einfach nur irgendein Wichtigtuer. Der hat auch nicht geschrieben, warum ich zurücktreten soll. Feinde? Na ja, Neider, würde ich sagen, aber das ist ja nichts Ungewöhnliches in einer öffentlichen Position. Ob Politik oder Unternehmertum. Fragen Sie Alfred, ihm als Bauunternehmer ist Missgunst und Misstrauen anderer auch nicht fremd.

Das Baugeschäft Alfred Wörtmann ist in zwei Geschäftsbereiche gegliedert, Wörtmann Bau und Wörtmann Homes. Das Geschäftsfeld von Wörtmann Bau sind Instandhaltungen öffentlicher Gebäude, Wörtmann Homes erstellt, größtenteils in neu erschlossenen Randgebieten, bezugsfertige Eigenheime für junge Familien mit kleinem Budget.

Das Haus der Familie ist zweistöckig. Im Keller wurden auf Claudias Wunsch ein Fitnessraum, eine Sauna sowie zwei Zimmer mit Bad für Gäste eingerichtet. Um den weitläufigen Garten, insbesondere den für Oberneuland typischen alten Baumbestand, kümmert sich der Gartenbaubetrieb eines Geschäftsfreundes.

Annika
Ja, manchmal kommt auch die Tante von Janni zum Abholen, daran habe ich jetzt gar nicht gedacht. Die Schwester von Herrn Wörtmann, Marlene. Sie macht hier den Unterricht im Zeichnen. Im Moment ist es gerade Comic-Zeichnen, vorher war es Collagenkleben. Sie wohnt irgendwo in der Neustadt. Ich denke mir, sie fährt dann mit den beiden in die Oberneulander Landstraße. Mir tut die Familie so leid! Wir achten hier so auf die Sicherheit der Kinder, und dann passiert so was.

Marlene
Der Malunterricht macht mir sehr viel Spaß. Ich bin Malerin. Ja, ich

hole Janni gelegentlich ab und ich habe auch schon manchmal Timo mitgenommen, wenn die beiden noch zusammen spielen wollten. Natürlich fahre ich dann mit den Kindern in die Oberneulander Landstraße, bis zu mir ist es viel zu weit und ich habe auch überhaupt keinen Platz für Kinder. Der größte Teil meiner Wohnung ist Atelier. Die Wandgestaltung im Eingang des Finanzamtes, schon mal gesehen? Ja, das ist von mir. Zweiter Preis beim Wettbewerb Kunst am öffentlichen Bau 2003.

Claudia
Ich nehme oft beide Kinder mit. Katharina hat ja nie Zeit. Andere Sachen sind ihr wohl wichtiger.

Ja, was weiß ich. Zur Zeit trainiert sie für den nächsten Bremen-Marathon. Unter anderem. Immer sehr aktiv, die Gute.

Marlene? Na ja, Benno hat ihr schon gelegentlich mit dem einen oder anderen Auftrag geholfen. Welcher Künstler kann schon von Privataufträgen leben? Und sie ist die Schwester seines ältesten Freundes, das versteht man doch. Alfred und er greifen ihr auch sonst mal unter die Arme. Künstler haben ja manchmal mehr Probleme, als man sich vorstellen kann, nicht wahr. Auch gesundheitlich …

Annika
Herr Wörtmann hat dem Kindergarten schon ein paar Mal größere Spenden gemacht. Viele Eltern spenden, Spielmaterial zum Beispiel. Herr Wörtmann hat sich auch um unsere neue Küche gekümmert. Ich war in dem Team, das die Küche geplant hat. Es war so nett, mit ihm zusammenzuarbeiten. So unkompliziert. Einmal hat er uns nach der Arbeit eingeladen, zum Essen. Supernett war das. Und er hat mich nach Hause gebracht, weil es schon dunkel war und von hier so spät nur selten ein Bus fährt.

Emma
Frau Wörtmann, ich meine die Schwester, war eigentlich schon weggefahren, zum Farbe-Kaufen. Ja, sie macht hauptsächlich Kunst an öffentlichen Gebäuden, Agentur für Arbeit, Krankenhaus Links der Weser, ich weiß gar nicht, wo noch alles. Bisschen viel vielleicht …

Ja, aber es ist doch sehr nett von Herrn Wörtmann, dass er Annika nach Hause gebracht hat, er war ja schon dunkel. Wir sind ihm sehr dankbar für seinen Einsatz hier bei uns. Ja ich weiß, es gibt Gerüchte, aber von mir hören Sie nichts.

Katharina
Ich sags Ihnen ganz deutlich, Annika ist genau der Typ, den Alfred gerne nach Hause bringt. Klein und blond. Da kann er nicht widerstehen. Jede muss er anbaggern. Und er sieht ja nicht schlecht aus, da geht schon was. Und wenn er sie dann ein-, zweimal im Bett hatte, reichts ihm. Dann bricht er den Kontakt ab.

Ja, klar, Benno hat ein bisschen nachgeholfen mit Marlenes Aufträgen. Anders geht's doch gar nicht mit solchen Sachen. Künstler müssen doch gefördert werden. Ich sehe da kein Problem. Die Presse hat in letzter Zeit angefangen, negativ zu berichten. Kennt man ja. Da hat sich dann gleich die Opposition draufgestürzt. Sonst haben die ja nichts. Daraufhin hat Benno die Kunstaufträge ein bisschen zurückgefahren, damit das Gerede aufhört. Lächerlich eigentlich.

Aber das ist ja im Moment wirklich nicht das Problem, oder? Finden Sie jetzt endlich meinen Sohn und hören Sie auf, in unserer Familie herumzustochern!

Die Behörde des Senators für Umwelt, Bau, Verkehr und Europa ist ein typisches Bürogebäude, am Rand des ältesten Teils der Stadt. Der Besucher, der zum ersten Mal im Eingang steht, bleibt allerdings verwundert stehen.

Bediensteter

Na, wie finden Sie's? Über Geschmack kann man ja nicht streiten. Hat die Bekannte vom Senator gemacht, die Schwester von 'nem alten Freund. Die hat hier in der Stadt alles mögliche dekoriert. Jaja, Beziehungen ... Hat auch schon die Presse drüber berichtet. Das scheint gewirkt zu haben. Neuerdings kriegt sie keinen Auftrag mehr. Der Senator ist vorsichtig geworden.

Hinter, das heißt nördlich von Oberneuland und Borgfeld, fließt die Wümme in gemütlichen Schleifen durch flache Wiesen, bevor sie sich mit der Hamme vereinigt und bald danach in die Lesum mündet. Die Wiesen eignen sich gut für lange Spaziergänge.

Das Kind liegt auf dem Rücken, die Arme leicht zur Seite gestreckt. Der Gesichtsausdruck ist entspannt, die Augen geschlossen, der Kopf leicht zur Seite geneigt. Ameisen krabbeln über die Hände und die Hose des Kindes. Fliegen sitzen in den Augenwinkeln und kriechen in die Nase. Über dem Kopf summt eine beträchtliche Anzahl weiterer Fliegen ...

Alfred

Es ist ja wohl selbstverständlich, dass Sie Benno und Katharina jetzt nicht mit Fragen belästigen! Katharina ist völlig am Ende. Ich kümmere mich um sie, Benno ist zu einem Treffen mit seinem Pressesprecher gefahren.

Die äußerliche Untersuchung ergibt keine Anzeichen von Gewalteinwirkung. Timo ist vollständig bekleidet und unverletzt. Das einzig bemerkenswerte Detail sind Flecken von Ölfarben an den Fingern der rechten Hand.

Marlene
Natürlich benutze ich Ölfarben. Was soll das mit Timo zu tun haben? Im Kindergarten benutzen wir ausschließlich Wasserfarben!

In Timos Magen werden außer Hackfleisch und Käse die Reste von Barbiturattabletten gefunden.

Katharina
Schlafmittel? Haben wir nicht! Ich würde so was nie schlucken, ich treibe Sport!

Claudia
Schlafmittel? Bei uns nicht! Ich möchte meine Familie ausgewogen und naturbelassen ernähren! Zur Beruhigung gibt's bei uns Melissentee. Bei gesundheitlichen Problemen gehen wir zum Homöopathen.

Marlene
Ich bin erwachsen, ich kann schlucken, was ich will. Und ich wüsste gern, was Sie in meiner Wohnung finden wollen.

Die Tabletten in Timos Magen sind vom gleichen Typ wie bei Marlene.

Marlene
Ich sagte schon, ich kann schlucken, was ich will. Es hilft mir zum Runterkommen. Was soll das denn? – Ja, Benno hat mir Aufträge vermittelt. Meinetwegen auch verschafft. In letzter Zeit aber nicht mehr, ich weiß nicht warum. Meine Werke sind immer gut angekommen in der Öffentlichkeit. Und trotzdem wollte Benno nicht mehr. Ich glaube, er ist unter Druck gesetzt worden. Bevorzugung von Freunden oder wie die das nennen im Rechnungshof. – Timo ist tot? Ich – versteh – nicht …

Alfred
Was soll das alles? Können Sie uns nicht mal in Ruhe lassen und den Mörder suchen? Stattdessen belästigen Sie uns mit immer mehr Fragen.

Die Hackfleisch- und Käsereste aus Timos Magen werden als Bestandteile eines Cheeseburgers erkannt.

Emma
Cheeseburger? Kommt bei uns nicht auf den Tisch! Unser Kindergarten hat es sich zur Aufgabe gemacht, die Kinder frühzeitig an ausgewogene, gesunde Ernährung heranzuführen. Alles vom Bauern aus der Gegend! Was glauben Sie, was die Eltern sonst sagen würden! Die Kinder werden doch auch wegen der Vollwertmahlzeiten hier angemeldet!

Marlene
Ich habe mit Timos Tod nichts zu tun!

Ja gut, ich habe ihn vom Kindergarten mitgenommen, zu mir nach Hause. Ich habe ihm erzählt, dass seine Mutter plötzlich krank geworden ist und er erstmal bei mir bleiben muss. Er hat meine Farben gesehen und ich hab ihn malen lassen. Sonst ist nichts passiert. Glauben Sie mir doch! In meiner Gegenwart hat Timo die Pillen nicht geschluckt. Wirklich nicht!

Selbst wenn, ich hätte es doch gemerkt, ich wäre natürlich sofort mit ihm zum Arzt gegangen. Ich wollte doch nicht, dass er stirbt!

Ja, ich wollte Timo eine Weile bei mir behalten. Ich wollte Benno ein bisschen erschrecken, damit er wieder auf mich aufmerksam wird. Ich wollte ihn zwingen, zu mir zu kommen und er sollte mir zusagen, dass er mir wieder Aufträge beschafft. Ich bin pleite! Ich weiß nicht, wo ich die Miete für den nächsten Monat hernehmen soll! Es kauft ja keiner mehr was. Ein Auftrag von Benno hätte mir geholfen. Mehr wollte ich doch nicht! Und schon gar nicht, dass Timo was passiert! Bitte, Sie müssen mir das glauben! Ich habe Timo keinen Cheeseburger gegeben.

An Timos Kleidung werden die Fasern einer schwarzen Fleecedecke gefunden.

Marlene
Sehen Sie, ich wars nicht. Ich habe keine solche Decke.

Benno
Nein, wir haben keine Decke dieser Art. Hausdurchsuchung? Wenn Sie darauf bestehen … Glauben Sie etwa, wir hätten unseren Sohn umgebracht?

Katharina
Was wollen Sie denn bei uns? Ich glaube, Sie verschwenden Ihre Zeit.

Janni
Die Autodecke ist doch schwarz. Wie die in Papas Auto.

Alfred
Ja, ich war bei Marlene. Sie hatte Timo mitgenommen. Alles war normal soweit. Eine Entführung, um Aufträge zu kriegen? Ich fasse es nicht. Marlene muss krank sein. Die Decke? Ich habe Marlene meinen Wagen geliehen an dem Tag. Sie musste unbedingt noch mal weg und ihr Auto war irgendwie kaputt, sagte sie. Ich bin dann mit dem Taxi ins Geschäft.

Marlene
Alfred lügt. Ja, er war bei mir. Planmäßig. War doch alles seine Idee. Ich sollte Timo mitnehmen zu mir. Hab ich ja schon gesagt. Dann fiel

mir ein, dass ich noch dringend Farben kaufen musste für den Kindergarten. Also habe ich meinen Bruder gebeten, kurz dazubleiben, bis ich zurückkomme. Als ich dann wiedergekommen bin, war Alfred weg. Mit Timo. Mehr weiß ich nicht.

Es war Alfreds Idee. Wir wollten Benno ein bisschen Angst einjagen, habe ich ja schon gesagt. Alfred wollte bei der Gelegenheit einen Vaterschaftstest machen lassen. Er hatte mal was mit Katharina. Auf jeden Fall muss Alfred an Timos Tod schuld sein.

Die an Timos Kleidung gefundenen Fasern stimmen mit denen der Autodecke überein.

Alfred
Also ja. Ich wollte wissen, ob Timo mein Sohn ist. Und als Marlene die Farben kaufen war, hat Timo wohl diese Pillen geschluckt. Ich wusste nicht, dass meine Schwester so was nimmt. Keine Ahnung hatte ich. Dann hat Timo gesagt, dass er nach Hause will und Hunger hat. Um ihn abzulenken, bin ich mit ihm zu McDonald's. Das gibt's ja sonst nicht oft. Deswegen war er auch richtig begeistert. Auf der Fahrt zurück ist er im Auto plötzlich zusammengesunken. Ich war in Panik! Mir fiel nichts anderes ein, als ihn da abzulegen. Ich wollte das alles nicht! Bitte glauben Sie mir. Drohmails habe ich Benno nie geschickt. Er ist doch mein Freund. Ich wollte doch nur feststellen lassen, ob Timo mein Sohn ist, ohne dass Benno oder Katharina was merken. Da kam mir Marlenes Idee gerade recht.

Fritzchens Finale

»Immer musst du das letzte Wort haben!«
Ein ständig wiederkehrender Refrain aus dem Munde meiner Mutter. Dabei ist sie es, die meine Hemden aussucht, den Belag meiner Pausenbrote festlegt und beim Kauf meiner Socken darauf achtet, dass sie kein einengendes Bündchen haben. Und das seit mehr als vierzig Jahren. Und genauso lange schon ignoriert sie die Tatsachen, dass ich keinen Rosenkohl mag und Briefmarkensammeln gar nicht mein Hobby ist.

Ich hasse es, wenn sie mich Fritzchen nennt. An meinen Taufnamen Friedrich werde ich mich zwar auch nie gewöhnen, aber bei Fritzchen denkt man doch unwillkürlich an kurze Hosen und einen Lutscher im Mund.

Ich hasse es. Ich hasse es wie die Pest.

Wir streiten uns im Grunde nur selten. Warum soll ich mich wegen irgendwelcher Kleinigkeiten aufreiben, wenn ich doch ohnehin schon weiß, wer gewinnt?

Ein paar Dinge allerdings sind mir wichtig. Das Bügeln beispielsweise.

Neuerdings. Eva ist daran schuld, meine Schreibtischnachbarin Eva mit den frech aufgeworfenen Lippen und der unverschämt guten Figur.

Ich arbeite bei der Meldestelle in der Pelzerstraße. Bürger-Servicecenter heißt es jetzt, für mich ist und bleibt es aber die Meldestelle.

Nicht gerade ein Traumberuf, das ist mir schon klar. Aber wenn übermüdete Schichtarbeiter oder rußbeschmierte Schornsteinfeger meinen Weg kreuzen, dann weiß ich, dass man es wahrlich auch schlechter treffen kann.

Eva also. Eva ist schuld.

»Dein Hemdkragen hat ein Eselsohr«, hat sie mir neulich zwischen zwei Wohnungsummeldungen an den Kopf geworfen. »Hat Mutti da beim Bügeln nicht richtig aufgepasst?« Ich habe vor Wut gekocht und inständig gewünscht, dass sie an ihrem Kaugummi ersticken möge. Woher weiß diese aufgetakelte Ziege, dass es Mutter ist, die meine Hemden bügelt?

Ich habe Eva nur einen vernichtenden Blick zugeworfen, einmal kurz geschnaubt und in derselben Minute beschlossen, meine Hemden von nun an selbst zu bügeln. Und zwar auf einem soliden Bügelbrett eines namhaften Herstellers – nicht auf dem Küchentisch wie Mutter. Bei uns in der Neustadt gibt es noch ein nicht übertrieben modernes Haushaltswarengeschäft, wo normale Kundenwünsche verstanden und umgesetzt werden.

Als ich das sperrige Bügelbrett in unsere Wohnung im Hochparterre bugsierte, war Mutter eine Weile sprachlos. Bis sie dann zischte, es sei gut gemeint, aber auf so einem Ding würde sie nicht plätten.

Plätten – so heißt das bei ihr.

Sie bügelt wie gesagt immer auf unserem alten Küchentisch, auf den sie zu diesem Zweck erst eine graue Wolldecke und dann ein zerschlissenes Bettlaken legt. Die Hitze des Plätteisens, wie sie es nennt, überprüft sie mit angefeuchtetem Zeigefinger, sodass es jedes Mal ein kurzes Zischen gibt, bevor sie den Finger ruckartig wegzieht. Die fertig gebügelten Hemden hängt sie auf Plastikbügeln an die Türklinke. Wenn ich dann in die Küche komme und ahnungslos die Klinke herunterdrücke, liegen die sorgfältig gebügelten Hemden auf dem Boden und ich kann mich auf etwas gefasst machen.

Nun, das würde jetzt ein Ende haben. Ich drängelte mich an Mutter vorbei und stellte das Bügelbrett in mein Zimmer. Als ich ihr eröffnete, dass ich meine Hemden von nun an selbst bügeln würde, kam sie ganz schön in Fahrt.

Ob sie etwa nicht gut genug plätten würde? Ob ich überhaupt wüsste, wie man ein Plätteisen richtig hält? Und ob das erst der Anfang wäre von Gott weiß was für Neuerungen unter ihrem Dach.

Ja, ich weiß, es ist ihre Wohnung hier im Hochparterre in der altehrwürdigen Isarstraße. Im Flüsseviertel, das mehr und mehr Leute schick finden, sodass die Immobilienpreise aufs Angenehmste steigen.

Ich bin hier geboren und aufgewachsen. Dankbar muss ich sein, könnte es besser gar nicht haben. Seit mehr als vierzig Jahren.

Als ich am darauffolgenden Abend zum ersten Mal vor einem Haufen frisch gewaschener Hemden stand und bügeln wollte, befand sich das Bügeleisen nicht an seinem angestammten Platz im Besenschrank.

Ich stürmte ins Wohnzimmer und stellte meine Mutter zur Rede. Doch sie presste nur wie eine Auster die Lippen zusammen und hielt eine Zeitschrift vor ihr Gesicht. Nun gut. Ich ging stehenden Fußes in das Geschäft, in dem ich auch das Bügelbrett gekauft hatte, und erstand ein modernes Dampfbügeleisen.

Zu Hause angekommen schloss ich mich in meinem Zimmer ein und bügelte ein Hemd nach dem anderen. Es ging besser, als ich gedacht hatte. Viel besser. Das moderne Gerät glitt leise zischelnd über den Stoff und hinterließ eine makellos glatte Fläche. Besondere Sorgfalt verwandte ich auf die Kragen der Hemden. Eva würde in Zukunft gezwungen sein, die Klappe zu halten.

Ich legte eine CD von Mozart auf und die Arbeit ging mir noch besser von der Hand. Die wummernden Schläge gegen meine Zimmertür hoben meine Stimmung noch mehr.

Am nächsten Morgen ging ich pfeifend zur Arbeit. Mutter hatte sich in der Toilette eingeschlossen. Ich nahm die Straßenbahn, stieg aber schon an der Wilhelm-Kaisen-Brücke aus. Ich liebe es, auf dem Weg zur Meldestelle die Weser zu Fuß zu überqueren. Praktisch die Welten zu wechseln. Nicht mehr links der Weser zu sein, sondern im Herzen meiner Stadt. Über den Marktplatz zu schreiten, Bremens gute Stube.

Friedrich, freier Bürger einer traditionsreichen Hansestadt.

Eva würdigte meinen makellosen Hemdkragen keines Blickes. Sie stempelte wie besessen irgendwelche Akten und brummte nur kurz, als ich ihr einen guten Morgen wünschte. Ein Arbeitstag wie jeder andere. Mit dem einzigen Unterschied, dass ich mich auf den Abend freute. Heute würde ich Ravel auflegen und zu dieser Musik meine Leibwäsche bügeln.

Bei meiner Rückkehr am Abend rechnete ich nicht wirklich damit, das Bügelbrett an seinem Platz neben meinem Bücherregal vorzufinden. Aber als ich es dann im Abstellraum zwischen dem Karton mit dem Altpapier und ihrem Beutel mit den Putzlumpen entdeckte, sah ich rot. Gleich daneben stand mein Bügeleisen, das Kabel eine Kette von Knicken und Knoten.

Meine Hand schloss sich um seinen wohlgeformten Griff, meine Beine stolperten zu Mutter, das Bügeleisen schlug immer wieder auf ihren Kopf.

Wieder. Wieder. Und immer wieder. Eigentlich nur, um ihr hämisches Grinsen abzustellen. Nur um zu vermeiden, dass sie das Wort »plätten« in den Mund nahm. Um zu vermeiden, dass sie mich Fritzchen nannte.

Ich sah in ihre weit aufgerissenen Augen und begriff, dass sie geöffnet bleiben würden. Sich gar nicht mehr schließen konnten. Ich erinnerte mich gelesen zu haben, dass das Gehör bei Sterbenden noch eine Weile funktionierte. Dass man also gut bedenken sollte, was man über den Kopf vermeintlich Toter hinweg sagt. Mutter. Meine Mutter. Was gab es jetzt noch zu sagen?

Dass es mir leid tat? Eine glatte Lüge. Dass sie mir trotz allem eine gute Mutter gewesen ist? Meine Hände ballten sich zu Fäusten.

Aber da war noch etwas. Etwas war da noch. Die Worte formten sich in meinem Kopf und kamen zögernd über meine Lippen.

»Es heißt bügeln, Mutter«, flüsterte ich. »Bügeln heißt es, nicht plätten.«

Die Sitzung

Ich bin überpünktlich. Ich bin an der Reihe und setze mich auf den Platz für die Sitzungsleitung. Lege die Tagesordnung vor mich hin. Noch ein bisschen Zeit zum Pausemachen. Ich schließe die Augen.

Sie sind alle anwesend. Links Kollege Wortner, immer auf demselben Platz. Herr Selbmann ihm gegenüber. Kollegin Dreier mit dem dünnen Hals setzt sich heute neben mich. Ausgerechnet. Kollegin Wiese auf meiner anderen Seite nimmt lautlos Platz, legt ihre Hände auf die Tischplatte und bewegt sich von da an nicht mehr. Der Chef kommt und wirft einen eisblauen Blick in die Runde, hinter ihm drängeln sich die Verspäteten auf die Stühle.

Ich beginne mit der Tagesordnung. Jede Wette, gleich meldet sich Kollege Wortner. Und da ist er auch schon mit seinen Ergänzungen zur Tagesordnung. Kollege Meier guckt auf die Uhr. Versucht wohl abzuschätzen, wie viel länger die Sitzung mit diesen Zusätzen dauern wird.

Punkt eins wird diskutiert. Kollege Wortner erläutert seine Meinung, Kollege Selbmann widerspricht. Er kann nicht anders. Nie. Er legt ausführlich seinen Standpunkt dar. Kollegin Dreier mischt sich engagiert ein. Sie beendet jeden ihrer Sätze mit einem hektischen Kichern. Hat wohl Angst, dass man ihr sonst böse ist. Kollegin Wernecke holt Papiere und einen Stift aus der Tasche. Sehr wahrscheinlich wieder das aus der Tageszeitung säuberlich ausgeschnittene Kreuzworträtsel.

Abstimmung zu Punkt zwei. Ich bin zu blöd, die Stimmen korrekt zu zählen, der Chef wirft mir einen eisblauen Blick zu und Kollege Böning, der heutige Protokollant, beeilt sich, dem Chef zuzulächeln. Er hat bereits die richtige Zahl notiert.

Diskussion von Punkt drei. Kollegin Dreier weist auf Missstände hin. Kichert. Selbmann widerspricht. Frau Dreier lässt sich nicht abbringen. Wenn sie sich aufregt, läuft ihr dürrer Hals rot an. Wenn der Schlagabtausch noch länger dauert, wird die Röte bis in ihre mageren Wangen steigen. Sie kichert jetzt vorsichtshalber auch mitten im Satz.

Die Rednerliste wird länger. Ich streiche die Namen durch, wenn jemand an der Reihe ist und schreibe Sekunden später denselben Namen unten drunter. Selbmann und Wortner. Ein paar Mal den Chef. Böning auch, wenn er die Gelegenheit zum Wichtigtun gekommen sieht. Frau Wernecke kommt mit dem Rätsel gut voran. Dem Kollegen Lünemann fallen die Augen zu. Kollegin Wiese rührt sich keinen Millimeter.

Die Diskussion wird intensiver. Selbmann und Wortner unterbrechen sich gegenseitig. Der Chef lässt es laufen. Die Richtung ist wohl in seinem Sinn. Der Hals von Kollegin Dreier erinnert mich an irgendeinen Vogel. Truthahn? Gans? Die Fraktion der anderweitig Beschäftigten und Schlafmützen glotzt an die Wände.

Das Tempo steigt. Selbmann dröhnt Bandwurmsätze, Wortner hält dagegen. Er setzt jetzt auf Ironie, muss aber auch an Lautstärke zulegen. Böning vesucht zu beruhigen, auch weil er mit dem Protokollieren nicht nachkommt. Die Rednerliste interessiert keinen mehr. Frau Wernecke ist mit dem Rätsel fertig und schreibt an einem Einkaufszettel. Herrn Lünemanns Kopf sackt ihm auf die linke Schulter. Die Dreier kann nur noch halbe Sätze einwerfen, kichert aber umso mehr. Ihre Gesichtsfarbe kommt nahe an Magenta heran. Warum hält sie nicht einfach die Klappe? Lünemann schnarcht kurz und wacht erschrocken auf, nickt wieder weg. Kollege Schmidt tippt unter dem Tisch auf seinem Telefon herum. SMS an seine Frau? Vielleicht macht er auch den Skatabend klar.

Es ist noch nichts beschlossen worden. Die Tagesordnung enthält dank Wortners Ergänzungen noch weitere sieben Punkte.

Alte Feindschaften werden aufgewärmt, Grabenkämpfe ausgefochten. Nur der eifrige Böning hat noch nichts verstanden und schreibt so schnell er kann. Der Chef macht sich Notizen. Er wird hinterher entscheiden. Sachzwänge.

Frau Dreier beugt sich zu mir. Sie will auf die Rednerliste. Wenn ich noch ein einziges Mal dieses Kichern höre! Von ihrem Mundgeruch wusste ich noch nichts. Aber mittlerweile riecht der ganze Raum wahrscheinlich wie ein überheizter Marderkäfig, weil ich vergessen habe, ein Fenster aufzumachen. Jetzt schaffe ich es nicht, aufzustehen.

Und Marder werden gar nicht in Käfigen gehalten, nur wir.

Die Dreier ist jetzt dran. Ein halber Satz, da setzt Selbmann schon an. Wortner meldet sich. Die bis zum Haaransatz lilafarbene Dreier kichert in den höchsten Tönen.

Ich lasse den Stift auf die Tagesordnung fallen, lehne mich zu Frau Dreier und lege beide Hände um ihren dürren Hals. Er fühlt sich genauso an, wie er aussieht. Trocken und faltig. Ich kann meine Hände mühelos schließen. Ich drücke zu. Das Kichern hört auf. Kollegin Dreier fuchtelt mit den dürren Ärmchen, dann sackt sie auf die Tischplatte. Ich schaue in fassungslose Gesichter. Nur Lünemann schläft weiter. Frau Wernickes Mund ist weit offen. Mir wird klar, dass ich keine Wahl habe, als es zu Ende zu bringen. Ich greife in meine Tasche, die neben meinem Stuhl auf dem Boden steht und hole die Beretta heraus. Ich muss es tun, bevor die was tun. Ich hebe die Waffe und richte sie auf die anderen. Wen zuerst?

Es zupft an meinem Ärmel. Die Stimme und Spucketröpfchen von Kollegin Wiese in meinem Ohr. »Aufwachen, wir wollen anfangen!«

Neben der Spur

»Sie haben ihn geschubst!«

»Hab ich nicht!«

»Haben Sie doch! Ich habe es gesehen!«

Naja, jedenfalls liegt mein Mann leblos vor den Vorderrädern eines Taxis mitten auf der Knochenhauerstraße. Dies zumindest ist eine Tatsache.

Hatte ich ihn wirklich geschubst? Das müsste ich doch wohl wissen, ich meine, das kriegt man doch wohl mit. Aber ich erinnere mich an gar nichts. Ich habe keine Ahnung, warum Enno und ich überhaupt unterwegs waren. Keine Ahnung, woher wir kamen oder wohin wir wollten. Keine Ahnung von nichts.

Der Schock, möchte man meinen. Ich habe einen Schock und kann mich deshalb an nichts erinnern. Es ist sicher gut, wenn die Menschen, die um mich herum drängeln und schubsen, von einer solchen Erklärung ausgehen. Ich aber weiß, dass dem nicht so ist. Ich stehe nicht unter Schock, bestimmt nicht. Ich glaube, ein Schock fühlt sich anders an. Mein Kopf ist klar und ich sehe alles überdeutlich. Die Sanitäter, die Enno auf eine Trage bugsieren und sich dabei nicht mehr beeilen. Das Gesicht des Taxifahrers, weiß wie eine Wand. Ennos rechter Arm, abgespreizt in einem unnatürlichen Winkel. Das Blut, das ihm aus Mund und Nase rinnt. Seine weit geöffneten Augen, die eine barmherzige Hand irgendwann schließen wird. Wie bei Derrick, diesem Kommissar, wo alles immer so schön seine Ordnung hat.

Ich habe vergessen, was wir hier wollten. So wie ich alles Mögliche vergesse in der letzten Zeit. So wie die Kleider im Schrank, die so schreiend hässlich sind, dass ich sie einfach nicht ausgesucht haben kann. Warum sonst aber sollten sie in meinem Schrank hängen, ordentlich aufgereiht neben den Kleidern, an deren Kauf ich mich noch deutlich erinnere? Aufgehängt auf meine Art, ganz bestimmt von meinen Händen. Neben den vertrauten Kleidern, an die ich mich heute noch erinnere. Morgen vielleicht nicht mehr.

Alles Mögliche vergesse ich in der letzten Zeit. Da war doch dieser entzückende Weihnachtswichtel, den ich in der Katharinenpassage gekauft hatte und den ich in die Kommode zu den anderen Adventssachen stellen wollte. Ich hatte die Türen der Kommode geöffnet, mich hingekniet und da stand er schon im Schrank. Genau an der Stelle, an die ich den gerade gekauften Wichtel hatte stellen wollen. Grinste mich an und war gar nicht mehr entzückend. Verzog seinen hölzernen Mund und wollte mich verhöhnen. Wann hatte ich den gekauft? War es auch in der Katharinenpassage gewesen?

Fragen kann ich dort nicht, da mache ich mich doch unmöglich.

»Entschuldigung, habe ich hier schon einmal das Gleiche gekauft?«

Nein, so etwas fragt man nicht. Dann heißt es, die ist wohl nicht ganz dicht, und übermorgen weiß es die ganze Stadt. Habe ich den ersten Wichtel in diesem oder im letzten Jahr gekauft? Ich weiß es nicht. Früher oder später. Keine Ahnung, was weiß ich.

Und nun liegt Enno hier auf der Trage. Wohin waren wir eigentlich unterwegs?

Mein Kopf tut weh. Ich will nach Hause. Ich will in meiner Küche sitzen und Schonkaffee trinken. Und dann soll Enno hereinkommen, als wäre nichts geschehen.

Nicht, dass ich noch an ihm hängen würde nach all den Jahren, das nicht. Aber das, was gerade passiert ist, darf nicht sein. Das bringt mich in Teufels Küche und da will ich nicht hin.

Enno hat seine ordentliche Cordhose an, schade um das gute Stück. So feingemacht … wo wollten wir nur hin?

»Frau Ziesmer, wenn Sie bitte mit uns kommen wollen …« Einer der beiden Polizisten berührt meinen Arm. Ich zucke zusammen. Warum fasst der mich einfach so an?

Ich gehe voran zum Polizeiauto, brauche keine Hilfe und auch keinen Babysitter. Ich muss eine kleine Weile warten, bis der andere Polizist mich eingeholt hat und mir den Wagenschlag öffnet.

Wo wollen die mit mir hin? Und wo ist Enno auf einmal geblieben? Wir wollten doch Schuhe für ihn kaufen. Deshalb sind wir in die Stadt gefahren. Bei uns in Borgfeld gibt es auch einen Schuhladen, aber in der Stadt hat man doch mehr Auswahl. Und kann dann auch gleich einen Happen essen. Jetzt fällt es mir wieder ein. Wir wollten Schuhe für ihn kaufen. Für die Feier. Was es zu feiern gibt, weiß ich nicht mehr. Mal Enno fragen. Der weiß es bestimmt.

Elvira

Elvira, 56, achtfache Großmutter und Putzfrau, stand vor dem Bett und wusste, was los war. Frau Rose atmete schwer. Immerhin war sie 101, nicht schlecht eigentlich. Die meisten Menschen wurden nicht so alt. Nachdem Elvira diesen Gedanken zuende gedacht hatte, wurden ihr aber doch die Knie weich. Sie musste sich auf den Fußboden setzen. Dort sitzend griff sie zum Telefon auf Frau Roses Nachttisch. Sie wählte nicht den Notruf, sondern ihren Fred. Es wäre zu klären, warum sie das tat, ob aus alter Gewohnheit, aus Verwirrtheit oder weil es so abgemacht war.

Fred war sofort hellwach und brüllte, sie solle sich nicht bewegen, er sei sofort da. Da war er dann auch und Elvira staunte über seine Schnelligkeit nach all den Jahren im Fernsehsessel. Fred, im gleichen Alter wie seine Frau, Frührentner und ehemaliger Fliesenleger, sah in Frau Roses friedliches Gesicht und sagte, er würde sich um alles kümmern. Elvira ging einstweilen in Frau Roses Küche. Ein Kaffee wär jetzt nicht schlecht. Neben der Kaffeedose lag der 20 Euro-Schein, Elviras Putzlohn. Sie steckte ihn ein, obwohl sie heute nicht putzen würde. Im Schrank hinter dem Zucker bewahrte Frau Rose das Haushaltsgeld auf. Manchmal hatte Elvira nach dem Saubermachen kleine Einkäufe erledigt. Elvira steckte das Geld ein und als der Kaffee durchgelaufen war, goss sie zwei Tassen voll und ging ins Schlafzimmer zurück.

Fred war fleißig. Er hatte sich Frau Roses Bluse um die Hand gewickelt und durchsuchte systematisch die Schubladen und den Kleiderschrank.

Zur Kaffeepause setzten sich Fred und Elvira auf Frau Roses Bettvorleger. Danach trug Elvira die Tassen in die Küche zurück, spülte sie ab und suchte eine Plastiktüte für Fred, der Frau Rose inzwischen die

Bettdecke über das Gesicht gezogen hatte. Als der Schmuck aus dem Nachttisch und das Portemonnaie aus Frau Roses Handtasche in der Plastiktüte untergebracht waren, wollte Elvira nach Hause. Fred sagte: »Wir können sie nicht so da liegenlassen.« Elvira verstand, was er meinte, und brachte zwei Müllsäcke aus dem Besenschrank. Als Fred ihr Gesicht sah, sagte er: »Ich mach das schon.«, zog die Bettdecke weg und zog einen der Säcke über Frau Roses Beine und ihr Nachthemd. Der Sack reichte Frau Rose bis zur Taille. Fred hob den Oberkörper der alten Dame an, lehnte ihn gegen seinen Fernsehsesselbauch und zog den zweiten Müllsack über Frau Roses Kopf und Oberkörper. Dann legte er sie vorsichtig wieder auf das Bett und sagte: »Bis Donnerstag müssen wir uns was einfallen lassen.« Elvira ging montags und donnerstags zu Frau Rose.

Am Donnerstag musste Elvira erstmal lüften. Fred suchte die Geheimnummer für Frau Roses Scheckkarte und fand eine mögliche Nummer auf der Rückseite einer Weihnachtspostkarte auf Frau Roses Schreibtisch. Während Fred mit weiteren Müllsäcken und Klebeband zu Frau Rose ging, ließ Elvira im Wohnzimmer den Staubsauger laufen und putzte das Küchenfenster.

Am Montag hatte Fred mit Frau Roses Hilfe das Auto abbezahlt, Elvira schrubbte den Flur und das Treppenhaus und Fred nahm sich das Wohnzimmer vor. Am Donnerstag hatte Fred das Guthaben von Frau Roses Sparbuch auf sein und Elviras Konto umgeleitet, aber als Elvira in die Wohnung kam, musste sie sich übergeben. Fred hatte mit dem Klebeband gepfuscht oder einer der Säcke war undicht gewesen. Fred sagte: »Wir müssen öfter kommen.« »Das merken die Nachbarn«, meinte Elvira. »Ich werd mal mit Werner reden«, sagte Fred. Elvira nickte erleichtert, sie hatte schon immer viel auf ihren Ältesten gegeben. Außerdem tischlerte der gern in seiner Freizeit.

In der folgenden Zeit musste Elvira viel reden. Sie stellte Mann und Sohn den Nachbarn vor und erzählte fünf Mal von dem Schrank, den

Frau Rose bei Werner bestellt hatte. Als Ausgleich kauft sie Werners Kindern neue Fahrräder. Die Männer stopften Frau Roses Bettdecke in den fertigen Schrank, und betteten Frau Rose anschließend um, indem sie das Bettlaken an den Ecken fassten. Die Müllsäcke zu entfernen trauten sie sich nicht.

Danach hatten die Männer erstmal Ruhe. Frau Roses Rente wurde gerecht geteilt und Werners Frau war begeistert, wenn auch ahnungslos. Nur Elvira musste weiterhin jeden Montag und jeden Donnerstag zu Frau Rose und saubermachen. Sie schrubbte und saugte, wienerte und polierte, nur in Frau Roses Schlafzimmer ging sie nie. Sie mochte noch nicht einmal die Tür ganz schließen, die Werner einen Spalt breit offengelassen hatte.

Der Frühling kam und die ersten warmen Tage. Über Ostern flogen Fred und Elvira mit Werners Familie nach Teneriffa. Elvira lag auf dem Rücken in der Sonne und stellte sich Frau Rose in ihrer Kiste vor. Abends lag sie auf dem Rücken im Bett und stellte sich Frau Rose in den Müllsäcken vor. Aber Elvira war stark und wenn sie sich das Geld von Frau Roses Sparbuch in Geldsäcken vor ihrem Bett vorstellte, konnte sie gut schlafen.

Als sie zurückkam und das erste Mal wieder zu Frau Rose ging, musste sie die Tür sofort wieder schließen. Werner hatte nicht viel Zeit für den Schrank gehabt und die Bretter nicht fugenlos aneinander gefügt. Die Wohnung wimmelte von Fliegen und Elvira konnte gerade noch auf die Straße laufen und in den Papierkorb an der Bushaltestelle kotzen, bevor sie eine Telefonzelle suchen ging, um Fred anzurufen.

Fred sagte: »Ich werd mal mit Dieter reden.« Elvira war erleichtert, denn ihr Zweitältester war Betonbauer und zuverlässig. Sie ging sofort Fahrräder für Dieters Kinder kaufen, bevor sie dann wieder viel reden musste und fünf Mal erklärte, dass Frau Rose ein neues Badezimmer bestellt hatte. Ja, der Geruch, der käme aus den Abflüssen, deswegen ja.

Fred besorgte den Zement und den Mischkübel, Werner ging Dieter zur Hand, der seine künstlerische Ader entdeckte und sich ein paar schmückende Ornamente ausdachte. Elvira hatte in einer Kirche schon einmal etwas Ähnliches gesehen.

Bei den Aufräumarbeiten fiel Frau Roses Nachttisch um und man sah das zweite Sparbuch, dass auf der Rückseite des Nachttisches festgeklebt war. Fred kümmerte sich darum, er hatte die meiste Routine und die Summe war, selbst durch drei geteilt, beträchtlich.

Im Sommer flog man gemeinsam nach Griechenland. Elvira saß im Schatten und dachte an Frau Rose in ihrem Sarkophag, denn sie ging immer noch jeden Montag und jeden Donnerstag in die Wohnung und saugte Staub. Fred verwaltete Frau Roses Rente. Statt fernzusehen, sprach er mit Banken und Anlageberatern.

Als Elvira und Fred 60 wurden, wurde in Maschmanns Gasthaus gefeiert. Am nächsten Tag flogen Fred und Elvira in die Türkei. Dort eröffnete Fred seiner Frau, dass es Zeit sei aufzuhören, bevor irgendjemand aufmerksam wurde, denn Frau Rose wäre mittlerweile 105. Er schlug vor, in der Türkei ein Haus zu kaufen. Um die Finanzen hatte er sich schon gekümmert und das Geld nach Istanbul und von dort nach Ankara geleitet und so oft von einer Bank zur anderen, dass man jetzt auf der sicheren Seite sei. Elvira war erleichtert, denn sie musste nun nicht mehr zu Frau Rose, aber sie wollte auf keinen Fall ein Haus aus Beton und auch keines aus Holz. Fred trieb jemanden auf, der Häuser aus Lehmziegeln baute, mit vielen Zimmern. Werner und Dieter kamen gern mit ihren Familien und als das älteste von Elviras Enkelkindern das von den Großeltern finanzierte Psychologiestudium abschloss, musste Elvira nur noch selten an die Quelle dieses Geldes denken.

Waldlehrpfad

Heute ging es ins Stenumer Holz. Eine Schande sei es, hatte ihr Mann gesagt, dass sie ständig in Delmenhorst einkaufe und Kaffee trinke, ohne jemals den hervorragenden Forstlehrpfad entlanggeschritten zu sein. Stenum gehört zur Gemeinde Ganderkesee, tatsächlich nur 7 km von Delmenhorst entfernt.

Der Marsch von Delmenhorst nach Stenum war keine Kleinigkeit. Endlos zog sich die Landstraße hin. Obwohl es eine gute Linienbusverbindung gab, hatte er gesagt, sie würden das kurze Stück zu Fuß gehen. Die Wanderschuhe, die er für sie ausgesucht hatte, ließen ihre Füße jedes Steinchen und jedes Zweiglein unangenehm spüren. Die reinsten Marterwerkzeuge, fand sie.

Vernünftiges Schuhwerk, sagte er.

Er ging voran, wie immer. Er kannte den Weg, hatte sich vorher genauestens informiert, wie immer. Natürlich, sie hätte auch einen Blick auf die Wanderkarte werfen können. Aber wozu?

Er gab ja doch immer die Marschrichtung an. Warum also Streit suchen und mit hundertprozentiger Sicherheit auch finden? Sie würden schon ankommen, wo sie ankommen wollten. Wo er ankommen wollte. Was im Grunde dasselbe war.

»Da vorne ist schon das Hotelrestaurant Backenköhler, da fängt der Lehrpfad an«, sagte er plötzlich. Backenköhler, davon hatte sie schon gehört. Tanztees, Kohlfahrten, da war richtig was los.

»Wir essen da einen Happen, soll nicht schlecht sein«, brummte er und steuerte tatsächlich das Lokal an. Sie fanden einen freien Tisch und studierten die Speisekarte. Erleichtert streckte sie ihre schmerzenden Füße weit von sich. Am liebsten hätte sie die Wanderschuhe ausgezogen.

Interessante Spezialitäten konnte man hier essen: Stenumer Grillpfanne oder Kotelett vom Iberico-Schwein. Aber der Arzt hatte gesagt, sie solle weniger Fleisch und mehr Gemüse zu sich nehmen.

War auch günstiger, zwei Fliegen mit einer Klappe.

»Ich nehme die Gemüsetagliatelle mit Basilikumpesto«, verkündete sie.

Kopfschüttelnd runzelte er die Brauen. »Was ist denn das für ein Quatsch? Nimm lieber ein Wiener Schnitzel! Da weiß man, was man hat.«

»Ich will aber vorher gar nicht wissen, was ich habe. Ich möchte meinen Horizont erweitern.«

Er hatte in Gedanken ihren Horizont abgesteckt und verächtlich die Mundwinkel gekräuselt. Feine Fältchen zeigten an, dass er das mehrmals am Tag zu tun pflegte.

Nach dem Essen ging es los. Gleich hinter der Gaststätte war der Ausgangspunkt des Lehrpfads. Holztafeln mit grünen Vögeln wiesen den Weg. Man musste einfach der Blickrichtung des grünen Vogels folgen. Ein gelber Vogel zeigte an, dass es etwas zu sehen gab und man entsprechende Hinweise im Begleitheft lesen konnte.

Es begann mit Eichen und Buchen. Vielen Eichen und vielen Buchen. Schön war es hier, wirklich wahr. Sie schloss die Augen und atmete tief ein. Wundervoll, dieser dichte Mischwald. Köstlich der würzige feuchte Duft, der ihr bei jedem Schritt in die Nase stieg. Frieden, Ruhe, Natur.

»Die Eiche ist der Stolz eines jeden Deutschen«, drang seine quäkende Stimme in ihr Ohr. »Die junge Rinde ist sehr gerbstoffreich. Und aus den Eicheln kann man einen schmackhaften Ersatzkaffee kochen.« Gerbstoffreiche Rinde. Ersatzkaffee. Jaja.

Die primitiven Menschen damals hielten die Eiche für einen Sitz der Götter. Heute glaubt das selbstverständlich niemand mehr.« Selbstverständlich. Jaja.

»Hier ist diese uralte Eiche, von der ich dir erzählt habe«, rief er ihr zu, ohne sich umzudrehen.

Hatte er erzählt? Schon möglich. Er erzählte viel, wenn der Tag lang war

Ein Waldlehrpfad. Sehr schön. Sie mochte Lehrpfade eigentlich gern. Man musste sich nicht an jeder Wegbiegung neu entscheiden, man folgte einfach den nummerierten Schildern. Und das, was auf den Tafeln zu lesen war, war unkompliziert und wurde in kleinen Häppchen serviert. Fakten, Tatsachen. Alles leicht und gut verdaulich. Warum konnte nicht das ganze Leben so sein?

Japanische Lärche. Was hatte die in Europa zu suchen? Ob sie sich in diesen Breiten wohl fühlte? War es hier denn so ähnlich wie in Japan? Wusste die Lärche überhaupt, dass sie nicht in Japan war?

»Hörst du mir eigentlich zu?«, blaffte er plötzlich. »Wir kommen gleich zu zwei Findlingen, über 200.000 Jahre alt.« Findling. Klang fast wie winziges Findelkind. Dabei waren sie so massig und steinhart. Säugling. Findling. Wer dachte da an Steine?

»Hast du auch genügend Butterbrote eingepackt?« Seine Stimme riss sie aus ihren Gedanken. Butterbrote? Wieso denn Butterbrote? Sie hatten doch gerade mehr als üppig bei Backenköhler gespeist. Butterbrote, also wirklich! Sie trat nach einem Tannenzapfen, der erst langsam und dann immer schneller den Weg hinunterrollte.

»Was ist denn das?« Er bückte sich und blieb so abrupt stehen, dass sie beinahe gegen sein Hinterteil geprallt wäre. Auf dem Waldboden zwischen bräunlichen Tannennadeln lag eine weiße Damenhandtasche mit abgerissenem Gurt. Sie sah noch recht neu aus und war offensichtlich prall gefüllt. Wer warf so etwas einfach weg und warum war der Gurt abgerissen? Als sie die Hand nach der Tasche ausstrecken wollte, griff er nach ihrem Handgelenk.

»Das lässt du mal ganz hübsch sein! Wenn hier eine Straftat begangen wurde, dann wollen wir nichts damit zu tun haben.«

»Eine Straftat? Wie kommst du denn darauf?«

Sie bekam keine Antwort auf ihre Frage. Er war schon weitermarschiert und sie setzte gedankenverloren ihren Weg in seinem Windschatten fort. Irgendetwas stimmte hier nicht. Wahrscheinlich war es wirklich besser, die Tasche nicht anzufassen.

Da, wieder ein Schild. Wieder dieser niedliche gelbe Vogel. Sie atmete auf, entzifferte begierig die Informationen. Aha, Kiefern, jede Menge Kiefern.

»Die ist ja ganz krumm, diese Kiefer!«, tönte er. »Die muss wohl mal zum Kieferorthopäden!«

Er wollte sich ausschütten vor Lachen, konnte kaum noch gehen. Sie brachte mit Mühe ein höfliches Lächeln zustande. Wie lange war es her, seit sie zum letzten Mal über einen seiner Witze so richtig gelacht hatte? Weiter ging es über angenehm schattige Wege.

»Schau mal«, sagte sie plötzlich und blieb stehen. »Diese bewachsenen Baumstämme! Märchenhaft, findest du nicht? Wie der Bart eines Riesen …«

Er verdrehte wortlos die Augen. Typisch Frau, diese östrogengesteuerten Gedankengänge. Schwer zu ertragen für einen Mann mit klarem analytischem Verstand.

»Was das wohl für Pflanzen sind?«, überlegte sie. »Moose? Nein, Flechten, glaube ich. Ja, bestimmt, das sind Flechten!«

»Epiphyten«, korrigierte er mit eisiger Stimme.

Epiphyten? Sie runzelte die Stirn. Epiphyten und Flechten, war das nicht vielleicht sogar dasselbe? Sie würde es nachschlagen. Zu Hause.

Wenn er einmal weg war, zur Arbeit oder zum Kegeln. Epiphyten. Sie prägte sich das seltsame Wort gut ein.

Je mehr sie aus der Puste kam und sich die stechenden Seiten hielt, umso energischer schritt er aus. Fehlte nur noch, dass er ein altdeutsches Wanderlied schmetterte. Ein neues Schild und ein willkommener Anlass, einen Moment zu verschnaufen, ob die beschriebene Pflanze sie nun interessierte oder nicht.

Douglasie. Das klang amerikanisch. Oder schottisch? Könnte auch schottisch sein. Nordwestliches Nordamerika, aha. Bestes Bauholz. Soso. Die Zapfen hängend, nicht stehend.

»Das gibt's doch nicht!«, rief er plötzlich und stocherte mit seinem Wanderstock an einem Stück Stoff herum, das am Wegrand unter einem Busch Farnkraut lag. Sein Stock förderte ein zerrissenes T-Shirt zutage. »Guck dir mal diese rotbraunen Spuren an!« Die Spitze des Stocks bohrte sich unbarmherzig durch den dünnen Stoff. »Das ist Blut, sage ich dir, ganz eindeutig Blut!«

Sie schloss die Augen und lehnte sich an einen Baum. Erst die Handtasche und nun das. Sie würden auch dieses T-Shirt nicht anfassen, würden sich überhaupt in keiner Weise in diese Geschichte hineinziehen lassen. Weiter ging es. Wo war das nächste Schild? Da, vorne, gleich da vorne, kein Grund zur Panik, da war das nächste Schild.

»Traubeneiche« hatte ursprünglich einmal dort gestanden. »Frauenleiche« hatte jemand über das Wort geschmiert, mit rotbrauner Farbe … wenn es denn Farbe war.

»Na, jetzt wird es mir aber zu bunt!« Aufgebracht schlug er mit dem Wanderstock gegen die Informationstafel. »Scherereien hin oder her – das will ich jetzt wissen!«

Er kratzte mit der Stockspitze auf dem weichen Boden herum und zeigte auf einen Bereich, wo seiner Ansicht nach erst kürzlich gegraben worden war.

»Du meinst doch wohl nicht ...« sagte sie zögernd. »Und selbst wenn ... sollte nicht besser die Polizei ... ?«

»Polizei?« Er spuckte das Wort förmlich aus. »Die haben doch sowieso keine Ahnung! Die legen eine Akte an und wenden sich dann wieder ihren Kreuzworträtseln zu. Nein, da müssen wir schon selbst ...«

»Wir?« Sie glaubte ihren Ohren nicht zu trauen. Als er merkte, dass er mit seinem Wanderstock nur unerhebliche Mengen Walderde bewegen konnte, gab er ein unwilliges Grunzen von sich.

» Es hilft nichts«, brummte er. »Wir müssen nach Einbruch der Dunkelheit noch einmal mit dem Wagen herkommen. Und mit zwei Spaten.«

»Wagen?«, echote sie. »Spaten? Das ist doch hier alles Naturschutzgebiet.«

»Meinst du, der, der sich hier zu schaffen gemacht hat, hat lange danach gefragt? Heute Abend gehen wir der Sache auf den Grund, basta!«

Langsam fraßen sich die Autoscheinwerfer durch die Finsternis. Die Informationstafeln, die im Sonnenlicht klar und zweckmäßig gewirkt hatten, reflektierten nun die Scheinwerferstrahlen auf unangenehm grelle Weise. Sie sprangen einem förmlich ins Gesicht. Als sie ausstiegen und zu graben begannen, fror sie trotz der schweißtreibenden Arbeit. Er schaufelte wie besessen, war gar nicht mehr zu bremsen, hörte schon lange nicht mehr auf ihre Einwände.

»Hier ist keine Frauenleiche, hör auf!«, schrie sie schließlich und stach ihren Spaten senkrecht in den Waldboden. Er schaufelte und schaufelte. Eine tiefe Grube war mittlerweile entstanden, bestimmt zwei Meter lang und einen Meter breit.

»Hier ist keine Frauenleiche, hörst du?«

»Nein?« Er hielt plötzlich inne und schaute sie fragend an.

»Nein!«, erwiderte sie und wischte sich den Schweiß von der Oberlippe.

»Wirklich nicht?«, fragte er und sie bemerkte ein seltsames Glitzern in seinen Augen. Im Zeitlupentempo sieht sie, wie er den Spaten hebt und weit damit ausholt. Dann wird es schwarz vor ihren Augen.

Er setzt sich ins Auto und massiert seine schmerzenden Handgelenke. Er hatte sich zu viel zugemutet, wirklich. Beim Ausschachten der Grube waren sie ja noch zu zweit gewesen, aber nachher. Alles musste man allein machen. Er würde jetzt nach Hause fahren und seine armen Gelenke mit Melkfett einreiben. Ja, das würde er tun. Das sorgfältig abgewischte Schild mit der Aufschrift »Traubeneiche« leuchtete noch einmal kurz im Scheinwerferlicht auf, als der Wagen wendete und dann im Dunkel des Waldes verschwand.

Der Maler

Verehrte Gäste, liebe Freunde, wir trauern um unseren Mentor und Freund Mark Richard Gerke. Wie Sie alle wissen, wurde Richard, ich hatte die Ehre, ihn Richard nennen zu dürfen, bereits letzte Woche beigesetzt. Wir, die wir nicht dabeisein konnten, wollen hier und heute seiner gedenken.

In meiner Festrede möchte ich, lieber Richard, dein bewegtes Leben noch einmal vor unserem Auge erstehen lassen. Ein Leben, dass uns allen ein Vorbild war oder sein sollte, gibt es uns doch ein Beispiel der Tugenden des modernen Künstlers. Aber wir wollen am Anfang dieses Lebens beginnen.

Mark Richard Gerke wuchs in Norderbredstedt auf, einem Dorf direkt an der Ostsee. Sein Vater war Landwirt und so fand der dreizehnjährige Richard seine ersten Motive im ländlichen Bereich. Schon wenig später entdeckte er das Bildmotiv, dass ihn fortan begleiten sollte, das Rind auf der Weide mit dem Strand und der Ostsee als Hintergrund.

Wir kennen alle diese unvergleichliche Komposition von Kuh, Strand und Meer. Richard, ich weiß, du wirst ärgerlich, wenn ich nicht sofort klarstelle, dass die Kuh eine Holsteiner Schwarzbunte ist. Nur diese Rasse kam dir vor den Pinsel, ganz gleich, wie viele Probleme du damit später haben solltest. Auch die Ostsee maltest du immer gleich, ebenso die Bewölkung und die mutmaßliche Jahreszeit.

Nach dem Besuch der Hamburger Kunsthochschule gabst du deinem Motiv den unverwechselbaren Gerke'schen Schliff, der deine Bilder zu Welterfolgen machen sollte, du verwischtest die zuvor sauber gemalte Kuh mit einem nassen Pinsel so, dass man die Konturen gerade noch ausmachen konnte.

Du hast dieses Bild, das Natur und Nahrung so einmalig verbinden konnte, zunächst aus der Scheune deines Vaters heraus an Touristen verkauft, bis schon bald ein Kunstliebhaber und Verleger aus Bochum aufmerksam wurde. Das Bild wurde gedruckt, gerahmt und als Poster angeboten. Es schien, als habe die Welt nur auf dieses Bildmotiv gewartet.

Als das leibliche Vorbild, die Kuh Minette aus dem Besitz deines Vaters, geschlachtet wurde, ist dir die Transzendenz ins wahrhaft Sinnbildliche gelungen, indem du den verwischenden Pinsel nicht in Wasser, sondern in Öl, genialerweise Rapsöl, tauchtest. Allen, die nah genug an ein Bild herantraten, ist mit dem Geruch sofort das Bild leuchtendgelber Rapsfelder vor tiefblauer Ostsee erschienen. Als der Rapsölmaler von Norderbredstedt, so schien es, solltest du in die zeitgenössische Kunstgeschichte eingehen.

Als der Kunstverleger vor einigen Jahren in finanzielle Schwierigkeiten geriet, hast du dich als treuer Freund erwiesen. Andere hätten den Verlag gewechselt, du standest deinem Entdecker bei, indem du, um die Kosten zu senken, nach Polen umzogst. In Ostrowo fandest du eine neue Heimat mit erheblich niedrigeren Lebenskosten. Deine Bilder waren wieder konkurrenzfähig. Du maltest mannigfaltige Variationen, die als Gebrauchskunst auf Taschen, Mützen und T-Shirts in den Handel gingen. Junge Künstler und Bewunderer deines Erfolges kamen, einige ließen sich in Ostrowo nieder, es entstand eine Künstlerkolonie, wie sie seit Worpswede nicht mehr existiert hatte. Und in Agnieszka fandest du deine große Liebe. Du lerntest Polnisch. Der polnische Ostseestrand eignete sich zum Malen genauso gut. Die jungen Künstler sahen zu dir auf.

Kein Glück kann ganz vollkommen sein, und so stiegen denn nach einiger Zeit auch in Polen die Preise für gute Leinwände. Die Preise für Farben verdoppelten sich nahezu, nur Rapsöl blieb billig,. Der Verleger kam erneut in Schwierigkeiten. Er schlug vor, deine Bilder ins tägliche Leben zu bringen. Sie wurden also auf Tapeten, Tassen, Küchenrolle und Servietten gedruckt. Das Konzept Verbrauchskunst brachte eine Zeit lang neue Gewinne. Als sich dann jedoch herausstellte, dass die Druckkosten in untragbare Höhen stiegen und polnische Druckereien wegen schlechter Qualität nicht in Frage kamen, reagiertest du mit souveräner Flexibilität. Du siedeltest nach Estland um.

In Tallinn konntest du ein preiswertes Häuschen beziehen, aber es fiel dir nicht leicht, Polnisch gegen Estnisch auszutauschen. Die jungen Künstler blieben in Ostrowo und verlegten sich auf Sonnenuntergänge. Hier in der Heimat begannen die Verkaufszahlen zu sinken. Dein Verleger machte ein düsteres Gesicht. Überangebot, so hieß es, und Programm umstellen. In deiner üblichen Kompromissbereitschaft schlugst du vor, deine Motive nun auch auf Papiertaschentücher und Toilettenpapier zu drucken. Dies führte nur zu kurzfristigem Erfolg und so sahst du nur eine Möglichkeit, den Umzug in eine noch preiswertere Umgebung, um mit wiederum niedrigeren Lebenshaltungskosten deinen Teil zum wirtschaftlichen Überleben beizusteuern. Es wurde eine schwere Entscheidung. Sibirien wurde erwogen oder die Ukraine. Agnieszka sagte, sie habe genug von allem Russischen und ging nach Polen zurück. Du maltest in Weißrussland weiter, allein, ohne Strand, ohne Holsteiner Schwarzbunte, aus der Erinnerung. Deine Malerei erreichte dadurch ein Stadium der Verklärung, die hoffentlich in späteren Generationen ihre Wertschätzung erfahren wird.

Als der Verleger dir mitteilte, dass er kurz vor der Pleite stand, hattest du, lieber Richard, die Größe, wiederum einen radikalen Schritt zu tun, um den Ruin abzuwenden. Ich sprach anfangs von den Tugenden des modernen Künstlers. In Richard Gerke finden wir ein wahrhaft großes Beispiel für diese Tugenden, die in Zeiten wirtschaftlicher Schwierigkeiten für uns alle wichtig sind.

Richard, du fragtest nicht, was dein Verleger für dich tun kann, du wusstest, was du für deinen Verleger tun musstest. Deine neue Wirkungsstätte wurde Vietnam. In Phan Rang, am Pazifik, konntest du deine Kosten auf ein Minimum senken und weitermalen. Eine simple Hütte reichte dir, du entdecktest Reis als tägliches Lebensmittel. Als deine Brille kaputtging, gewann dein Motiv noch einmal an Transzendenz hinzu.

Allerdings ist diese Brille, zusammen mit dem durch die Reisdiät verursachten Kräfteverlust, sicherlich auch Schuld daran, dass du, mit frischen Bildern auf dem Weg zur Post, dem herannahenden Schweinetransporter nicht rechtzeitig ausweichen konntest.

Lieber Richard, wir werden dich, deine Treue und Aufopferungsgabe nicht vergessen. Deswegen, liebe Freunde, hat der Verleger Richards Küchenrollenserie sowie ein paar Tassen und Mützen am Ausgang bereitgestellt. Nehmt euch ein Andenken mit.

Da dein Verleger inzwischen Konkurs angemeldet hat, werden wir, deine Freunde, zusammen mit der Gemeinde Norderbredsted eine Spendensammlung durchführen, um deine sterblichen Überreste hier in die Heimat zu holen. Eine würdige Grabstelle ist das Mindeste, das wir für dich tun können. Der Gemeinderat Norderbredstedt hat bereits beschlossen, den Parkplatz am Friedhof zu vergrößern. Und, lieber Richard, wir sind uns sicher, dein Motiv wird Scharen von Käufern an den Verkaufsstand im Ortszentrum locken.

Norderbredstedt wird dich nicht vergessen!

Doktorspiele

Diese neue Doktorandin. Wie sie ihn immer anlachte.
Womöglich auslachte. Ihr würde das Lachen vergehen. Bald.

Eine dieser strychningefüllten Weinbrandbohnen aus seiner untersten Schreibtischschublade. Sie würde nicht zurückweisen, was die wohlmeinenden Hände ihres Doktorvaters anboten. Doktorandinnen waren bekannt dafür, dass sie alles schlucken mussten.

Noch mal den Inhalt der verstaubten Schachtel überprüfen.

Zwölf Weinbrandbohnen mussten es sein. Elf. Wie bitte?

Elf. Definitiv.

Wem hatte er einen Schlüssel zu seinem Schreibtisch gegeben?

Heidrun, seiner studentischen Hilfskraft. Heidrun, eigentlich ganz nett.

Nie ein Lachen in den Augen. Verstaubt wie die Schachtel mit den Weinbrandbohnen.

Schade um sie. Wirklich.

Der Landrat

Positzky starrte den Telefonhörer an. Mit dem Kugelschreiber malte er eine 10 auf den Notizblock. Und noch eine. Gleich musste er kommen. Der zehnte Anruf. Er hatte sich geschworen, dass beim zehnten Mal Schluss sein würde. »Schluss«, sagte er zu dem Foto seiner Frau neben dem Telefon. Das Foto machte sich gut, wenn die Presse kam, um Artikel zu schreiben wie »Unser Landrat bei der Arbeit« oder so ähnlich.

Positzky starrte auf die Zehn und suchte in der obersten Schublade nach dem Schlüssel für die unterste. Zehn Anrufe, auf den Tag alle drei Monate einen. Eine Stunde später kam sie. Bei den ersten drei Treffen hatte der Anblick ihres Rollstuhles Positzky ziemlich mitgenommen. Er hatte den Umschlag mit den Zehntausend sofort über den Tisch geschoben, damit sie schnell wieder verschwand. Danach hatte Positzky immer zwei Cognacs gebraucht, um die Erinnerung wieder wegzusperren. Kurz vor der Wahl wars gewesen, Positzky hatte sich eine Pause gegönnt vom Wahlkampf, der Presse und den Reden. Einmal schnell mit dem Jeep offroad durch die Heide, nur zwei Stündchen, wird schon keiner merken, dass er weg ist und auch nicht, dass er verbotenerweise quer über die Heide fährt. Dazu war es gar nicht mehr gekommen. Noch auf dem normalen Feldweg hatte Positzky ein klein wenig Gas gegeben. Beschleunigung gegen Stress. War konnte denn ahnen, dass ausgerechnet in dem Moment Tanja M. aus dem Wald rannte? Tanja M., fünfte der Europameisterschaften über 5.000 Meter, mit besten Ausssichten auf Olympiateilnahme, Liebling der lokalen Sportredaktion, blond und fotogen, Werbeträger für Europas führenden Dosensuppenhersteller.

Positzky erwischte sie frontal. Tanja wurde über die Kühlerhaube in den Sand geschleudert. Dreißig Meter weiter kam Positzky zum Stehen, stieg aus dem Jeep und sah, was und wen. Bei der Erinnerung bekam er jedesmal wieder dieses schreckliche Herzklopfen. Sein erster Gedanke war tatsächlich Rettungswagen gewesen, aber das hätte das Ende seines Wahlkampfes bedeutet, das Ende seiner politischen Laufbahn. Nach fünfzehn harten Jahren, kurz vor dem Ziel. Selbst in seinem alten Beruf als Anwalt wärs schwer geworden. Bei dem Gedanken an die ersten Jahre in der trostlosen Kanzlei hatte er sich wieder in den Jeep gesetzt und war gefahren und gefahren, Beschleunigung gegen Angst, bis er zwei Stunden später schweißgebadet zuhause unter die Dusche gegangen war, gerade rechtzeitig vor dem nächsten Termin.

Niemand hatte ihn gesehen, aber Tanja hatte seinen Wagen erkannt, als sie aus dem Waldweg kam. Zehntausend bei jedem Treffen, nachdem sie aus der Reha entlassen worden war. Sie kam immer allein, am späten Nachmittag, Positzkys Mitarbeiter waren schon weg. Tanja nannte es einen kleinen Ausgleich für die entgangenen Dosensuppenwerbeeinnahmen und die Unannehmlichkeiten mit dem Rollstuhl. Beim ersten Treffen war Positzky sogar ein klein wenig erleichtert gewesen, sie zu sehen. Sie lebte noch. Und er war Landrat geworden. Beim fünften Treffen hatte Positzky ihr erklärt, dass sein Schwarzgeldkonto leer sei, in der Hoffnung, dass sie zumindest seltener käme. Schließlich hatte er ihr in der Zwischenzeit auch den Job im Sportmarketing verschafft und sie trainierte wieder, für die Langstrecken bei den Paralympics. Daraufhin hatte der Dosensuppenhersteller erneutes Interesse bekundet.

Aber sie hatte abgewinkt. Geld sei jetzt nicht mehr ihr Problem, hatte sie gesagt. Geld sei nicht alles im Leben. Positzky hatte nichts begriffen. Tanja erklärte es ihm, hinter verschlossener Tür, auf der

Liege, die Positzky für kleine Nickerchen zwischen den Terminen benutzte. Ihr Freund habe das mit dem Rollstuhl nicht verkraftet, hatte Tanja gesagt. Und sie sei schließlich nur im Lendenwirbelbereich verletzt, das heiße, das nur die Beine nicht mehr … Und nun müsse Positzky …

So vergingen das fünfte, sechste, siebte und achte Treffen. Zwei Cognacs reichten längst nicht mehr. Nach dem sechsten Treffen hatte der Presssesprecher die Fahne bemerkt und Positzky einen fragenden Blick zugeworfen. Wenn das die Opposition … Nach dem siebten Treffen hatte Frau Positzky das Jackett ihres Mannes zum Lüften aufhängen wollen und dabei ein paar lange blonde Haare vom Ärmel gezupft. Frau Positzky war schon seit einem Jahrzehnt weinrot gefärbt. Positzky hatte ihr das Cabrio und die Ostasienkreuzfahrt gekauft, aber trotzdem verweigerte Frau Positzky seitdem jedes eheliche Beisammensein. Das Müssen auf der einen und das Nichtdürfen auf der anderen Seite steigerten Positzkys Cognacbedarf auf eine Flasche am Tag. Nach dem neunten Treffen hatte Positzky sich, wie schon erwähnt, geschworen, das zehnte müsse das letzte sein.

Da war der Schlüssel. Positzky öffnete die unterste Schublade. Die Beretta 9000 F, eine »gelungene Kombination aus Funktionalität und Ästhetik«. So stands im Katalog. Die Waffenbesitzkarte war gar nicht so ein Problem gewesen wie Positzky immer gedacht hatte. Als Landrat kann man sich immer wen zum Feind machen, klar, dass man für den Notfall … Und er hatte es auch geschafft, diskret in dieses Kaff in Österreich zu verschwinden, um an dem Pistolenkurs teilzunehmen. Laden, Entladen, Pflege, Sicherheit bei der Aufbewahrung und Schießen natürlich, auf verschiedene Distanzen. Bei den größeren Entfernungen hatte Positzky versagt, aber das machte nichts, die kurzen Distanzen waren nicht schlecht. Und sie lag gut in der Hand, die Beretta.

Schluss sollte jetzt sein. Nie wieder mit Tanja auf die Liege. Positzky hatte an alles gedacht. Niemand war mehr im Gebäude, sein Wagen stand direkt vor dem Hinterausgang, draußen war es schon dämmrig und an der Kiesgrube war bei dem Wetter kein Mensch. Er hob die Beretta und zielte spaßeshalber auf die Tür. Ja, Schluss. Sonst wurde Tanja noch schwanger und was das bedeutete, konnte Positzky sich ausrechnen. Die nächsten fünfundzwanzig Jahre Schuhe, Klavierunterricht, Sportverein, vielleicht noch Eliteinternat, Auslandsstudium. Er hielt inne. Ein Baby. Ein Sohn. Vor zehn Jahren war klar geworden, dass seine Frau keine Kinder bekommen konnte. Daraufhin hatte er sich um den Posten bei der Wirtschaftsförderung beworben. Erfolgreich. Aber ein Sohn …

Schluss. Positzky sah auf die Uhr. Gleich musste der Anruf kommen. Er warf einen Blick auf die Liege und legte die Beretta griffbereit in die halbgeöffnete Schublade. Das Telefon klingelte. Positzky legte die Hand in die Schublade. Das gab ihm Sicherheit. Er nahm ab.

Diesmal wollte Positzky der erste sein, der sprach. Auf Tanjas Hallo sagte Positzky: »So, Tanja, jetzt hörst du mir zu …« Weiter kam er nicht, denn Tanja hatte nicht zugehört. Ihre Stimme klang noch höher als sonst: »Positzky«, sie hatte ihn immer nur Positzky genannt, und Positzky war froh, dass sie nicht Uwe sagte. »Positzky, ich bin schwanger. Ich mach Schluss.« Positzky sah sie vor sich, wie sie sich vor den Zug warf, mit dickem Bauch. Ihm wurde schlecht. Bei Babies war er schon immer schwach geworden. »Warte«, schrie er in den Hörer. »Wieso schwanger? Überlegs dir noch mal.« Und dabei dachte er »Wieso nicht schwanger«, aber irgendwas musste er sagen, dass Kind hatte doch keine Schuld. Andererseits, wenn sie ihn als Vater … Oder die Presse käme drauf. Schlachten würden sie ihn, alle. Die Fraktion, die Opposition, alle. Er zog die Hand aus der Schublade mit der Beretta und steckte sie ins Klappfach. Er brauchte jetzt sofort einen

Cognac, sofort. Das beruhigte wenigstens ein bisschen. Tanja lachte. »Was soll ich mir überlegen?« Und so wie sie lachte, wurde Positzky klar, so lachte niemand, der sich vor den Zug werfen wollte. Im Gegenteil, Tanja war glücklich. Positzky hörte den Namen. Jonathan B., Starspieler in der lokalen Basketballmannschaft, zweite Bundesliga. »Und weil wir heiraten und wegen des Babies mach ich Schluss, Positzky. Nix mehr. Ich komme nicht mehr.« Positzky blieben die Worte stecken und der Mund offenstehen.

Tanja legte auf. »Schluss« murmelte Positzky. Dann brach die Spannung in ihm zusammen. Seine Frau grinste ihn aus dem Fotorahmen an. Er schob die Schublade mit der Beretta zu. Ganz langsam setzte er die Flasche an den Hals und ließ den Cognac in sich hineinlaufen. Dabei überlegte er, wem das Baby wohl ähnlich sehen würde …

Tagebuch eines Zimmermädchens oder Der Hakenmann

15. November
Manchmal bringt sie mich halb um, die tägliche Routine. Waschbecken putzen, Betten machen, Spiegel polieren, Bettvorleger ausschütteln etc. pp. Für einen intelligenten Menschen eine echte Zumutung, aber ich brauche nun mal die Kohle für das nächste Semester.

»Heimeliges Hotel direkt an der Weser« hatte in der Anzeige gestanden. »Eldorado für verschrobene Spinner und lüsterne Grapscher« hätte es eigentlich heißen müssen. Ich hasse diesen Aspekt meiner Arbeit.

Dreckige, dafür aber leere Hotelzimmer sind gar nicht so schlimm. Gummihandschuhe an und los. Aber in den meisten Zimmern, die ich mit meinem Putzwagen betrete, lungern irgendwelche sabbernden Greise herum. Ätzend, Ekelstufe fünf bis sechs. Der angebliche Professor aus Zimmer 2 hat mich heute so weit gebracht, dass ich ihm zur Strafe ein knüppelhartes Handtuch hingehängt habe. Bescheidener Rachefeldzug einer unterjochten Studentin. Das Teil war zu dicht an der Heizung getrocknet und steif wie ein Brett. Obwohl man es fast auf den Boden hätte stellen können, habe ich es an den Haken neben seiner Dusche gehängt. Möge es ihm seine altersfleckige Haut schmirgeln!

17. November
Irgendwie bleibt mir in dieser Klapsmühle auch nichts erspart. Ich betrete Zimmer 2 und atme auf, als ich sehe, dass der Kerl nicht da ist. Wahrscheinlich ist er wieder unten an der Weser mit seinen obskuren Forschungen beschäftigt. Ich wende mich seinem ungemachten Bett zu und erstarre. Mindestens zehn benutzte Papiertaschentücher fliegen darin herum. So oft benutzt, dass sie schon zu Bröseln zerfallen sind.

Ich habe mich zähneknirschend an die Arbeit gemacht und dabei meinen nächsten Rachefeldzug geplant. Sein Handtuch wird die Bekanntschaft mit Brennnesseln machen, so viel ist sicher.

23. November
Der Alte aus Zimmer 2 ist immer noch da. Kraucht ständig an der Weser herum auf der Suche nach einem Wassergeist. Das muss man sich mal reinziehen! Sucht nach einem imaginären Gespenst, macht sich mit wichtiger Miene seitenweise Notizen und nennt das »Forschung«. Wenn der wirklich ein Professor ist, dann bin ich Rumpelstilzchen!

27. November
O Graus, der Alte aus Zimmer 2 hat mich wieder angelabert. »Mit den Handtüchern in diesem Haus stimmt etwas nicht, mein Mädchen …« Mein Mädchen? Hat der Kerl sie denn noch alle?

Ich musste seinen essigsauren Atem riechen, mir seine Beschwerden anhören und dabei noch höflich sein. Seine grabbelnde Hand auf meiner Hüfte habe ich allerdings weggeschlagen.

Ich brauche die Kohle. Wenn ich ihm sage, was ich von ihm halte, bin ich den Job los. Er ist schon seit Wochen hier und wird von den Wirtsleuten behandelt wie ein goldenes Kalb.

Während ich Blut und Wasser schwitzte und allmählich bereute, jemals seine Handtücher präpariert zu haben, wechselte er plötzlich das Thema.

»Weißt du etwas über die Geschichte der Weser an dieser Stelle, mein Mädchen? Nein? Du weißt wirklich nichts über den Hakenmann?«

Hakenmann? Wer sollte das sein? Ich schaute hilfesuchend zur Tür und rückte ein Stück von ihm ab.

»Soll ich dir erzählen, wer das ist, mein Mädchen? Soll ich sie dir erzählen, die Geschichte vom Hakenmann?«

Und dann packte er aus. Er faselte von einem grünbärtigen Wassermann, der auf dem Grund der Weser auf Höhe unseres Hotels hausen sollte. Der Schwimmern und Bootsfahrern auflauerte, um sie mit einem rostigen Haken in die Tiefe zu ziehen. Dem niemand entkommen könne.

Er jedoch sei Manns genug, sich diesem Wassergeist zu stellen. Sobald er die notwendigen Fakten gesammelt habe, würde er den alten Kahn aus dem Schilf ziehen und dem grünbärtigen Ungeheuer einen Besuch abstatten.

Hakenmann! Dass ich nicht lache! Ich wünsche ihm viel Spaß bei seiner Expedition. Aber dass er den alten Kahn nehmen will? Sieht der Alte denn nicht, dass der total hinüber ist und ein ordentliches Leck hat? Das Teil liegt doch nur noch zu Dekorationszwecken im Schilf.

Einen Moment lang habe ich überlegt, ob ich ihn warnen soll. Wenn er jetzt wirklich mit dem Ding hinausfährt und nicht merkt, dass Wasser ins Boot läuft? Hat er überhaupt eine Ahnung von den gefährlichen Strömungen der Weser? Aber schließlich bin ich nicht sein Kindermädchen. Bin überhaupt nicht sein Mädchen. In keinerlei Hinsicht.

29. November
Der Professor wird vermisst. Stine aus der Spülküche hat ihn zuletzt gesehen, wie er sich an dem alten Kahn zu schaffen gemacht hat. Nun sind Kahn und Professor spurlos verschwunden. Stine meinte gehört zu haben, dass der alte Herr noch nicht einmal schwimmen konnte.

Warum ist er bloß hinausgerudert?, fragten alle. Und warum so heimlich, warum hatte er niemandem Bescheid gesagt?

Ich wusste es. Ich wusste es nur zu gut.

Polizeiautos bremsten quietschend vor dem Hotel. Ein ganzer Suchtrupp. Froschmänner waren auch dabei.

30. November
Heute endlich haben sie seine Leiche aus dem Fluss gezogen. Sie war an einem Baum, der ins Wasser ragte, ein Stück weserabwärts hängengeblieben.
Der Hotelklatsch treibt die wildesten Blüten: Richtig unheimlich soll er ausgesehen haben. Schleimige Wasserpflanzen verwoben in seinen Haaren und in seinem langen Bart. Die Hände auf der Brust feierlich gefaltet. Ein geradezu seliges Lächeln auf dem Gesicht.

3. Dezember
Es ist bescheuert, aber der Professor geht mir nicht aus dem Sinn. Ich hätte ihm sagen sollen, dass der alte Kahn ein Leck hat. Oder ich hätte die Direktion verständigen müssen. Am besten beides. Außerdem wünschte ich mir, ich hätte ihn nicht so gepiesackt.

Die alten Ägypter haben ihren Toten Salben, Gewürze und Leckerbissen mitgegeben auf die letzte Reise. Ich hätte ihm gern ein flauschiges Handtuch in den Sarg gelegt. Extraweich gespült.

Annegrets Fall

Annegret war noch da. Sie fühlte das unebene Pflaster unter ihrem Kopf. Direkt neben ihrem Gesicht sah sie ein kleines Häufchen trockener Blätter. Da waren bestimmt Spinnen drin. Und Kaugummi, der Boden hier war ein Meer aus Kaugummiplacken. Bestimmt auch unter ihrem Blazer und ihrem Rock, ausgespuckt, angetrocknet und mit eingetretenen Schmutzteilen. Zwei Meter weiter links sah sie einen ihrer Schuhe.

Sie schaute schräg am Gerüst hoch zum siebten Stock. Ihre Brille war weg und sie konnte die Fenster nur verschwommen ausmachen. Auf ihrer rechten Wange lief Blut. Sie konnte den Kopf ein kleines bisschen drehen, hin zum dem Gebüsch, das ihren Kopf vor dem Aufprall abgebremst hatte. Aha, sie konnte den Kopf noch bewegen, das bedeutete sicher, dass jetzt doch noch nicht alles vorbei war.

Ein Trugschluss, wie sie gleich darauf beim Versuch, die Beine zu bewegen, feststellte. Wo waren ihre Beine? Als nächstes versuchte Annegret, die rechte Hand zu heben. Nichts. Sie konnte ihre Hand und den Arm auf dem Pflaster liegen sehen. Aber sie fühlte nichts, noch nicht mal Schmerz. Schmerz in dieser Situation wäre gut, müsste sein, dachte sie.

Hallenbach, Direktor
Unsere Kollegin Annegret Goslowski ist ihren Verletzungen erlegen. Der Rettungsdienst konnte nichts mehr für sie tun. Wir sind alle tief betroffen. Dies ist der größte Unglücksfall in der 50-jährigen Geschichte unserer Schule. Bislang kann sich niemand erklären, warum sie sich am Freitag nach 16 Uhr noch im Gebäude aufhielt und wie es zu dem Sturz kam, aber obwohl sie erst drei Jahre bei uns war, kannten

wir alle ja ihr legendäres Pflichtbewusstsein und ihre Leidenschaft für die Arbeit.

Auch wenn ihre Stelle jetzt so schnell wie möglich wieder besetzt werden muss, wir werden Frau Goslowski nicht vergessen!

Sie sah am Gebäude hoch. Ihr Arbeitsplatz, all die Jahre. Jeden Winkel kannte sie, jeden Raum. Wusste manchmal besser als Meier, der Hausmeister, wo ein Fenster klemmte oder eine Tür nicht richtig schloss. Gestritten hatte sie sich mit ihm, wenn es zu lange dauerte, bis er endlich kam und reparierte. Dem waren seine Pausen wichtiger als das Haus.

Annegrets Gedanken wanderten von Meier zu Direktor Hallenbach. Undurchsichtiger Typ. Und sie hatte oft mit ihm zu tun gehabt. Trotzdem nicht rausbekommen, wie der tickte. So oft, wenn sie wieder einen Schüler in sein Büro geschickt hatte, damit der lernte, wie man sich zu benehmen hatte, lächelte Hallenbach Annegret nur an. Wenn sie nachfragte, sagte er immer nur, er haben die Sache geregelt. Von dem war keine Unterstützung zu erwarten. Nie.

Kollege Zimmermann
Nee, das stimmt, vergessen werden wir sie nicht. So schnell jedenfalls nicht. Ich hatte ja eigentlich nichts mit ihr zu tun, wollte ich auch bitteschön nicht, aber soviel hab ich auch mitbekommen, die war schon ne Marke! Muss man sagen, mit der war nicht zu spaßen. Überhaupt, Spaß, das Wort kannte die glaub ich gar nicht. Hab sie nie lachen gesehen. Und ihr Lächeln sah aus, als müsste sie sich zwingen. Wenn sie mal gelächelt hat. Mich hat sie mal richtiggehend zur Schnecke gemacht, weil ich ihr die Tür nicht aufgehalten hab. Jetzt frag ich mich, ob sie Depressionen hatte und deswegen da oben aus dem Fenster …

Annegret schloss kurz die Augen, es kam ihr vor, als ob das Sonnenlicht an Helligkeit zunahm. Die Schule war ihr Zuhause gewesen, ihr

Leben. Aber für die Kollegen war alles andere wichtiger, Freizeit, Familie …

Kollegin Zellner
Ja, Depressionen, ich glaub auch, dass sie die hatte. Oder BurnOut oder sowas. Sie konnte ja nicht lockerlasssen, alles bis ins Kleinste vorbereitet, Hunderte von Arbeitsblättern und wehe, die wurden nicht alle komplett abgearbeitet. Oder jemand hatte nicht freundlich genug gegrüßt. Ganz schlimm. Da gab's sofort drakonische Maßnahmen, eigentlich jede Woche. Und immer gleich ganze Gruppen aus all den Klassen, die sie unterrichtet hat. Meine Schüler haben oft gejammert, aber ich hab dann immer gesagt, ihr seid ja hier, um was zu lernen. Konnte ja nicht sagen, dass ich das übertrieben fand. Ich wollte mich auf keinen Fall mit ihr anlegen, das haben andere Kollegen schwer bereut.

Die Kolleginnen während der Pause, immer kichernd und Rezepte tauschend, was war das für ein Niveau? Es ging doch darum, die Schüler auf das Berufsleben vorzubereiten und nicht, wie einige, mit den Schülerinnen über Schuhkäufe und Haarfarben zu diskutieren. Da blieb Annegret nur eine Konsequenz – Abstand halten. Sie hatte im Lehrerzimmer einen Platz für sich allein gefunden, wo niemand sie mit seichten Gesprächen störte. Ja, sie hatte immer gewusst, dass man über sie tuschelte, aber das war nicht zu ändern. Aufrecht und gut gepflegt war sie durch die Flure gegangen. Und immer auf die Minute pünktlich.

Meier, Hausmeister
Ich hab sie abends beim letzten Rundgang gefunden. Sah scheußlich aus, die Beine so verdreht. Und das Kostüm so dreckig. Schuhe, Tasche, alles verstreut. Ich hab versucht, den Puls zu fühlen, also ob da noch was ist, aber ich hab nix gefühlt, so was macht man ja auch nicht

jeden Tag, vielleicht war's die falsche Stelle, auf jeden Fall wollte ich eigentlich Fußball gucken und deswegen hab ich schnell den Notruf gewählt und gehofft, dass die bald kommen, dass ich wenigstens die zweite Halbzeit …

Wie, kein Mitleid? Sie haben die Goslowski ja nicht gekannt.

Schüler Benjamin Neumann, Sophie Görner, Violetta Kurz, Murat Yilmaz, Asmara Kuralingam

Wir kannten uns alle nur vom Sehen in der Pause. Aber beim Nachsitzen haben wir uns dann näher kennengelernt. Zwangsläufig, denn wir hatten schon ein Abo auf das Nacharbeiten. Da waren auch immer mal andere dabei, aber wir fünf waren immer dran. Gut, der Benni kam oft zu spät, Violetta hat im Unterricht viel gepennt. Asmara hatte auch kein Bock und Sophie und Murat, die haben fast jedes Mal ihre Hausaufgaben nicht gemacht. Aber wir finden, so kurz vorm Abi kann man selbst entscheiden, ob man die macht und was man überhaupt macht. Frau Goslowski hat doch selber gesagt, wir seien jetzt erwachsen. Also bitte. Und dann dieses Dauernachsitzen. Passt nicht zusammen. Frau Goslowski war eigentlich mehr geeignet für den Knast als für die Schule. Benni und Murat haben ihr mal die Meinung gesagt. Da wurde es richtig schlimm, Frau Goslowski wollte die beiden von der Schule schmeißen, hatte schon alles eingeleitet. Zwei Monate vor dem Abi, das muss man sich mal vorstellen. Und dann hat sie uns am Freitag noch extra lange dabehalten.

Aber jetzt sagen wir nichts mehr, Benjamins Vater ist Anwalt.

Annegret dachte an ihre Mutter. Pünktlichkeit, Ordnung, Sauberkeit, klare Regeln, das waren die Richtlinien. Das gab Orientierung. Und so hatte auch sie es immer gehalten. Nur den sonntäglichen Kirchgang hatte Annegret nicht mehr geschafft, als sie angefangen hatte zu arbeiten und die Sonntage für die Arbeit am Schreibtisch brauchte. Ohne Arbeitsblatt kein guter Unterricht, das war immer ihre Maxime gewesen. Und regelmäßige Kontrolle der Schülerarbeiten. Konsequent musste man sein und Regeln einhalten, sonst ging man unter. Soviel war sicher.

Reinigungskraft
Freitags wird der Raum nicht geputzt und als ich Montag wieder rein bin, war diese Lehrerin schon tot und ich musste gründlich machen. Sie glauben ja nicht, was da immer alles rumliegt, Arbeitsblätter, Stifte, Kreide, Bücher, leere Colaflaschen, Brötchentüten auf den Tischen und auf dem Fußboden auch.
Also, die Lehrerin soll ja aus dem Fenster gestiegen sein und dann runtergesprungen. Ich hab ja nix damit zu tun, aber ich frag mich, warum die ihre Brille in die Ecke schmeißen sollte, bevor sie sich umbringt. Sonne-Kombibrille mit Leseteil, sowas hat kein Schüler.

A.K.
Ich hab immer versucht, freundlich zu Frau Goslowski zu sein. Aber das hat bei der gar nichts genützt. Die war so ein Ekel, ewig schlecht gelaunt.

S.G.
Jaa, Asmara, die schleimt bei jedem Lehrer rum. Dass sie das auch mit Frau Goslowski gemacht hat, war schon krass. Aber sie will unbedingt Medizin studieren und da braucht man jeden Punkt. Ihr fällt's in einigen Fächern nicht leicht, da versucht sie's eben so. Ich hab's ihr ein bisschen nachgemacht, aber so wie Asmara konnte das keine.

V.K.
Bei Frau Goslowski wegpennen war Standard bei mir. Grottenlangweiliger Unterricht. Dabei fand ich Deutsch gar nicht so schlecht, früher. Bis wir Frau Goslowski bekamen. Mittlerweile sind mir meine Noten schon egal, Hauptsache Abi und dann mal sehen. Wird schon irgendwie gehen. Aber die Jungs, die hatten es wirklich schlecht bei ihr. Wie sie mit denen umgegangen ist, das war voll unfair.

Annegret bewegte den Kopf zwei Zentimeter aus dem Sonnenlicht weg. Mehr ging nicht, aber jetzt konnte sie die Augen wieder öffnen. Sie sah an den Fenstern hoch. Da, im zweiten Stock, das musste ihr Raum sein. Sie hatte vor langer Zeit darauf bestanden, einen festen Raum für ihren Deutschunterricht zu bekommen. Der Hallenbach hatte schließlich entnervt zugestimmt. Seine Bemerkung, die Kollegen seien flexibler, hatte Annegret ignoriert. Sie brauchte einen verlässlichen Raum, in dem kein anderer Kollege etwa Bücher liegenließ oder Plakate. Einen Raum, in den niemand ungefragt eindringen konnte. Nicht wie ihr Vater, der die Tür zu ihrem Zimmer aufriss, wenn ihm danach war … Am liebsten hätte Annegret dem Hausmeister gesagt, er solle ein Extraschloss an die Tür montieren, mit einem Schlüssel nur für sie. Aber sie hatte einsehen müssen, dass das unmöglich gewesen wäre.

Stefan Beisler, Referendar
Frau Goslowski war meine Mentorin. Supergründlich war sie, das muss man sagen. Meine Vorbereitungen ist sie Punkt für Punkt durchgegangen. Das hat mich immer den halben Sonntag gekostet. Und ich bin sicher, wenn sie nicht selbst Vorbereitungen hätte machen müssen, wär's der ganze Sonntag gewesen. Ich frag mich, ob Frau Goslowski überhaupt mal sowas wie Freizeit hatte.

Ja, ich will fair bleiben, ich hab was bei ihr gelernt. Aber die Art, wie sie ihre Kritik vorgebracht hat, die war schon verletzend. Meine Freundin musste mich so manches Mal trösten.

Ja. die reden alle über Burnout bei Frau Goslowski, aber ich wär nicht überrascht, wenn ein Schüler sie aus dem Fenster gestoßen hätte. Sie war schon berüchtigt bei den Schülern. Ließ absolut nichts durchgehen. Und ich meine, freitags nachmittags Nachsitzen anzuordnen, das will schon was heißen. Da gehört schon was dazu.

Annegret war sich immer sicher gewesen, dass sie Lehrerin werden wollte. Ein Lehrer organisiert das Leben in der Klasse. Und ordnet an, was zu geschehen hat. Am Wort des Lehrers ist nicht zu rütteln, so sah sie das, und das gab ihr Sicherheit. Niemand würde mehr über ihre Zeit bestimmen. Ihr befehlen, die Hühner zu füttern oder beim Kohlputzen zu helfen. Ihr Vater hatte alle kommandiert. Hatte Annegret um fünf Uhr morgens geweckt, weil sie vor der Schule schon dieses oder jenes erledigen sollte. Schulbesuch war zweitrangig. Annegrets Mutter hatte sich in die Küche verzogen und geschrubbt und gewienert. War allem aus dem Weg gegangen. Hatte Ordnung und Sauberkeit hergestellt. Um jeden Preis.

B.N.

Jungs mochte sie überhaupt nicht. Bei den Mädchen hat sie schon mal ein Auge zugedrückt, aber bei Jungs gabs immer sofort Ärger. Das volle Programm. Mich hat sie mal gefragt, was ich studieren will und als ich gesagt hab Maschinenbau, da hat sie laut gelacht, richtig lustig gemacht hat sie sich. Das schaffst du doch nie, du Schlafmütze, hat sie gesagt. Und so weiter. An dem Freitag hat sie gesagt, so ein Legastheniker wie du, der wird nie im Leben irgendwas studieren. Da wollte ich rausgehen, aber sie fing an zu schreien, ich soll mich sofort hinsetzen, sonst sorgt sie dafür, dass ich von der Schule fliege. Keine Ahnung, ob sie das geschafft hätte, aber versucht hätte sie es bestimmt und ich hatte keine Lust auf noch mehr Ärger.

Mit Murat ist sie noch schlimmer umgesprungen, ich glaub, sie findet, dass Türken kein Abi machen sollten. Den wollte sie wirklich von der Schule haben.

Annegret sah die Hühner wieder vor sich, die Kohlköpfe, den Wischeimer und die Putzlappen ihrer Mutter. Roch den Geruch der Kirche am Sonntag. Alles verschwamm. War sie kurz ohnmächtig gewesen?
Die Gesichter von Benjamin und Murat tauchten in ihrem Geist auf. Zwei Jungs, denen sie versucht hatte, Benehmen beizubringen. Ja, ihr war klar, dass sie die Mädchen bevorzugt hatte. Vielleicht hatten die es zuhause auch nicht leicht. Annegret hatte sich nie mit Einzelheiten aus dem Leben ihrer Schüler befasst. Das Private ging keinen etwas an. Hier war Lernen und sonst nichts. Aber bei den Jungs, da musste sie aufpassen, dass sie sich in die richtige Richtung entwickelten. Ordnung, Sauberkeit, Pünktlichkeit und vor Allem, kein Machogehabe. Annegrets Vater hatte ihre Mutter angebrüllt, als der Sonntagsbraten einmal nicht ganz durch war. Ein anderes Mal, als sie das Hemd, das er anziehen wollte, nicht gebügelt hatte. Annegret kniff die Augen zu. Sie wollte nicht mehr daran denken.

Dieser Benjamin, kam mit diesem überheblichen Lächeln in die Klasse, immer zu spät. Und sagt, Deutsch interessiert ihn nicht. Wie Annegrets Vater, als sie ihm einmal einen Aufsatz zeigen wollte. Kinkerlitzchen, die Arbeit auf dem Hof, die zählt und sonst nichts.

Und Murat, der sicher noch nie im Haushalt helfen musste. Siegessicherer Blick, keine Spur von einem Kampf um den Lebensweg. Im

Gegenteil, der Vater kam in die Schule, um sich zu beschweren, dass sein Sohn schlecht behandelt worden sei.

Annegrets Vater hätte nur abgewinkt. Höchstens gesagt, dass der Lehrer sicher recht gehabt hätte.

Ja, sie war ungerecht gewesen. Hatte Benni angeschrien. Hatte Murat schlechtere Noten gegeben, als gerechtfertigt. Aber sie war die Lehrerin. Einmal stärker sein als die Männer.

Bei dem Referendar, dem Beisler, war's einfach gewesen. Der hatte gekuscht. Jeden Sonntag hatte sie ihn extra lange am Telefon festgehalten, um ihm die Unzulänglichkeiten in seinen Vorbereitungen klarzumachen. Und er hatte dann alles verbessert. Ganz brav. Ja, sein verletzter Blick auf dem Flur war ihr nicht entgangen. Aber der war schließlich auch zum Lernen hier. Gefühle waren fehl am Platz.

Annegret versuchte sich ihren Vater mit diesem Blick vorzustellen. Was hätte sie darum gegeben, ihn nur ein Mal mit Gefühlen zu sehen.

Kollege Mauermann

Die Annegret, ich hab ja mit ihr zusammen studiert, die war früher schon komisch. Eine richtige Zicke, wenn man das posthum so sagen darf. Gemeinsam für Klausuren lernen? Niemals, da könnten ja andere von ihrem Wissen profitieren. Ihre guten Noten wollte sie selber haben, ganz alleine. Genauso hier an der Schule. Ich war platt, als ich hierher kam und sie sah. Man begegnet sich doch immer zweimal oder wie war das? Sie hat sich auch wohl an mich erinnert, aber sie war genauso verbissen wie früher. Arbeitsblätter austauschen? Nie und nimmer. Ich hab sie ein einziges Mal gefragt, nach der Antwort nie wieder. Leider hatte ich als Kollege viel mit ihr zu tun, aber ich hab's strikt sachlich gehalten. Kein persönliches Wort oder mal zusammen ein Bier trinken, wie mit anderen. Nur an diesem Freitag, da hätte ich anders handeln müssen, das bedauere ich sehr …

Annegret fühlte die spitzen Kiesel des Schuleinfahrt unter ihrem Kopf. Familie. Annegret hätte gerne eine gehabt. Nils Mauermann, sie hatte sich während des Studiums schon manchmal ausgemalt, wie es wäre … aber, er war immer so merkwürdig entspannt, so waren Männer doch nicht, das kannte Annegret nicht.

Und dann war er plötzlich wieder da. Sah immer noch gut aus. Annegret hatte kurz überlegt, die Schule zu wechseln, allerdings hätte das wie nachgeben ausgesehen und das kam nicht in Frage. Irgendeine Schwäche zeigen, war ein Fehler, das hatte sie in ihrer Jugend zur Genüge gelernt.

M.Y.
Mein Vater ist Zahnarzt und ich will mal die Praxis übernehmen. Alles easy soweit. Bloß, mit Frau Goslowski, das ging gar nicht. Die meinte, Türken sollten bei der Müllabfuhr arbeiten und sonst nirgendwo. Hat sie wirklich mal gesagt. Mein Vater ist dann zum Schulleiter gegangen und hat sich beschwert, aber der hat nichts weiter gemacht, außer mal mit ihr geredet. Und dann wurde alles nur noch schlimmer. Ich hab kein Bein mehr an die Erde gekriegt. Ich hab Schiss, dass meine Noten jetzt nicht fürs Studium reichen. Und als die Goslowski uns am Freitag hat antreten lassen, da war ich wirklich genervt, das stimmt. Aber ich hätte es hinter mich gebracht wie sonst auch, wegen meiner Noten. Bloß als dann Klaus, ich meine Herr Mauermann, plötzlich im Raum stand, da hat sich das so entwickelt. Ich konnte nichts tun.

B.N.
Ja, dann kam Herr Mauermann. Hab mich gewundert, was der so spät noch in der Schule macht. Dann fragt er Murat, wie lange es noch dauert und dass er auf dem Parkplatz auf ihn wartet. Und Murat wurde ganz rot. Da hab ich's kapiert. Und die Goslowski auch. Hätte ich ihr gar

nicht zugetraut, dass die so schnell drauf kommt, dass Murat und Herr Mauermann … Na, jedenfalls sind die Mädels ganz leise verschwunden, als sie gemerkt haben, dass Frau Goslowski und Herr Mauermann sich nur noch anstarren. Der Mauermann versucht noch, locker zu bleiben, und sagt, sie soll nicht so lange machen, aber die Goslowski hat Murat am Arm gegriffen und geschrien, das geht so nicht, Murat ist noch keine achtzehn und sie wird das melden. Herr Mauermann hat gefragt, was sie melden will und dann wollte er Murat mitnehmen, aber Frau Goslowski hat ihn nicht losgelassen. Sie haben ein bisschen gerangelt, dabei ist Frau Goslowskis Brille vom Tisch gefallen. Ich wollte sie gerade aufheben, da seh ich, wie Herr Mauermann auf Frau Goslowski zugeht und sagt, der Affenzirkus hat jetzt ein Ende. Frau Goslowski ist völlig ausgerastet und hat auf Herrn Mauermann eingeschlagen. Nils hat sie ihn genannt, die kannten sich wohl besser als man dachte. Sie schreit also Nils, Nils und hält Murat weiter fest und will ihn von Herrn Mauermann wegziehen. Herr Mauermann hinterher. Das Fenster war offen, alle schreien rum, und dann ist Frau Goslowski plötzlich aus dem Fenster gekippt.

Annegret schloss die Augen wieder. Sie hatte doch nur Ordnung schaffen wollen und war enttäuscht worden wie so oft.

Aussichten

Warum Hildeliese und Alwine nie geheiratet hatten? Eine heikle Frage.

Nun, es hatte sich nie so recht ergeben.

Die beiden Schwestern lebten nicht nur seit ihrer Kindheit im gleichen Haus, nein, sie waren auch beide seit Jahrzehnten Mitglieder bei den »Wandervögeln 1920 e.V.«. Alwine hatte damals die Idee gehabt. Natürlich.

Die regelmäßigen Ausflüge mit den Wandervögeln machten Hildeliese nichts aus. Alwine ging jedes Mal an der Spitze des kleinen Zuges und bemerkte in ihrem Eifer gar nicht, dass ihre kleine Schwester ganz allein eine verträumte Nachhut bildete. Anders war es, wenn die beiden zu zweit unterwegs waren. Dann wurde Hildeliese scharf ins Visier genommen und musste pausenlos Rede und Antwort stehen.

So auch heute. Alwine hatte den Proviant geschultert, zwei passende Wanderstöcke ausgewählt und schritt nun tüchtig aus. Es war nicht das erste Mal, dass Alwine sie zu diesem Aussichtsturm in der Nähe von Badenstedt schleifte, der eigentlich nicht mehr war als ein forstwirtschaftlicher Hochsitz an einem hübsch gelegenen Ort. Jedes Jahr zum kalendarischen Frühlingsanfang musste Hildeliese hinter Alwine her durch den Wald trotten und von hier oben das erste Grün an den Bäumen mit freudigen Ahs und Ohs begrüßen.

Es war allerdings das erste Mal, dass Hildeliese sich die Mühe gemacht hatte, die Nägel der Geländerbretter zu lockern – und zwar an der Stelle, an die Alwine sich immer genüsslich lehnte, wenn sie ihren alljährlichen Vortrag zu Hildelieses Belehrung beendet hatte.

Es war in jedem Frühling das Gleiche. Nach einem endlos erscheinenden Monolog holte Alwine einen Moment lang Atem, ermahnte Hildeliese noch einmal, sich dieses wundervolle Bild gut einzuprägen, stellte ihr in scherzhaftem Ton ein paar viel zu leichte Fragen, um sich dann zu guter Letzt auf das Geländer zu stützen, wobei ein tiefes »Aah!« den Weg aus ihrer Kehle fand. Dabei stand sie immer an der gleichen Stelle. Auf den Zentimeter genau.

Wenig später folgte der feierliche Abstieg vom Hochsitz, Alwine immer vorneweg, Hildeliese immer gehorsam hinterdrein.

Nun, dieses eine Mal würde es anders sein. Alwine würde den Abstieg wesentlich schneller hinter sich bringen, als ihr lieb war, und Hildeliese würde ganz anders als sonst die schmale Leiter herabsteigen. Als ein Mensch erhobenen Kopfes. Ja, das war tatsächlich mal eine gute Aussicht.

Es hatte eine ganze Weile gedauert, bis dieser Entschluss in Hildeliese herangereift war. Alwine war im Grunde kein schlechter Mensch, und so war ihre Beseitigung zwangsläufig mit einigen Skrupeln verbunden.

Als Kind hätte Hildeliese es nie für möglich gehalten, dass es einmal so weit kommen würde. In stiller Bewunderung hatte sie zu ihrer großen Schwester aufgeschaut. Alwine kannte jedes noch so unscheinbare Kräutlein, identifizierte mühelos jede Tierspur im Schnee und konnte die Brunftschreie der gesamten heimischen Tierwelt täuschend echt nachahmen. Später hatte Hildeliese versucht, Alwines langen Monologe auszublenden und sich von Zeit zu Zeit in einen friedlichen Tagtraum zu flüchten. Vergebens.

Inzwischen knirschten ihre Zähne, sobald Alwine nur das Wort an sie richtete. So konnte es nicht weitergehen. Deshalb hatte Hildeliese in diesem Jahr ihre leicht abfallenden Schultern energisch gestrafft und sich am 19. März mit einer kleinen Werkzeugtasche auf den Weg zum Hochsitz gemacht. Es war ein hartes Stück Arbeit gewesen, die dicken rostigen Nägel nach all den Jahren aus dem völlig verzogenen Holz zu lösen. Hildeliese bohrte und ruckelte verbissen, wobei sich auf ihrer Oberlippe kleine Schweißtröpfchen sammelten.

Dann hatte sie es geschafft: Das Geländer an Alwines Stammplatz war nur noch täuschende Fassade und würde ihrem mit den Jahren schwer gewordenen Körper keine drei Sekunden standhalten. Hildeliese ging einen Augenblick in sich, um erneut ihr Gewissen zu befragen.

Nein, alles in bester Ordnung, das Urteil über Alwine war gefällt. Einstimmig. Und war ihre große Schwester nicht im Grunde zu beneiden? Sie würde eines schnellen Todes sterben, nachdem sie sich in köstlicher Selbstzufriedenheit gebadet und ihre Lieblingsaussicht in vollen Zügen genossen hatte.

Wem war das schon beschieden?

Hildeliese sah noch einmal nachdenklich hinunter, wobei sie sorgfältig darauf bedacht war, sich nicht etwa selbst anzulehnen. Es ging steil nach unten an besagter Stelle. Zu der Fallhöhe vom Hochsitz kamen noch etliche Meter eines Abhangs sowie ein steinharter Boden. Ausgeschlossen, dass Alwine das überleben und das Opfer jahrelangen Siechtums werden würde.

Das hätte auch noch gefehlt: jeden Nachmittag zu irgendeinem Pflegeheim pilgern, und das, wo die Busverbindungen in Arbergen so schlecht waren.

Nein, der Sturz von diesem Ausguck war eine todsichere Sache. Inzwischen hatte Hildeliese das Werkzeug in die Tasche gesteckt und war flink wie ein Wiesel die knorrige Leiter hinabgestiegen.

Dann war es soweit. Alwine und Hildeliese oben auf dem Ausguck. Der belehrende Vortrag. Länger als sonst, nicht enden wollend, unerträglich.

»So, Hildeliese, schau dich gut um! Diese herrliche Landschaft!«

»Wie ist es, Hildchen, weißt du noch, was der Jäger meint, wenn er beim Hasen von Löffeln spricht?« Hildelieses Augen fraßen sich an den kleinen Einbuchtungen fest, die die rostigen Nägel vor Alwines Brust umschlossen, während sie die gewünschte Antwort gab. Alwine begann sich vorzubeugen, als sie plötzlich wie vom Blitz getroffen in sich zusammensackte.

Hexenschuss. Hexenschuss der übelsten Art.

Hildeliese schluckte den Seufzer, der sich in ihrer Kehle zu formen begann, herunter und biss die Zähne zusammen. Na fein, nun konnte sie ihre schwergewichtige Schwester vom Hochsitz herunterwuchten, sie zu Doktor Bartels schleifen, das Geländer reparieren und im nächsten Frühling ganz von vorn beginnen.

Sicher, sie hätte der schmerzgekrümmten Alwine auch einfach einen kräftigen Schubs verpassen können. Aber das, so fand Hildeliese, hatte sie nun doch nicht verdient.

Auf der Suche nach dem Schuldigen

Als Tom und Anna sich trennten, war noch alles in Ordnung. Wahrscheinlich deshalb, weil es eigentlich nur Tom war, der sich von Anna trennte, fünf Jahre lang. Anna bemerkte nichts, die Freunde ahnten nichts, die Familien betrachteten die beiden als langjährig einiges Paar ohne Abgründe und Geheimkammern. Während dieser fünf Jahre gab es keine Szenen, keine Scherben, kein Geschrei. Anna und Tom besuchten Parties als gern gesehene Gäste, luden ein als aufmerksame Gastgeber und fuhren gemeinsam in Urlaub. Bekannt war, dass Anna gelegentlich seufzte angesichts all der Einladungen und Gastgeberpflichten und dass Tom manchmal sehnsüchtig in das immer noch leere Kinderzimmer schaute, dass er damals beim Neubau mit besonderer Sorgfalt geplant hatte. Man muss eben Abstriche machen, sagten die Ledigen und die weniger Wohlhabenden und pflegten ihren Neid.

Es geschah nichts im Urlaub, nichts am Wochenende, nichts abends. Tagsüber aber, wenn Anna für Dr. Berger Patientenakten schrieb und Tom zuhause in seinem Büro Pläne für Neubauten zeichnete und die Statik von Turnhallen berechnete, kam die Nachbarin. Tom brauchte jemanden. Zunächst für Schreibarbeiten. Und hier begann, was niemand für möglich gehalten hätte. Bald hatte die Nachbarin einen Schlüssel. Im Kinderzimmer stand ein breites Gästebett. Der Ehemann der Nachbarin fuhr als erster Offizier auf einem Gastanker. Die Kinder waren in der Schule.

Wie und wann Anna etwas bemerkte, ist noch heute unklar. Sicher ist, dass Anna das Ganze ebensowenig verstand wie die medizinischen Ausdrücke in ihren Schriftstücken. Die Neuigkeit sickerte erst in den Freundeskreis, dann auf Umwegen, verdünnt, in die Familien. Die Freunde sahen weg, die Familien fragten sich, was dran sei an den Gerüchten. Anna leugnete das Vorhandensein irgendeines Problems. Tom schwieg. Was soll er auch sagen, meinten einige. Er hat alles kaputtgemacht, sagten andere.

Als Anna ihren vierzigsten Geburtstag feierte, ohne Tom, war Annas Familie wohl die letzte Gruppe unter den 150 Gästen, der die Lage der Dinge klar wurde.

Die Familie betrachtete Anna, die zwei Kleidergrößen an Gewicht verloren hatte, und auch wenn die Bemerkung fiel, dass ihr das nur gut getan hatte, machte man sich Sorgen. Anna war blass und schweigsam, und, was ihrer Mutter am meisten zu schaffen machte, sie war nicht mit Tom verheiratet.

Als der Ehemann der Nachbarin nach Hause kam, freute er sich auf zwei Monate an Land. Noch auf See hatte er sich vorgenommen, mit seiner Frau über ein drittes Kind zu sprechen. Nachdem seine Frau ihm die Ursache für ihre morgentliche Übelkeit beichtete, warf er den Inhalt des Geschirrschrankes an die Wand, zertrümmerte den Fernseher und schlitzte zwei Sofas auf. Dann nahm er seine Kinder und zog zu seinen Eltern. Kein Wunder, sagten die Leute, so ist er, man kann ihn verstehen.

Annas Mutter erkundigte sich. Sie erfuhr, dass Anna wahrscheinlich auch so ein Recht auf das gemeinsame Vermögen hatte. Wahrscheinlich reichte der Mutter nicht.

Anna äußerte ihrer Schwester gegenüber, sie sei jetzt aufgewacht. Sie werde zuerst einmal ausziehen. Allerdings wisse sie nicht, wohin und ihr Verdienst reiche höchstens für ein möbliertes Zimmer. Es sei Tom gewesen, der den Lebensstil finanziert habe. Der Ehemann der Schwester fuhr von Sessel hoch, sah seine Schwägerin an und brüllte, Tom habe Verpflichtungen. Das muss erst geklärt werden, sagte Anna, wir sind nicht verheiratet.

Die Familie stellte Tom zur Rede. Er sah sie an, als wären sie entfernte Bekannte, aber er sicherte zu, sich übergangsweise um Annas Auskommen zu kümmern. Annas Schwager öffnete den Mund, aber bevor er losbrüllen konnte, führte Tom weiter aus, er habe alles geregelt. Sollte ihm etwas passieren, gehöre Anna das Haus. Dies berichtete Annas Schwester ihrer Freundin. Diese meinte später, sie habe den Eindruck gehabt, dass Annas Schwester erleichtert gewesen sei. Über die Reaktionen von Annas Schwager und Mutter konnte die Freundin nichts sagen.

Als gesichert kann gelten, dass der Ehemann der Nachbarin seine Kinder in der Obhut seiner Eltern ließ und nach Rotterdam fuhr. Tankstellenabrechnungen auf seiner Kreditkarte belegten dies. Es bleibt allerdings offen, wohin er dort ging, mit wem er sprach und was er dort wollte. Er verfügt über gute Ortskenntnisse. Seine Spur verliert sich zwei Stunden nach seiner errechneten Ankunft in Rotterdam.

Ebenso ist nachgewiesen, dass Annas Schwager seine Bekanntschaft mit einem ehemaligen Schulfreund auffrischte. Dieser hatte nach Absitzen einer Haftstrafe wegen räuberischer Erpressung und Körperverletzung eine Wohnung im Nachbarort bezogen.

Über Annas Mutter ist bekannt, dass sie zur Überraschung ihrer Freunde und Bekannten ankündigte, sie werde nach Berlin fahren. Die Fahrkarte händigte sie später dem ermittelnden Beamten aus und gab an, einen Bekannten aus alten ostpreußischen Tagen getroffen zu haben. Dieser Bekannte, bisher nicht aufgefallen, lebte im Altenwohnheim und sagte aus, er habe sich sehr über den Besuch gefreut. Man habe über alte Zeiten und gemeinsame Freunde gesprochen.

Auf Grund dieser Erkenntnisse wurde in Richtung des Ex-Häftlings ermittelt. Zunächst. Bis feststand, dass er zur Tatzeit seinen noch inhaftierten Zellengenossen besucht hatte.

Der Bekannte der Mutter, im Flur des Altenwohnheims damit beschäftigt, die Topfpflanzen zu gießen, bestätigte, dass er noch immer gut Polnisch und Russisch spreche. Mit seinem guten alten Freunden aus der guten alten Zeit. Mittlerweile alle Groß- oder sogar Urgroßväter.

Die polnische Polizei teilte mit, sie habe diese Freunde und ihre Familien ohne weitere Ergebnisse überprüft. Falls gewünscht, werde man sich gern noch um die Bekannten der Familien kümmern. Das werde allerdings länger dauern.

Die holländische Polizei teilte mit, sie könne bedauerlicherweise nicht weiterhelfen.

Die Justizvollzugsanstalt teilte mit, der Häftling dürfe soviel telefonieren, wie er wolle, solange sein in der Anstaltsgärtnerei erarbeitetes Geld reiche.

Im Abschlussbericht der Kriminaltechnik ist zu lesen, dass das Geschoss aus einer bisher nicht aufgefallenen Waffe abgefeuert wurde. Die am Tatort gefundenen Fruchtbonbons seien holländischer Herkunft und die möglicherweise vom Täter zurückgelassene Plastiktüte trage den Aufdruck einer polnischen Supermarktkette. Fingerspuren oder anderes verwertbares Material seien nicht gefunden worden, was auf einen Täter mit Erfahrung hinweise.

Deshalb wird vielleicht nie ermittelt werden können, wer Tom zwei Monate nach Annas vierzigstem Geburtstag zwischen 3 Uhr und 3 Uhr dreißig an der Raststätte Wildeshausen aus seinem Wagen zerrte und mit einem Schuss aus sehr kurzer Entfernung erreichte, dass Anna das Haus bekam, Annas Mutter wieder schlafen konnte, Annas Schwager sich beruhigte und der Ehemann der Nachbarin pünktlich zu seinem Schiff zurückkehrte, denn es war wieder alles in Ordnung.

Einmal die Woche Fisch

Bremen-Findorff
Rasender Petrijünger erschlug Ehefrau mit glühend heißem Schmortopf.
Erste Ermittlungen ergaben, dass der Täter mit dem Inhalt des Topfes nicht einverstanden war und lieber eine andere Sorte Fisch serviert bekommen hätte.
»Der Mann hat einfach überreagiert«, so der lapidare Kommentar eines Polizeisprechers.
Wir werden so bald wie möglich über die Hintergründe der Tat berichten.

Im Grunde hatte Annemarie von Fischen keine Ahnung. Wusste nur, was er ihr erzählt und beigebracht hatte. Vor allem hatte sie von ihm gelernt, Fische richtig zuzubereiten. Diese köstlichen Kleinode, diese eiweißreichen Juwelen aus Wümme und Hamme, seinen bevorzugten Angelrevieren. Am liebsten fischte er in der träge dahinfließenden Kleinen Wümme, in dem herrlichen Abschnitt zwischen der Waller Feldmark und Dammsiel. Niemals jedoch am Silbersee, der leider nicht so ganz hielt, was sein Name versprach.
Annemarie hatte nie recht begriffen, warum die Zubereitung von Fisch für ihn eine Art heilige Handlung darstellte. War oft genug viel zu gedankenlos mit den edlen Zutaten umgegangen, hatte häufig von ihm eins auf die Finger kriegen müssen. Denn wenn er etwas nicht leiden konnte, dann war es die Missachtung seiner geliebten Schuppentiere.
Immer hatte er Fisch mitgebracht an den Samstagabenden. Zu den Samstagabenden mit seiner kleinen Annemarie. Erst wurde geangelt, dann ging es heim, heim zu Annemarie. Die Beute in den Kochtopf

oder in die Pfanne, ein köstliches Mahl, und dann – husch, husch – ins Bett mit der kleinen Annemarie. Manchmal hatte sie ein wenig gequengelt. Ihm in den Ohren gelegen, ob er nicht das blöde Angeln sein lassen und mit ihr zusammen »Wetten dass« schauen könnte. Immer müsste sie gerade dann am Herd stehen.

Wie bitte? Das blöde Angeln? Hatte er da richtig gehört?

Rot hatte es vor seinen Augen geflimmert. Und blaue Flecken hatte Annemarie am nächsten Morgen unter einer dicken Schicht Schminke verbergen müssen.

Nach vielen friedlichen Samstagabenden hatte sie es wieder einmal riskiert. Hatte es wieder gewagt zu quengeln. »Immer Fisch ... Könnten wir nicht mal ein saftiges Steak ...«

Sie hatte keine Gelegenheit mehr gehabt, den Satz zu beenden. Hatte am übernächsten Tag ihrem Zahnarzt von einem Sturz auf der Kellertreppe erzählt und sich den abgebrochenen Zahn überkronen lassen.

Danach waren die Fronten geklärt. Kein Quengeln mehr. Jeden Samstagabend Fisch auf dem Tisch. Klaglos. Perfekt.

Sein etwas flaches Gesicht verzog sich zu einer genießerischen Fratze. Seine unsteten Augen, die nicht recht zusammenzupassen schienen, pendelten sich zögernd in Ruhestellung ein.

Dann ein Samstag, an dem es selbst ihm zu kalt zum Angeln war. Wo nur totale Deppen sich noch ein Loch zum Eisangeln hackten. Wo er am Samstagmorgen zu ihr gesagt hatte, sie solle einmal ausnahmsweise zum Findorffmarkt gehen und Fisch kaufen. Wo sie mittags mit einer undurchsichtigen Plastiktüte in die Küche huschte und ihm versprach, er werde Augen machen. Sie habe einen Fisch gekauft, der sie irgendwie total an ihn erinnere. Nein, mehr würde sie nicht verraten. Er solle doch nicht immer so neugierig sein. Solle sich ruhig einmal überraschen lassen.

Der Gedanke hatte ihn den ganzen Nachmittag regelrecht verfolgt. Er hatte am Fenster seiner schicken Neubauwohnung am Weidedamm gestanden, in den klirrend kalten Wintertag hinausgeblickt und das »Woran denkst du? Woran denkst du nur?« seiner Frau großzügig überhört.

Ein Fisch, der sie an ihn erinnerte. Welche Spezies konnte das sein?

Auf gar keinen Fall waren es Heringe. Heringe sind Schwarmfische und er war, ohne sich selbst schmeicheln zu wollen, alles andere als ein Dutzendmensch. Wenn jemand die Bezeichnung Individuum verdiente, dann er. Und dass Annemarie ihn unvergleichlich fand, konnte er jeden Tag deutlich in ihren blauen Augen lesen.

Auch Aal würde es nicht sein, obwohl der Aal ein Fisch war, der ihm persönlich gut gefiel. Trotzdem wäre es nicht sehr angenehm, mit ihm verglichen zu werden. Vor allem auch, weil er wusste, dass Annemarie Aale verabscheute. Annemarie mit ihrer schon krankhaften Schlangenphobie. Als es vor Jahren unten im Keller des Überseemuseums noch Terrarien mit Riesenschlangen gegeben hatte, war sie nicht zu bewegen gewesen, auch nur die Ausstellungen in den oberen Geschossen zu besuchen. Undenkbar, dass sie ein schlangenähnliches Wesen freiwillig berühren und am Ende sogar essen würde. Aal schied aus, schied definitiv aus.

Er selbst sah sich als einen überaus schlagkräftigen Hammerhai. Genüsslich ballte er die Fäuste und freute sich auf den Abend. Doch ob Annemarie ihn so sah, ob sie es sich so schonungslos vor Augen hielt? Außerdem würde sie wohl kaum in der Lage sein, hier in Bremen einen Hammerhai aufzutreiben. In Hamburg mochte es vielleicht Hammerhaie geben oder in Berlin. Hier in Bremen bestimmt nicht.

Nein, Hecht würde ihn heute Abend erwarten. Ein toller Hecht. Je mehr er nachdachte und je mehr Fische an seinem inneren Auge vorbeischwammen, umso mehr stand das für ihn fest.

Heute Abend würde es Hecht geben. Den unumstrittenen König der Binnengewässer. Den Fisch mit den schärfsten Sinnesorganen, der selbst Säugetiere und stolze Schwäne zu seiner Beute zählte.

Der es verstand, stundenlang geduldig im Schilf auszuharren, um sich dann wie ein Pfeil mit unfehlbarer Sicherheit auf sein Opfer zu stürzen.

Ja, der Hecht und nur der Hecht war der ihm angemessene Fisch. Der Hecht im Karpfenteich.

Jawohl, aufgeräumt hatte er damals unter den lächerlichen Karpfen in Annemaries bisherigem Leben. Seine Zähne knirschten, als er an die Kerle dachte, die noch im letzten Oktober im Freimarktszelt um seine kleine Annemarie herumscharwenzelt waren. Das war vorbei, ein für allemal vorbei.

Es konnte nur Hecht sein, der heute Abend in Annemaries Schmortopf brutzeln würde. Klarer Fall.

Geradezu unerträglich gespannt war er, als er am Abend über die Schwelle der Küchentür trat. Annemarie lächelte ihr unnachahmliches Lächeln. Ängstlich, demütig, so wie man's gerne hat. Der überkronte Zahn blitzte kurz auf.

»Na, Mäuschen, was hast du heute Leckeres gezaubert? Jetzt möchte dein Männe aber die Überraschung sehen!« Köstlich fischig roch es in Annemaries kleiner Küche. So sehr nach Fisch, dass man erfuhr, was es zu essen gab, so wenig nach Fisch, dass man wusste, er war frisch. Vergeblich versuchten seine Blicke, sich durch die Wände des Schmortopfes zu bohren. Schüchtern hob sie den Deckel, wobei der Topflappen verrutschte und es ein hässlich schepperndes Geräusch gab.

Ungläubig starrte er in den Topf, aus dem ihn die erloschenen Augen eines Plattfisches anglotzten.

Scholle. Blitze zuckten durch sein Hirn. Druck auf den Ohren. Ein Gefühl wie zu tief getaucht. Platzende, berstende Kiemen.

»Scholli« hatte man ihm in der Schule nachgerufen. Tapfere Bemühungen, die Mundwinkel nach oben zu wölben. Vergeblich. »Scholli, Scholli« von allen Seiten. Dämliches Schuljungengrinsen, keine Probleme mit den Mundwinkeln. Die Fresse hatte er ihnen poliert und fertig.

Später dann das Gleiche im Beruf. »Mein lieber Scholli« – Kollegen, die sich lachend die Bäuche hielten, bis er in einen dieser Bäuche treten musste.

Und jetzt sie, seine kleine Annemarie. Zart gerötete Wangen. Scheues Lächeln. Dann der glühend heiße Topf. Ihr Kopf auf einmal knallrot. Annemarie. Seine kleine Annemarie.

»Mannomann«, murmelte der diensthabende Beamte, dem doch eigentlich nichts Menschliches fremd war. »Abführen!«, sagte er laut.

Schuldunfähig

Wie das war? Weiß ich doch nicht. Und selbst wenn, ich bin nicht schuld! Ich hab mich doch um sie gekümmert, bin ins Cafe mit ihr, einmal pro Monat. Und bei der Arbeit hab ich sie mitgenommen in die Kantine. Sonst wollte ja keiner. Und sogar in die Disko, zweimal letzten Monat. ja, hab ich alles gemacht. Ohne mich wär sie da nie hingekommen. Bin sogar vorher zu ihr und hab sie beim Zurechtmachen beraten. Make-up und Klamotten und so.

Konkurrenz bei Männern? Nee, war sie nicht. Total ungefährlich, mit ihr konnte einem da jahrelang nichts passieren.

Naja, ich hab schon ein bisschen aufgepasst, dass sie nicht zu gut rüberkam. Deswegen bin ich ja auch zu ihr hin und hab beim Schminken nachgeholfen und ihr die Sachen zum Anziehen zusammengesucht. Doll war das sowieso nicht, was sie hatte, da brauchte man gar nicht viel zu tun. Ja, was hättest du denn gemacht?

Es ist auch nicht in der Disco passiert, sondern bei der Arbeit. Da war ein Neuer im Verkauf, ganz süßer Kleiner. Konnte einem schon gefallen. Und stell dir vor, der macht sich an sie ran. Unglaublich. Ausgerechnet. Muss sauschwer gewesen sein, sie anzubaggern, wo sie doch so schüchtern war. Zum Glück hab ich ihr nie gesagt, dass sie mal öfter duschen soll, obwohl ich manchmal kurz davor war, so in einem Büro zusammen, und du weißt ja, wie klein unsere Büros sind. Ich hatte auch den Verdacht, dass ihre Waschmaschine kaputt ist oder sowas, weil die Klamotten so einen Muff in sich hatten, du weißt, was ich meine. Der Kleine hats anscheinend nicht gemerkt. Aber vielleicht war er auch noch nicht dicht genug an ihr dran. Als es dann so aussah, als ob der Kleine vorgehabt hätte, sie nach der Arbeit einzuladen, bin ich mit ihr in der Mittagspause zum Italiener, zur Sicherheit. hab sie eingeladen. Ordentlich Knoblauch.

Wie, ich bin gemein? Ich glaub nicht, dass du das anders gemacht hättest. Der Neue war so süß. Der hätte dir auch gefallen, aber so einen stell ich dir nicht vor, da kannst du ganz sicher sein.

Sowieso hat sie von all dem gar nichts gemerkt und das mit den Knoblauch war umsonst, weil der Kleine kurz vor Mittag in die Zentrale musste und sie gar nicht mehr einladen konnte.

Ob sie den mal angesprochen hat? Von sich aus? Natürlich nicht, du kanntest sie doch, ängstlich bis zum gehtnichtmehr, und außerdem hab ich dafür gesorgt, dass ich immer in der Nähe war. Da hätte ich schnell dazwischen gehen können.

Ja, das hatte ich alles ganz gut im Griff, glaube ich, bis auf Mittwoch Nachmittag. Da komm ich vom Klo zurück und sie legt gerade den Hörer auf. Mit so einem Lächeln im Gesicht. Wo sie doch nie gelächelt hat. Da wusste ich, es war passiert. Nach der Arbeit würden sie sich treffen. Da musste ich doch was machen! Erstmal wollte ich auf Nummer sicher gehen und frage sie, was denn so Schönes passiert ist. Und sie wollte es mir nicht sagen. Wo sie mir doch sonst immer alles … Da wusste ich endgültig Bescheid.

In Ruhe lassen? Und das sagst ausgerechnet du. Der fängt mit ihr was an und mich sieht er gar nicht? Und ich soll sie in Ruhe lassen? Das konnte ich einfach nicht. Wer hätte denn auch gedacht … Ein bisschen komisch ist das schon, ja. Und manchmal denke ich so an sie … Die haben mir so ein Foto gezeigt, das war fies. Aber ich bin nicht schuld, verdammt noch mal!

Wie das genau war? Weiß ich nicht mehr, will ich auch nicht wissen, da können die mich fragen, soviel sie wollen. Ja, zum Teufel, sie ist losgefahren, nach der Arbeit. Natürlich bin ich hinterher, was denn sonst. Das musste ich wissen. Und da kams auch schon, an der Ecke steigt er in ihr Auto, mit einer Rieseneinkaufstasche. Die hatten was vor. Sekt und Picknick wahrscheinlich. Ich wollte hinterher und gucken, was passiert, ja klar. Und dann muss sie gemerkt haben, dass ich das war hinter ihr. Sie fuhr plötzlich ganz langsam, so als wollte sie mir auch noch zeigen, wen sie da im Auto hat. Aber ich hab nicht überholt, den Gefallen hab ich ihr nicht getan. Auf der Autobahn fährt sie plötzlich wie Schumacher, hätte ich ihr nie zugetraut. Die wollte eindeutig abhauen. Ich hab aufgeholt und seh, wie er sich umdreht. Verdammt, ich war sicher, er hat gegrinst. Mich angegrinst. Dieser kleine Idiot. Da bin ich auf die Überholspur, gleiche Höhe, ja und dann kam die Baustelle, nur noch eine Fahrspur und sie sieht zu mir rüber, jetzt wollte sie zurückbleiben, aber nicht mit mir, erst abhauen und dann einen auf nachgeben machen. Ich blieb schön neben ihr, ganz dicht, konnte ihr in die Augen sehen. Ja, meine Güte, ich musste auch aufpassen, bei der Geschwindigkeit, und direkt neben ihr. Hab gar nichts gesehen. Nur den Knall hab ich gehört, am Brückenpfeiler. Irgendso ein Idiot hinter uns muss sich meine Nummer gemerkt haben. Dabei hab ich doch gar keine Schuld, dass musst du doch zugeben. Ich hab doch gar nichts gemacht!

Keine große Sache

Klinikum Bremen-Mitte.

Grüne Kittel. Die jahrmarktsartigen Lampen des OP.

»Los, schnell, klemm die Arterie ab, beeil dich! Worauf wartest du noch?«

Ein rascher, routinierter Blick in das Gesicht des Patienten.

Ich erkannte ihn sofort. Dieses aufgeblasene Gesicht eines Ochsenfrosches.

Auf Sylt war es gewesen, ich mit Rucksack und windzerzausten Haaren in seinem feinen Geschäft. Artikel aus getriebenem Silber und mundgeblasenem Glas. Mein Rucksack, der beinahe die kostbaren Kleinode von seinen samtunterlegten Regalen fegte. Aber eben nur beinahe.

Ich hatte nach einem Mitbringsel für meine Oma gesucht. Etwas Kleinem und wirklich Feinem. Vielleicht ein Teeei oder ein winzigkleiner Leuchtturm.

Da baute sich dieser aufgeblähte Kerl vor mir auf. »Was haben Sie hier zu suchen? Wer hat Sie hier hereingelassen?« Seine Augen auf meinen Hosentaschen, als ob sie sich vor lauter Diebesgut beulen müssten.

Ich sah mich unsicher um. War ich in eine Privatwohnung getappt?

Nein. Da waren Regale mit Preisschildchen, da war unverkennbar eine Ladentür mit einem teuren Teppichläufer. Teuer und trotzdem dazu bestimmt, Feuchtigkeit und Schmutz von den Schuhen der Kunden zu saugen.

War ich zu weit gegangen? Hatte ich unabsichtlich die den Kunden vorbehaltene Zone verlassen und einen privaten Bereich betreten?

Nein, auch hier Regale. Auch hier Preisschildchen. Es lag an mir, einzig und allein an mir. Mein Rucksack war von guter Qualität, aber eben ein Rucksack. Meine Haare waren vom Wind zerzaust, nicht von teurem

Haarspray zu einem aristokratischen Helm gemeißelt. In meinen Augen stand offenes Erstaunen, keine auf langen Stehempfängen erworbene Blasiertheit.

»Verlassen Sie sofort mein Geschäft oder ich kann sehr, sehr unangenehm werden«, sagte eine schneidende Stimme.

Ich taumelte ins Freie. Sah noch, wie er seinen Angestellten zur Rechenschaft zog, wie so etwas hätte passieren können. Wie der Angestellte ängstlich seine Augen auf meinen Rücken heftete und ergeben mit den Achseln zuckte.

»Los! Mach schnell! Der Kerl verblutet doch! Klemm endlich die Arterie ab!

Beeil dich!« Ich klemmte schließlich die Arterie ab, aber ich beeilte mich dabei kein bisschen.

Jesus is watching you

Ich wurde gezeugt, weil Frankie von einem seiner Mädchen betrogen wurde. Um sie zur Rechenschaft zu ziehen, musste Frankie seinen Rottweiler am Laternenpfahl anbinden. Und während Frankie sein Mädchen im Hinterzimmer des Goldenen Hahns verdrosch, näherte sich meine Mutter, Labrador mit Schäferhund, dem Rottweiler.

Ich und meine fünf Geschwister wuchsen größtenteils im Freien auf, links neben dem Eingang zum Hauptbahnhof, wo Bernie, der Besitzer meiner Mutter, jeden Vormittag seine Untertasse aufstellte und für uns eine löchrige Decke ausbreitete. Neben der Decke, auf einer Schicht Zeitungspapier, saß er selber. Nachmittags lag er dann eher. Wir brachten ihm viel Kundschaft, meist Frauen, die sich mit »Oh, wie niedlich.« Oder »Ach, die Armen« zu uns herunterbeugten. Sie legten gerne Geld in die Untertasse, jedenfalls morgens, solange Bernie noch nüchtern war. Nachmittags warfen sie einen Blick auf den lallenden oder schnarchenden Bernie, und nicht wenige gingen in den Bahnhofssupermarkt, um Futterdosen zu kaufen, deren Inhalt sie vor unserer Decke auf das Kopfsteinpflaster schütteten. Leider fraß mein ältester Bruder uns anderen immer das meiste Futter weg. Er wuchs am schnellsten und schubste uns andere, wenn er nur konnte, von der Decke. Seit damals mag ich diese Dosen und hasse Kälte und harte Liegeplätze.

Als wir so ungefähr sechs Monate alt waren, kannten wir den Bahnhofseingang in allen Einzelheiten und jeder von uns hatte seine Lieblingsecke, je nach Charakter. Mein Ziel war der Mülleimer gleich um die Ecke, der wurde viel benutzt und selten geleert. Seit damals mag ich Schinkenbaguette, ohne Salat. Mein ältester Bruder zog natürlich die größten Kreise um unser Zuhause, und das wurde ihm bald zum

Verhängnis. Selbst Bernie wachte auf, als mein Bruder von der Straßenbahn erfasst wurde und sein Jaulen einen ziemlichen Menschenauflauf verursachte. Ich kann nicht sagen, dass mir mein Bruder fehlte. Jetzt war mehr Platz auf der Decke und mehr Futter auf dem Pflaster.

Kurz danach hatte Frankie eine Auseinandersetzung mit einem neuen Konkurrenten, der den Markt mit ukrainischen Mädchen und Dumpingpreisen ruinierte. Die Polizei kam, bevor Frankie seinen Rottweiler einsetzen konnte, und der nutzte das Handgemenge, um sich in aller Ruhe meiner Mutter zu nähern.

Als unsere nächsten sechs Geschwister auf der Decke lagen, hielt ein Kleinbus des Tierschutzvereins vor dem Bahnhofseingang, und Bernies Zetern zum Trotz wurden unsere Mutter und die Babies eingeladen. Noch am selben Tag kam eine Frau zum schnarchenden Bernie, stellte ihm eine Flasche seines Lieblingskorns hin, ohne ihn weiter zu stören und setzte uns größere einen nach dem anderen in den Kofferraum. Dort war es laut, dunkel, und wir plumpsten alle durcheinander. Seit damals hasse ich Auto fahren.

In der Wohnung der Frau gab es reichlich Futter und weiche Schlafplätze, aber ich vermisste die Weite des Bahnhofsplatzes. Meinem Geschwistern ging es ähnlich. Es gab ständig Streit. Zum Glück hatte die Frau einen großen Bekanntenkreis und schon nach wenigen Tagen wurden wir alle auf verschiedene Familien verteilt.

Meine Familie sind Achim, Ingrid, drei Kinder, die noch so klein waren, dass es sich zunächst nicht lohnte, sich die Namen zu merken, und Lidia, das slowenische Au-Pair-Mädchen. Von Achim lernte ich, dass meine Haufen im Haus nicht gern gesehen wurden, Ingrid kraulte mich am Bauch und stellte mir gutgefüllte Futterchüsselen hin. Meistens blieb auch vom Mittagessen der Familie etwas übrig. Ich mag eigentlich alles, auch Babybrei.

Eines Abends beschlossen Achim und Ingrid, mir einen Namen zu geben und nach der zweiten Flasche Rotwein konnte Achim sich durchsetzen. Fortan hörte ich auf den Namen Jesus.

Das Dasein im Haus ließ sich hier gut aushalten, denn Achim und Ingrid haben einen großen Garten. Außerdem gibt es einen Kamin, vor dem ich abends liege, und den besten Schlafplatz überhaupt, Achims und Ingrids Bett. Leider hatte besonders Ingrid etwas dagegen.

Als Achim und Ingrid beschlossen, dass sie einen Wochenendurlaub nötig hatten, ließen sie mich, den Autohasser, bei Lidia und den Kindern. Sofort machte sich Lidia über die Kommoden und Schränke her. Sie hörte mich nicht kommen, als sie Ingrids Ohrringe in ihre Tasche stopfte. Ich hatte mich in der Tür aufgebaut und wurde meinen Pflichten als Bewacher gerecht. Mein Drohpotential habe ich sicher von der langen Reihe meiner Rottweilerahnen geerbt. Sie legte den Schmuck zurück und ich ließ sie aus dem Zimmer. Danach versuchte ich, sie aus dem Haus zu bekommen, indem ich ein altes Fischbrötchen fraß, eine Weile im Magen behielt und ihr auf die Füße kotzte, als sie sich mit ihrem Abendbrot vor den Fernseher setzte. Sie war so schnell draußen wie nie, und ich entdeckte, dass es sich bei ihrem Abendbrot um ein ausgezeichnetes Schinkenbaguette handelte, ohne Salat. Dann schrubbte die arme Lidia den Teppich. Bald darauf beendete sie ihren Aufenthalt.

Eines Tages brachte Achim einen weiteren Hausgenossen mit, einen Papagei. Achim nannte ihn Nelson, wie er sagte, nach einem gewissen Nelson Mandela, der nach Achims Aussage auch einen Großteil seines Lebens hinter Gittern verbrachte. Irritierend war, dass Achim mit ihm das Sprechen übte. Nelson zeigte Begabung, er sagt zum Beispiel »Nice to meet you.« oder »Byebye, come again.«

Noch heute folgen Gäste begeistert seiner Aufforderung, wenn er sagt, »Sit down and relax.«

Ich gebe zu, ich war eifersüchtig, wenn sich alles um den Käfig scharte, um seinen neusten Satz zu hören. Wenn Nelson im Wohnzimmer frei flog, versuchte ich, mein Rottweilerknurren wirken zu lasssen, aber Nelson flog aufs Regal und sagte: »Sit down and relax.« Ich freute mich, als Nelsons Aufnahmekapazität erschöpft war und er nichts mehr dazu lernte.

Jetzt bin ich 14 Jahre alt. Mein Hüftleiden erlaubt es mir nicht mehr, auf Achims und Ingrids Bett zu springen und wegen meiner schlechten Zähne kann ich kein Schinkenbaguette mehr kauen. Im Garten sehe ich nur noch einmal am Tag nach dem Rechten, und dieser Teppich hier vor dem Kamin wird mir immer wichtiger. Hier lag ich auch gestern abend, als alle ausgegangen waren. Es war wunderbar still im Haus, nur Nelson bewegte sich ab und zu in seinem Käfig. Das Geräusch auf der Terrasse ließ uns beide aufmerken, und als die Terrassentür fast lautlos aufgehebelt wurde, waren wir hellwach. Der Einbrecher trat ins Wohnzimmer, ich stand auf. Nelson in seinem Käfig betrachtete den Mann, der im Licht seiner kleinen Taschenlampe langsam auf den Schrank zuging. Ich schlich an der Wand entlang und baute mich an der Terrassentür auf. Ich sah die Chance, auf meine alten Tage noch einmal groß rauszukommen, aber in diesem Moment sagte Nelson: »Nice to meet you.« Ich hätte diesem Idioten den schwatzhaften Kopf abbeißen können.

Der Einbrecher erstarrte vor Schreck. Nelson sagte: »Sit down and relax.« Jetzt konnte der Einbrecher die Richtung orten. Er drehte sich um und sah den Käfig. Er kicherte erleichtert und sagte zu Nelson: »Nice to meet you, too« und wollte seine Suche fortsetzen, als Nelson sagte: »Jesus is watching you.« Der Einbrecher durchwühlte ungerührt die Schubladen und steckte dies und jenes ein. Schwungvoll schulterte er seinen Rucksack, drehte sich um und wollte gehen. Nelson ließ nicht locker: »Jesus is watching you.« Grinsend wandte sich der Mann an Nelson: »Also ich sehe hier keinen Jesus ...«. Dies war der Moment für das allertiefste Rottweilerknurren meines Lebens.

Verbotene Früchte

Wir wohnten in einem der Siedlungshäuser im alten Osterholz. Riesige Gärten, dazu gedacht, Großfamilien zu ernähren. Blumen gab es auch, aber nicht gerade viele. Meine Oma hatte hier sogar noch Hühner und zwei Schweine gehalten. Hier machte ich meine ersten wackeligen Schritte, meist an der Seite meines gleichaltrigen Freundes Dietmar. Wir lachten über Witze, die nur wir verstanden, spielten Spiele, deren Regeln jeden anderen befremdet hätten und bildeten eine unantastbare Einheit.

Man konnte in diesen Gärten wunderbar spielen. Trotzdem dehnten wir unseren Entdeckungsdrang immer wieder auf den Osterholzer Friedhof aus. Dort wurde unser Herumtoben allerdings nicht gern gesehen und von unseren Eltern immer wieder unterbunden. Ansonsten ließen sie uns reichlich Narrenfreiheit, nur eines war bei Androhung höchster Strafen verboten: Keinesfalls durften wir das Eibenwäldchen am Rand des Friedhofs betreten oder gar eine der giftigen, schleimigen Beeren kosten.

Natürlich waren wir ständig dort. Heute denke ich, dass es vielleicht gar kein Wäldchen war, vielleicht nur eine dicke Hecke, vielleicht sogar nur ein stattlicher Baum. Für uns Knirpse war es ein Zauberwald, soviel ist sicher.

Es gehörte zu unseren Lieblingsbeschäftigungen, bei Anbruch der Dämmerung gemeinsam durch den giftigen Hain zu schleichen. Dabei genossen wir in tiefen Zügen die schaurigschöne Stimmung dieses stillen Plätzchens.

Schon bald genügte es uns nicht mehr, einfach nur dort entlangzugehen. Nach und nach erfanden wir ein geheimnisvolles Ritual – ja, wir zelebrierten eine Art düstere Messe. Nirgends ist es dunkler als zwischen den Zweigen einer Eibe, ihre dichten Nadelblättchen lassen keinen Sonnenstrahl hindurch.

Zu Anfang des schmalen Weges zündete Dietmar für jeden von uns einen Kerzenstummel an. Andächtig nahmen wir das winzige Licht in die Hand und schritten die Strecke feierlich ab. Dabei hauchten wir mit ernstem Gesicht Worte, die uns mit angenehmem Grusel erfüllten: »Geisterstunde … Tod und Teufel … Teufelsbraten … Sensenmann und Meuchelmord …«

Wenn wir schließlich an der hellen, freundlichen Wiese anlangten, die auf der Rückseite an die Eiben grenzte, löschten wir unsere Kerzen und atmeten tief durch. Wir hatten es wieder einmal geschafft. Die giftigen Bäume hatten uns auch diesmal nichts anhaben können.

Übrigens gab es in unseren Gärten essbare Beeren in rauen Mengen.

Körbeweise Himbeeren, Stachelbeeren und wie sie alle hießen. Während all diese Sträucher im Herbst ein trauriges, kahlgepflücktes Dasein fristeten, behielten die Eiben noch lange ihren knallroten Schmuck. Dietmar und ich wurden nicht müde, unsere Augen zu jeder Jahreszeit an der Schönheit des giftigen Wäldchens zu weiden.

Nur selten plagte uns die Langeweile. Wenn wir uns aber langweilten, dann wurden wir gefährlich. Gefährlich für Petra, das Nachbarskind, das vor unseren Augen keine Gnade fand und auch nie finden würde. Allein der Anblick, wie sie in ihrem Garten der Mutter half oder ihr eigenes kleines Beet pflegte, reizte uns maßlos. Und so lag der Gedanke, das Musterkind Petra zu vergiften, eigentlich nahe. Kiloweise Eibenbeeren standen zu unserer Verfügung. Sie kennen diese leuchtendroten Früchte, aus denen schon bei leichtem Druck glasiger Schleim quillt? Sicher war Petra dumm genug, sie zu essen.

In einem unbeobachteten Moment legten wir einige rote Beeren verstohlen auf eine Gehwegplatte in ihrem Garten, direkt vor die immer verschlossene Pforte. Bestimmt würde sie unser Geschenk bei einem ihrer idiotischen Hüpfspiele finden und gleich aufessen.

In der Nacht lag ich wach, schreckliche Gewissensbisse quälten mich.

Ob Petra wohl schon tot war? Und würde man uns als ihre heimtückischen Mörder entlarven? Ein bisschen Hoffnung hatte ich noch: Vielleicht hatte Petra die Beeren überhaupt nicht gegessen, vielleicht noch nicht einmal gefunden. Und vielleicht waren sie auch gar nicht so giftig ... wer konnte das wissen?

Längst nicht alle Verbote der Erwachsenen hatten schließlich Hand und Fuß. Und fraßen nicht die Vögel Unmengen der roten Beeren, ohne dass Osterholz anschließend auf ihren Gesang hätte verzichten müssen?

Am nächsten Morgen rannte ich noch vor dem Frühstück zu Petras Gartenpforte. Die Beeren waren weg, nichts war zu sehen oder zu hören. Sah so ein Trauerhaus aus?

Beim Frühstück ließ ich Butterbrot und Kaba stehen. Ich ging in den Garten und schaukelte, wobei ich das Grundstück von Petras Familie nicht aus den Augen ließ. Meine Hände umkrampften die Seile der Schaukel.

Da – endlich tauchte Petra auf! Ungerührt hüpfte sie den Gartenweg auf und ab, wobei sie eine ihrer stupiden Melodien trällerte.

Meine Hände lösten sich von den Hanfseilen, ich sprang ab und stürzte ins Haus. Standen Butterbrot und Kaba noch auf dem Tisch?

Heute höre ich noch ab und zu von Petra: Dass sie zu einem ausgesprochen hübschen Mädchen herangewachsen ist, dass sie eine kaufmännische Lehre angefangen hat ... was man eben von flüchtigen Bekannten so hört.

Und jedes Mal, wenn ihr Name fällt, habe ich ein seltsames Gefühl in der Magengrube, etwa so, als ob schleimige Giftbeeren darin herumkollern würden.

Der Auftrag

Ich hab diese Aufträge immer gehasst. Aber ich war mit der Miete schon zwei Monate im Rückstand und an der Wohnung lag mir was. Also hab ich angenommen. Aber eigentlich fühlte ich mich zu Höherem berufen und deshalb habe ich nur mit halber Kraft … Ich weiß, das ist keine Entschuldigung, aber vielleicht eine Erklärung.

Der Auftrag war einer von der klassischen Sorte, Ehemann verdächtigte seine Frau, was nebenbei laufen zu haben und ich sollte rausfinden, ob das stimmt und Details liefern. Ich sag ja, reine Routine, zum Gähnen. Aber die Miete.

Ich setzte mich also ins Auto, mit Kamera, Proviant, Zeitung – gegen das Gähnen – und einem Foto von der Ehefrau. Auch typisch, der Ehemann war auf dem Sprung zu einem Ärztekongress, Radiologie auf Hawaii oder so, und hatte mir in der Eile kein Porträtfoto, sondern eins in die Hand gedrückt, auf dem beide irgendwo am Strand stehen, zwischen Palmen, halb im Schatten und kaum bekleidet. Ich setzte mich also ins Auto und wartete vor der ehelichen Villa, bis sie rauskam. Sie kam nicht. Den ganzen Tag nicht. Auch den nächsten Tag nicht. Ich wartete weiter und las Zeitung. Das kann ich gut, Zeitung lesen und mit einem halben Auge das Objekt beobachten. Mitten in dem Bericht über die am Vortag aufgefundene Männerleiche fiel mir die Vermutung des Ehemannes ein, dass seine Frau für ihre außerehelichen Treffen eine Wohnung angemietet haben könnte. Da konnte ich hier vor der Villa lange warten. Mist, dachte ich, aber ich gab mir noch einen Tag. Am Abend dieses nächsten, ebenfalls ereignislosen Tages beschloss ich, eine Pause einzulegen. Es blieb noch genug Zeit, bis der Ehemann vom Kongress zurückkam.

Wenn ich eine Pause brauchte, habe ich immer meine Schwester besucht.

Eine Stunde auf der Bundesstraße und dann ein Wochenende auf dem Land. Meine Schwester freut sich immer.

Es regnete in Strömen. Keine Seele unterwegs, es war schon ziemlich spät. Auf der langen Geraden dann doch ein Wagen, am Rand, mit Warnblinker. Ich hielt dahinter, stieg im selben Moment aus, in dem auch die Tür des Pannenfahrzeugs geöffnet wurde. Glauben Sie, dass mich fast der Schlag getroffen hätte? Die Fahrerin und das Palmenfoto. Hellblond, bestimmt gefärbt. Relativ groß, relativ gute Figur, soweit ich das unter dem langen Mantel sehen konnte. Was sollte ich machen, ich konnte schlecht wieder einsteigen und wortlos weiterfahren, oder?

Sie hatte eine Reifenpanne. Selten geworden heutzutage. Ich half ihr mit dem Kreuzschlüssel, bombenfest, die Muttern, wobei ich versuchte, so schnell wie möglich zu arbeiten, um möglichst keinen bleibenden Eindruck bei ihr zu hinterlassen. Außerdem wurden wir beide pitschnass.

Zum Abschluss einen Händedruck und ein erleichtertes, herzliches Dankeschön, dann fuhr sie weiter. Ich natürlich hinterher, auch als sie von der Bundesstraße abbog. Meiner Schwester konnte ich das später immer noch erklären. Der Wagen hielt in einem dieser kleinen Dörfer vor einem dieser Neubauten, die man meiner Meinung nach nur protzig nennen kann. Hell erleuchtet, das ganze Anwesen, und mit Autos vollgeparkt. Auch der Lieferwagen eines Partyservices war da. Ich rollte ohne Scheinwerfer näher, sah sie aussteigen und reingehen und machte mir meine ersten Notizen. Adresse, Uhrzeit und so.

Um drei fuhren die letzten Gäste ab. Die Leute vom Partyservice räumten das Geschirr in den Lieferwagen. Jetzt war nur noch ihr Wagen da. Ich wickelte mich in meine Übernacht-Beobachtungswolldecke. Eine gute Stunde später kam sie dann aus dem Haus.

Im Serviererinnen-Outfit. Sie wissen, was ich meine, kurzer schwarzer Rock, weiße Bluse. Im ersten Moment dachte ich, ich hätte sie verwechselt. Aber sie war's. Im Gehen zog sie sich den Mantel über. Dann kam mir die Idee. Es handelte sich um eins von diesen Sexspielchen, Sie wissen schon, wo die Leute sich verkleiden und dann so Rollenspiele machen. Wär nicht mein Fall, aber bitte.

Sie stieg in ihr Auto, wendete und fuhr in Richtung Stadt zurück. Ich verließ meinen Beobachtungsposten auf dem Feldweg und folgte ihr bis in diese Hochhausgegend, Sie wissen schon, wo keiner den anderen kennt. Da parkte sie und ging in einen der Eingänge.

Aha, dachte ich, das ist also die Zusatzwohnung, von der der Ehemann gesprochen hatte. Ich notierte die Adresse und fotografierte die Klingelschilder, weil ich um diese Zeit keine Lust mehr hatte, all diese Namen aufzuschreiben.

Am nächsten Morgen saß ich wieder da, so unausgeschlafen wie selten, trank Kaffee aus meiner Thermoskanne und las Zeitung. Männerleiche gefunden. Schon wieder. Und glauben Sie, dass mich schon wieder fast der Schlag traf? »Die Villa des Stararchitekten in …« Mein Beobachtungsposten der vergangenen Nacht.

»Die Tatzeit liegt zwischen …« Meine Beobachtungszeit. »Ein Schuss von hinten …« Ich hatte nichts gehört. Aber mein Posten auf dem Feldweg war schließlich 150 Meter von der Villa entfernt gewesen. Trotzdem fühlte ich mich da schon ein bisschen als Versager.

Kurz danach kam mein Beobachtungsobjekt aus dem Hauseingang, diesmal in Sweatshirt und Overall, in der Hand einen Werkzeugkasten. Ich konnte gerade noch die Thermoskanne zuschrauben, da fuhr sie auch schon. Zuerst zur Autowerkstatt, um einen neuen Reifen montieren zu lassen, und danach in eins der teuren Viertel. Und rein in die nächste Villa. Den Werkzeugkasten nahm sie mit. Aha, dachte ich, die Gute hat nicht nur einen Liebhaber, wie der Ehemann so harmlos vermutet, sie treibt Verkleidungsspielchen auf Bestellung. Gestern als Serviererin, heute als, ja was, Klempnerin, Elektrikerin? Wie hatte der Ehemann gesagt? »Es könnte sein, dass meine Frau sich ein bisschen langweilt.«? Na, sie schien ein prima Mittel gegen die Langeweile gefunden zu haben.

Ob sie schon die Zeitung gelesen hatte? Wie am Vortag dauerte der Besuch eine gute Stunde, dann gings zurück in die Hochhauswohnung. Ich notierte meine Beobachtungen und fuhr dann doch noch zu meiner Schwester.

Für mich war der Fall ziemlich klar. Ich würde weitere »Kundenkontakte« sammeln, bis mein Auftraggeber zurückkam. Ihm ging es sicherlich nur ums Prinzip. Eine komplette Liste aller Besuche schien mir nicht erforderlich.

Am übernächsten Tag war ich wieder auf meinem Posten. Ihr Wagen stand auf dem Parkplatz, aber sie kam den ganzen Tag nicht zum Vorschein. Auch am folgenden Tag nicht. Ich sortierte im Auto meine Post. In der Zeitung stieß ich auf die Mordmeldung. Die Gegend war nicht genau bezeichnet, aber der Tag und die Zeit stimmten.

Da kam ich wohl das erste Mal so richtig ins Grübeln. Mein Beobachtungsobjekt war jedes Mal am Tatort gewesen. Ob sie schon als Zeugin bekannt war?

Als sie das nächste Mal aus dem Haus trat, abends, im geschlitzten Schwarzen, folgte ich ihr nicht nur bis zum Ziel, sondern schlich durch den Garten, hintenrum, bis ich durch das Wohnzimmerfenster beobachten konnte, wie sie und ihr Kunde auf dem Sofa Sekt tranken. Wenig später gingen die beiden eng umschlungen die Treppe hinauf und oben wurden Gardinen zugezogen. Alles paletti, dachte ich mir, machte meine Notizen und zog mich zurück. In der Zeitung am nächsten Morgen stand nichts von einem neuen Mord, nur ein aufgeregter Kommentar zum bisherigen Ermittlungsstand. Ich lehnte mich beruhigt zurück und observierte einen weiteren Tag das Nichts. Bis zur nächsten Ausgabe. Der Tote war erst einen Tag später gefunden worden, da er von seiner Frau getrennt lebte und die Putzfrau nur jeden zweiten Tag kam. Er war sauber erschossen worden, wie die anderen auch.

Drei Tage vergingen, bis ich die Frau wiedersah. Diesmal schleppte sie eine Golfausrüstung zu ihrem Wagen. Auf dem Golfplatz kroch ich stundenlang durchs Gebüsch, aber sie spielte allein. Es sah nicht so aus, als ob sie viel vom Golfspielen verstand.

Dann kam er. Er spielte gekonnter und schneller.

Sie kamen ins Gespräch und spielten gemeinsam weiter. Da ich diesmal dranbleiben wollte, bis sie nach Hause fuhr, musste ich vom siebten bis zum achtzehnten Loch durch den angrenzenden Wald stapfen. Leider war das Wetter an diesem Tag nicht besonders gut.

Nach dem Spiel packten die beiden angeregt plaudernd ihre Sachen zusammen und gingen in das Clubhaus. Zutritt nur für Mitglieder. Ich drückte mich am Schuppen entlang und linste in die Fenster, so gut es ging. Als der Wirt das Clubhaus abschloss und nach Hause fuhr, verfolgte ich das Paar auf den Parkplatz. Intensives Geknutsche zwischen den Autos. Es sah alles ganz harmlos aus, bis sie ihre Hand von seinem Hals löste und in die Umhängetasche steckte.

Da setzte bei mir das Denken ein. Meine Zeugin könnte ebensogut die Täterin sein und der leere Parkplatz gab einen prima Tatort ab. Endlich merkt er was, werden Sie sagen. Ich war eben nicht so richtig bei der Sache. Aber jetzt. Ich lief auf die Beiden zu und rief so was ähnliches wie: »Entschuldigung, ist das Clubhaus noch geöffnet?«

Die beiden fuhren erschrocken auseinander und fertigten mich mit einer unfreundlichen Antwort ab. Immerhin stiegen sie dann gleich in ihre Autos und verließen den Parkplatz. Getrennt und in verschiedene Richtungen. Um sicher zu gehen, folgte ich dem Mann, bis er seine Haustür hinter sich schloss. Alles nur ein Irrtum, alles völlig harmlos.

Offenbar hatte mein Auftauchen den beiden den Abend verdorben, aber wenigstens konnte ich dadurch ruhig schlafen.

Am nächsten Morgen rief mein Auftraggeber an. Er sei zurück und erwarte mich am Abend zum Bericht. Ich schrieb meine Notizen ins Reine, druckte die Rechnung und legte mir zurecht, was ich ihm über seine umtriebige Frau zu sagen hatte. Auftrag erledigt. Aber ich wurde das Bild vom Parkplatz nicht los. Welche Frau steckt beim innigen Küssen die Hand in die Umhängetasche? Und sie war bei zwei Morden am Tatort gewesen. Sollte die Frau eines gutsituierten Radiologen aus Langeweile fremde Männer erst zum Sex verleiten und dann umbringen? Die Verkleidungsspielchen boten doch Abwechslung genug, und an interessierten Männern war, so schien es, kein Mangel. Sie merken, erst dachte ich zuwenig, dann zuviel.

Schluss jetzt, sagte ich mir und machte mich auf zur Praxis meines Auftraggebers; aber ich kriegte die Szene auf dem Parkplatz nicht aus dem Kopf. Ich parkte vor der Praxis, ein bisschen zu früh, und wartete, bis die Helferinnen gingen. Gerade als ich aussteigen wollte, kam sie an meinem Wagen vorbei. Im Hosenanzug, einen Schal um das blonde Haar gewickelt. Und mit einer großen Umhängetasche. Warum besuchte sie ihren Mann in seiner Praxis, statt zu warten, bis er nach Hause kam? Ich kriegte das alles nicht sortiert. Und diese Umhängetasche. Sie war schon im Eingang des Ärztehauses verschwunden, als mir die Erleuchtung kam. Als Aufmacher in der Zeitung: Durchgeknallte Arztfrau bringt reihenweise Männer um. Und sie würde die Serie jetzt gleich fortsetzen, da oben in der Praxis. Mit einem Griff in die Umhängetasche.

Ich sprang aus dem Wagen und rannte hinterher.

Der Fahrstuhl war bereits nach oben unterwegs. Ich stieß die Glastür auf und raste die Treppe rauf. Die Praxis befand sich in der fünften Etage. Auf der dritten musste ich stoppen, meine Kondition war nicht mehr die von früher. Ich hörte, wie oben eine Tür zuklappte, raffte meine letzten Kräfte zusammen und sprintete weiter. Ich sah schon die Titelseite vor mir: Privatdetektiv rettet Auftraggeber im letzten Moment. Oder so.

Ich rannte den Flur entlang und fiel fast in die Praxis. Da saß mein Radiologe hinter seinem Schreibtisch, und sie stand davor, mit dem Rücken zu mir. Sie hatte den rechten Arm ausgestreckt, in seine Richtung. Schnelligkeit war gefragt. Ich zog also die Beretta aus der Jackentasche und schoss.

Die Frau fiel vornüber auf den Schreibtisch. Ich sah in die aufgerissenen Augen meines Auftraggebers, sprachlos saß er da. Mein Blick ging zu der Toten auf dem Schreibtisch. Das, was sie in der Hand gehalten hatte, war auf die Tischplatte gefallen. Ein Schlüsselbund. Ich sackte auf den Boden.

Alle sind hier sehr nett und das Essen ist besser als erwartet. Der Kommissar kommt öfter vorbei und berichtet mir von Stand der Ermittlungen. Anhand meines Fotos von den Klingelschildern wurde die Wohnung mit dem Serviererinnenkostüm, den Klempnerklamotten und der blonden Perücke gefunden. Der Kommisssar ist sicher, dass die Auftragsmörderin nun bald festgenommen wird. Er hat mir auch erzählt, dass der Radiologe sich mit einer Kollegin auf Barbados erholt.

Und gestern kam der Golfspieler mit einer Kiste Wein.

Festlich gestimmt

Eine noch junge Frau vor dem Spiegel. Feines Rüschenkleid im Landhausstil. Kunstvoller Bauernzopf. Strähne um Strähne zum Gehorsam gezwungen. Kein Härchen dem Zufall überlassen. Makellos.

Das Osterfrühstück ist vorbereitet, bis ins letzte Detail. Selbstgebackene Hefekränze, nicht zu knusprig, aber auch nicht zu weich. Kleine Napfkuchen in Lämmchenform. Vier Lämmchen. Eins zu jedem Gedeck. Die Eier mit natürlichen Rohstoffen gefärbt. Anschließend mit einem Tropfen Speiseöl auf Hochglanz poliert.

An der Schwelle zum noch nicht freigegebenen Osterzimmer schubsen sich die Kinder. Treten sich sogar. Am besten gar nicht hinsehen. Werden sich schon wieder beruhigen. Sind natürlich ungeduldig, das muss man verstehen.

»Entzückend, die Kinder!«, hatte die alte Nachbarin über den Gartenzaun gerufen. »Wie in einer dieser entzückenden Fernsehserien …«

Die junge Frau will sich schnell noch eben schminken, sich hübsch machen für diesen Tag, dann kann es losgehen. Ihr Blick fällt auf zwei Trümmerhaufen im Flur. Was ist das? Es sind die Osterkörbchen aus dem teuren Eine-Welt-Laden. Zertreten. Zermalmt. Aber man kann ja auch nicht erwarten, dass Kinder so etwas achten.

Ein Schatten fällt auf den hellgeblümten Stoff ihres Kleides. Die Hand mit dem Eyeliner zittert, als ihr Mann sie von hinten streift. Ein Klecks am äußeren Lidrand. Makel. Wimperntusche lieber nicht, die würde ja doch zerlaufen und schwarze Bäche auf ihren blassen Wangen bilden. Hatte immer schwarze Bäche gebildet, wenn kam, was kommen musste.

»Mach zu, ich hab Kohldampf! Hör endlich auf mit dem Scheiß!«

Pause. Drohendes Einziehen der Atemluft. »Sonst …«

Der Stift für die Lippenkontur rutscht ab, als seine rechte Hand mit geübtem Griff den Bauernzopf umschlingt und ihren Kopf mit einem Ruck nach hinten reißt. »Kinder!«, ruft sie hastig. »Geht doch schon mal nach draußen, der Osterhase hat im Garten auch was versteckt …«

Hinter ihr das Knirschen zertretener Eierschalen. Erleichterung, als er ihren Zopf loslässt und erst einmal auf die Toilette geht. Sich dort einschließt, eine Tür zwischen ihnen zulässt. Blick in den Spiegel. Da, unter dem rechten Auge. Ein Schatten, ein violett schimmernder Ring.

Sie greift zum Abdeckstift, muss viele Schichten auftragen. Kann es drehen und wenden, wie sie will. Der Fleck bleibt da, scheint laut herauszuschreien, dass er nicht einfach ein Fleck ist, sondern ein Bluterguss. Mit einem dicken Klecks Grundierung bringt sie ihn endlich zum Schweigen.

Mein Kopf sieht aus wie ein Osterei, denkt sie. Bunt und lustig angemalt, auf Hochglanz poliert. Sie sieht, wie die Make-up-Grundierung an den Fältchen feine Risse bekommt. Sieht, dass das Osterei Sprünge hat.

Der kleine Topf mit der Grundierung fällt ihr aus den Händen, als hinter der Tür die Toilettenspülung gezogen wird.

Sie hört, dass er seine Hose gar nicht erst wieder hochzieht, den Gürtel gar nicht erst wieder schließt. Sie kennt jedes noch so unbedeutend wirkende Geräusch. Expertin auf hoffnungslosem Terrain.

Sie beugt den Nacken und verschränkt die Unterarme vor ihrem Gesicht, als die Tür sich öffnet.

Wenig später liegt sie am Boden, muss noch eine Weile liegenbleiben und zu sich kommen, während sein schwerer Stiefel auf ihrem zerrupften Bauernzopf steht und er schnaufend seinen Gürtel endlich wieder schließt.

Annettes Plan

Er zögerte kurz. Das hier war nicht seine Welt. Er fühlte die abschätzenden Blicke und den Schweiß, der seinen Rücken hinunterlief. Dann trat er an den Tisch. Seine rechte Hand umklammerte die Geldscheine in der Jackentasche.

Annette hatte genug. Franks Plan für eine Dinner-Einladung kam gerade recht. Bis nächste Woche war noch genug Zeit. Und Annette brauchte Zeit für eine lückenlose Planung.

Sie wären also zu viert, sie selbst, Frank, Birgit und Daniel. Der Ahnungslose könnte den Ablauf allerdings stören, da musste detailgenau vorgesorgt werden. Aber es war ja noch Zeit.

Wie also? Annette plante ein Viergänge-Essen. Sie wollte die Szene noch einmal genießen. Franks Unterhaltungsqualitäten, Birgits Klamotten, Franks und Birgits Blicke. Daniels freundliche Harmlosigkeit. Ja, Daniel war ein echtes Problem. Aber es half ja nichts.

Nun also. Gift wäre zu riskant. Vielleicht hatte einer keinen Appetit. Und wie sollte sie selbst essen? Sie wäre auch die allererste Verdächtige. Also Gift ging nicht.

Annette goss sich ein Gläschen ein und schaute aus dem Küchenfenster. Franks Geländewagen stand am Straßenrand. Auto könnte funktionieren. Aber es galt Spuren zu verwischen.

Annette zweifelte. Rasantes Gasgeben war nicht ihre Stärke. Aber es half ja nichts.

Am nächsten Morgen nahm die Sache Fahrt auf. Der Speiseplan war erstellt, der Mosel geliefert. Annette druckte die Liste mit den Autovermietungen aus. Ein großer Geländewagen musste es sein, mit so einem Gitter vor den Scheinwerfern. Das Gitter würde sie abändern müssen, wegen der Rückschlüsse auf den Wagentyp. Also in den Baumarkt,

Metallrohre kaufen. Und eine Metallsäge? Basteln war nicht Annettes Sache. Aber es half ja nichts.

Er wartete bis zur Dämmerung und stellte sich in ein Gebüsch am Waldrand. Er brauchte unbedingt genug Routine und hier konnte ihn niemand sehen. Für einen Schalldämpfer hatte sein Geld nicht gereicht. Falls jemand etwas hörte, könnte er rückwärts durch das dichte Gesträuch verschwinden.

Am Vorabend des Dinners parkte Annette den Mietwagen in einer Seitenstraße. Im Kofferraum eine Konstruktion aus Aluminiumrohren, mit Klebeband zusammengewickelt. Müsste kurz vorher noch am Frontgitter befestigt werden. Annette war ziemlich zufrieden. Sie bog in ihre Straße ein. Die Gäste würden aus der Gartenpforte nach rechts abbiegen zur Bushaltestelle. Das hieß, der Wagen müsste ungefähr hier an der Ecke parken. Annette würde die Verabschiedung kurz halten, den langen Teil würde Frank sicher gerne übernehmen, besonders gern mit Birgit. Annette würde sich aufs Klo verziehen, durch den Hauswirtschaftsraum auf die Straße laufen und das Auto starten. Voll draufhalten. Dann den ausgearbeiteten Fluchtweg ins Wäldchen zurücklegen, das Gestänge abbauen und verschwinden, Flugticket war bereits gedruckt.

Annettes Blick wanderte die Straße bis zu ihrem Haus entlang. Die Autos der Nachbarn eins hinter dem anderen mit ordentlich eingeklappten Rückspiegeln am Rand geparkt. Was wenn kein Platz für Annettes Fahrzeug frei war? Sie suchte die Liste mit den Autovermietungen aus ihrer Tasche und wendete den Wagen. Es blieben ihr noch vier Tage. In den nächsten drei besetzte sie freiwerdende Parklücken mit fünf weiteren Mietwagen. Als Platzhalter. Kurz vor dem Eintreffen der Gäste würde sie eins der Autos wegfahren und den präparierten Wagen hier abstellen.

Der Nachmittag. Zeit, sich ums Essen zu kümmern. Und den Tisch zu decken. Sie und Frank auf der einen Seite, Birgit und Daniel gegenüber. Birgit gegenüber von Frank. Annette wollte noch einmal die Blicke sehen. Und die Hände, die sich beim Griff zur Schüssel scheinbar zufällig streiften. Annette wollte sicher sein, dass sie das Richtige tat. Gas geben, voll draufhalten. Annette konnte nur hoffen, dass Daniel nicht direkt im Weg stehen würde. Aber es half ja nichts.

Der Abend lief gut. Das Essen und der Wein perfekt. Annette sah, was sie sehen wollte. Als Birgit und Daniel zur Verabschiedung ansetzten, tastete Annette nach dem Autoschlüssel in der Blazertasche. Frank half Birgit intensiv in den Mantel, strich ihr über die Schulter, schaute ihr in die Augen. Daniel stand im Weg und wühlte in seinen Taschen. Annette umklammerte den Wagenschlüssel. Alles nach Plan. Nur Daniels Wühlen störte ihre Konzentration. Warum stand der da rum und was suchte der eigentlich? Egal. Sie durfte den Moment nicht verpassen. Annette begann, sich zwischen den dreien hindurch zu schieben. Warum machte Daniel, dieser Trottel, nicht ein bisschen Platz? Annette drehte sich zu ihm. Ohne seine Umgebung zu beachten zog er die Hand aus der Tasche. Annette konnte nur noch glotzen, bevor der erste von drei Schüssen ihr Herz durchschlug.

Gartenszene

Ein kleiner Reihenhausgarten in Bremen-Gröpelingen. In der Ferne das Rauschen der vielbefahrenen Hafenrandstraße. Nebenan ein Garten mit besonders roten Tomaten, vielen Kräutern und den fröhlichen Geräuschen einer türkischen Familie.

Ein warmer Sommerregen prasselte auf Annemaries Staudenbeet. Die vollgesogene Erde duftete wie frisches dunkles Vollkornbrot. Sie konnte förmlich hören, wie die Wurzeln ihrer großen und kleinen Lieblinge gierig tranken. Plötzlich musste sie an Bruno denken, der unter diesem Beet für immer schlief. Kurz nach der Silberhochzeit hatte sie sich seiner entledigt und ihn hier in einer kühlen Nacht verscharrt. Eine tiefe Grube hatte sie zu diesem Zweck ausheben müssen, was ihren Lieblingen verständlicherweise gar nicht behagt hatte. Aber es war Herbst gewesen, eine Zeit, die zum Umpflanzen und zum Teilen allzu üppiger Stauden gut geeignet war.

Sie hatte Bruno mit einer dicken Humusschicht bedeckt, dann reichlich Komposterde aufgeschüttet und zuletzt ihre Lieblinge mit fürsorglichen Händen wieder eingepflanzt. Und nicht eine ihrer Stauden hatte diese Prozedur übelgenommen. Es schien sogar im nächsten Frühjahr, als würden sie von einer kraftspendenden Quelle gespeist.

Annemarie sandte einen versöhnlichen Gedanken an ihren Mann, der zu Lebzeiten wirklich zu gar nichts nütze gewesen war.

Auf jeden Fall grünten und blühten die Pflanzen üppiger und schöner denn je.

Inzwischen war der Sommer gekommen. Glühende Hitze und heftige Gewitter lösten einander ab. Die türkischen Kinder jubelten von früh bis spät in einem Planschbecken, abends legten sich ihre erschöpften Eltern hinein. Das Dudeln orientalischer Musik passte gut zu dem Prosecco, den Annemarie jeden Abend auf ihrer kleinen Terrasse schlürfte. Und ihren Stauden ging es besser als jemals zuvor. Annemarie übrigens auch, aber das stand auf einem anderen Blatt.

Nur eines machte ihr Sorgen. Sie hatte mit halbem Ohr im Rundfunk gehört, dass bei der Verwesung von Leichen Stickstoff frei wurde. Und ein Übermaß an Stickstoff war gar nicht gut für ihren Lavendel.

War es wirklich Stickstoff gewesen? Sie hatte abgewaschen und deshalb nicht richtig hingehört. Nun, sie würde ihren Lavendel gut im Auge behalten und ihn schlimmstenfalls auf die andere Gartenseite zu den Prachtscharten setzen.

Sorgenvoll runzelte Annemarie die Stirn. Langsam wurde es dunkel, aber gleich morgen würde sie wieder nach ihren Lieblingen sehen.

Fischsterben

An diesem Junimorgen war ich noch früher aufgewacht als sonst. Den Übergang von der Sommernacht in den warmen Morgen wollte ich nicht verpassen. Ich schlich aus dem Schlafzimmer, zog im Flur Jeans und T-Shirt über und ging ans Wasser. Genoss die Stille, bis die Frühaufsteher unter den Urlaubern auftauchten. Es war sowieso Zeit, den Laden aufzuschließen.

Als ich Gerda im Vorratsraum fand, trug sie die blaue Jacke. Gerda lag auf dem Bauch. Sie hatte offenbar gerade ein Tablett mit Fischbrötchen fertiggemacht und war auf dem Weg in den Verkaufsraum gewesen. Die Brötchen waren jetzt auf dem Fußboden verteilt. Gerdas Gesicht lag im Bismarckhering. Die gelbe Strickmütze auf ihrem Kopf war leicht verrutscht. Die Tür nach hinten raus stand offen und ein lauer Luftzug erwärmte den Kühlraum.

Später saßen Wiebke und ich auf der Bank vor dem Laden. Ich legte der weinenden Wiebke den Arm um die Schulter. Gerda und sie waren als Mutter und Tochter und auch im Geschäft immer ein gutes Team gewesen.

Im Kühlraum wurde Gerda untersucht und für den Transport zur Rechtsmedizin fertiggemacht. Wiebke sprang auf und zog mich hinterher. Sie wollte ihre Mutter noch einmal in ihrer alltäglichen Umgebung sehen. Ich warf einen kurzen Blick auf Gerda. Ihre geschlossenen Augen. Der Arzt hatte festgestellt, dass sie nur Minuten vor meinem Eintreffen getötet worden war. Die dunkle Jacke fiel über dem T-Shirt auseinander, die gelbe Mütze hatte man auf Gerdas Bauch gelegt. Die Arbeitshose, die Gummistiefel. Wiebke, Gerda und ich hatten die gleiche Schuhgröße, deswegen hatte Gerda drei Paar an die Tür zum Kühlraum gestellt und jede benutzte die Stiefel, die gerade zur Hand waren

Kunden kamen, sahen die Polizeiwagen und gingen eilig wieder, nicht ohne sich einige Male umzudrehen. Eigentlich wären sie, das war klar, gerne stehen geblieben, um zu gucken.

Die Polizei nahm zunächst an, so hörten wir, dass es sich um einen versuchten Raubüberfall handelte. Der Räuber hätte die Kasse mitnehmen wollen, Gerda habe ihn überrascht und er habe in einer Art Verzweiflungstat zugeschlagen und sei dann ohne Kasse abgehauen.

Meine Gedanken gingen in eine andere Richtung. Aber ich wäre die letzte, irgendwelche Verdächtigungen in die Welt zu setzen. Es dauerte auch nicht lange, bis die Polizei die nächste Theorie aufstellte. Wiebke und ich wurden gefragt, was wir darüber dachten. Was soll man da sagen? Wiebkes Verhältnis zu ihrem Onkel Albert war noch nie besonders eng gewesen und nachdem Wiebkes Beziehung zu mir bekannt geworden war, hatte Albert den Kontakt ganz eingestellt.

Es würde nicht lange dauern, bis die Polizei die notwendigen Informationen über den Streit zwischen Albert und Gerda zusammengetragen hatte.

Der Laden blieb geschlossen. Wiebke und ich konnten den Fisch noch rechtzeitig an Kalles Imbissbude am Museumshafen abgeben. Zum halben Preis. Kalle kam mit seinem Transporter und wusste genau, dass uns nichts anderes übrigblieb, wenn wir wenigstens die Kosten einigermaßen in Grenzen halten wollten.

Kaum war Kalles Transporter in die Werftstraße abgebogen, tauchte Albert auf. Wiebke schreckte hoch, rannte in den Kühlraum und knallte die Tür zu. Ich wandte mich Albert zu, der wie immer nicht wusste, wie er mit mir reden sollte. Dass seine Nichte eine Beziehung zu mir, einer Frau, hatte, ging nicht in seinen Kopf. Ich wartete ab. Er wollte ja was von uns.

Schließlich überwand er sich. Er hätte bei allen Streitigkeiten seiner Schwester doch niemals etwas antun können. Ob wir ihm ein Alibi geben könnten. Er sei in der Nacht bei einer Frau in Eddelak gewesen und weder der Ehemann dieser Frau noch Alberts langjährige Freundin sollten etwas erfahren. Ob wir nicht einfach sagen könnten, wir hätten mit ihm über die Streitigkeiten geredet und danach den erreichten Frieden gemeinsam begossen. Ich roch seine Bierfahne und dachte nach. Im Kühlraum war Wiebke zu hören, die sich mit Saubermachen beschäftigte, nachdem die Spurensicherung ihre Arbeit beendet hatte.

Ich betrachtete Albert, der seine Hände knetend vor mir stand und mich mit seinen vom Alkohol getrübten hellblauen Augen anstarrte. Nach einer genügend langen Zeit sagte ich: »Könnten wir machen, wenn du uns die Adresse der Frau in Eddelak gibst. Wir müssen schließlich sicher sein, dass du's wirklich nicht warst.«

Albert zuckte zusammen. Wir hatten ihn in der Hand. Er ging hinter den Verkaufstresen, griff sich einen Notizblock und schrieb die Adresse auf. Warf den Block auf den Tresen und stapfte aus dem Laden. Von nun an war er uns ausgeliefert. Kein Lästern mehr über unsere Beziehung, keine abfälligen Bemerkungen mehr über Frauen, die »wohl keinen Mann abgekriegt haben« und was er sonst noch alles in Büsum erzählt hatte.

Ich ging zum Telefon und wählte die Nummer in Eddelak. Die Frau am anderen Ende bekam den Schreck ihres Lebens, aber ich versicherte ihr, dass ihre Angaben unter uns bleiben würden. Die nächste Person auf der Liste, die auf Wiebkes und mein Schweigen angewiesen war. Eigentlich ein schönes Gefühl. Ich setzte mich wieder auf die Bank vor dem Laden und schaute auf das Hafenbecken. Es war warm für Juni, und windstill. Mittagszeit. Die Urlauber saßen beim Mittagessen. Die meisten Kutter waren draußen. Sie würden in ein, zwei Stunden, mit auflaufender Flut, wiederkommen. Ich fragte mich, wann Wiebke und ich den Laden wieder öffnen könnten. Sicherlich nicht, bevor Gerdas Leiche freigegeben und beerdigt worden war. Ich stand auf, um Wiebke zu suchen. Wir mussten langsam mal anfangen, die Beerdigung zu planen.

Ich fand Wiebke in einer Ecke des Kühlraums. Sie saß auf dem Boden und schluchzte leise. An ein Gespräch war nicht zu denken. Ich hockte mich neben sie, und nach einer Weile gelang es mir, sie nach oben in unsere Wohnung zu bringen. Ich machte ihr einen Tee, half ihr beim Ausziehen und brachte sie ins Bett.

Das Telefon klingelte. Die Polizei hatte inzwischen die Nachbarn befragt und von dem Streit zwischen Gerda und dem Besitzer des »Seestübchens« erfahren. Das Seestübchen verkaufte Souvenirs. Alles billige Ware, in Asien produziert. Gerda hatte sich bei jeder Gelegenheit lustig gemacht über den »Chinamist«, wie sie es nannte. Holger, der Besitzer des Seestübchens, hatte das eine Weile ignoriert, bis es ihm zu viel wurde und er zum Gegenangriff überging. Der Anfang war eine Klage wegen Geruchsbelästigung gewesen, die erfolglos blieb, weil Fischhandlungen nun mal zum Hafen und zum Tourismus gehören. Dann verlegte er sich darauf, Fotos von unserem Hinterhof zu machen und an das Ordnungsamt zu schicken mit der Aufforderung, unser Geschäft und speziell die Entsorgung stärker zu kontrollieren. Natürlich ist das manchmal ein bisschen viel mit dem Müll, besonders in der Hochsaison, wenn wir drei im Laden ausgelastet waren und uns nicht viel darum kümmern konnten, dass der Müll ordentlich im Container landet. Aber wir hatten immer aufgeräumt, sobald Zeit war und ich konnte nicht glauben, dass der dicke Holger zu physischer Gewalt fähig sein könnte.

Die Zeit zog sich hin und ich war gezwungen, untätig herumzusitzen. Wiebke lag im Bett, die Augen geschlossen und die Hände in die Bettdecke gekrallt. An Ladenöffnung war also nicht zu denken, und ich fragte mich, wie lange es dauern würde, bis Wiebke wieder ansprechbar sein würde. Ich beschäftigte mich mit Aufräumen und Saubermachen, um die Zeit rumzukriegen. Abends machte ich meinen gewohnten

Gang am Hafenbecken entlang. Ein bisschen schlendern, aufs Wasser gucken und mit den Fischern schnacken, die schönste Entspannung im Sommer.

Ich dachte an die beiden Verdächtigen. Konnte mir nicht mehr vorstellen, dass der dicke Holger oder der bekloppte Albert soviel Energie aufbringen sollten.

Von der Polizei erfuhr ich, dass Gerda mit einem Hammer oder etwas ähnlichem erschlagen worden war. Man hatte allerdings keinen passenden Gegenstand bei ihr gefunden und auch die Durchsuchung des Kühlraums war erfolglos gewesen.

Einige Tage vergingen. Ich putzte und räumte weiter auf und kochte, was Wiebke immer gerne gegessen hatte. Wenn das Essen fertig war, zog ich Wiebke aus dem Bett, setzte sie, ungeduscht und mit fettigen Haaren, an den Tisch und versuchte, sie zum Essen zu animieren. Sie ließ sich den Teller füllen, rührte dann aber nur im Essen herum. Ich versuchte, mit ihr zu sprechen, aber ein Blick in ihre leeren Augen machte klar, dass ich nicht zu ihr durchdringen würde. Bald schlurfte Wiebke wieder ins Bett. Sie verbrachte Stunden damit, auf dem Rücken zu liegen, die Bettdecke bis ans Kinn gezogen und an die Zimmerdecke zu starren. Ich kochte Tee als Vorwand, zu ihr zu gehen und ging doch wieder unverrichteter Dinge aus dem Zimmer. Nachts spürte ich, dass sie neben mir nicht schlief, obwohl sie die Augen geschlossen hatte. Ich verstand ihre Trauer, aber warum sprach sie nicht mit mir?

Ich schlich aus dem Haus und ging zum Deich. Die Sonne kam gerade hoch, es war windstill und menschenleer.

Auch ich hatte Gerda gemocht. Sie war fast immer fröhlich gewesen und hatte für alles eine Lösung. Unsere Lieferanten und die Kunden schätzten sie sehr. Die fischliebenden Urlauber kamen am ersten Urlaubstag und dann immer wieder. Einige hatten sich sogar verabschiedet, wenn sie sich am letzten Urlaubstag noch Fischbrötchen für die Rückfahrt kauften. Gerda hatte die Brötchen dann immer ordentlich in mehrere Plastiktüten gewickelt und das ganze Paket in eine weitere, mit Eiswürfeln gefüllte Tüte gepackt. Die Stammkunden strahlten und erzählten, wann sie planten, wiederzukommen. Und Gerda hatte sich ehrlich gefreut.

Wiebke dagegen war es schon immer schwergefallen, mit den Lieferanten Witze zu machen oder Kunden, die sich in der Hochsaison am Tresen vordrängelten, mit dem passenden Spruch zurechtzuweisen. So war sie mit der Zeit dazu übergegangen, in hinteren Teil des Ladens für Brötchen-Nachschub zu sorgen.

Seit die Fisch-Wächter begonnen hatten, richtig aufdringlich zu werden, hatte Wiebke den Dienst am Tresen völlig verweigert.

Die Fisch-Wächter hatten sich vor ungefähr einem Jahr gegründet, um auf die Überfischung der Meere, speziell der Nordsee, hinzuweisen. Sie stellten sich vor den Fischgeschäften und Restaurants auf und verteilten Flugblätter, auf denen zu lesen war, welche Arten zur Zeit die gefährdetsten waren und wann schätzungsweise mit ihrem Aussterben zu rechnen war. Die Urlauber reagierten größtenteils mit Unverständnis und fühlen sich belästigt. Nur wenige blieben stehen und ließen sich auf eine Diskussion ein.

Man sah die Fisch-Wächter auch vor dem Meeresmuseum und auf dem Parkplatz vor dem Supermarkt.

Ich überlegte, wann ich zuletzt ein Mitglied der Fisch-Wächter gesehen hatte. Seit Gerdas Tod schienen sie einen Bogen um unser Geschäft zu machen, wir hatten ja auch immer noch geschlossen. Sie trugen dunkle Fleece-Jacken und Strickmützen. Gelbe Strickmützen, ähnlich der, die Gerda aufgesetzt hatte, als sie zum letzten Mal unser Kühlhaus betreten hatte. Eine gelbe Mütze hatte ich bei uns noch nie gesehen. Warum hatte Gerda diese Mütze getragen und nicht unser Markenzeichen, unsere schwarzen Strickmützen mit dem eingestrickten Logo unseres Ladens? Gerda hatte diese Mützen selbst entworfen und für jede von uns eine anfertigen lassen.

Ich schlendere zum Haus zurück. Gerdas ungewöhnliche gelbe Mütze ließ mich nicht los. Mir fiel ein, dass sie gelegentlich kleine Geschenke von Lieferanten bekommen hatte, nicht unwahrscheinlich, dass mal eine Mütze dabei gewesen war.

Ich ging in die Küche und machte Kaffee. Überraschenderweise war Wiebke inzwischen aufgestanden. Sie stand im Schuppen und räumte in der Werkzeugkiste herum. Was hatte sie nach Tagen der völligen Untätigkeit ausgerechnet im Schuppen zu tun? Aber die Hauptsache war ja, dass sie endlich aus dem Bett kam.

Ich nahm den Kaffee und zwei Tassen und ging in den Schuppen. Wiebke kniete vor der Werkzeugkiste und bemerkte mich nicht. Dann fuhr sie hoch, so schnell, wie ich es ihr im derzeitigen Zustand nicht zugetraut hätte und lief an mir vorbei in die Küche. Ich folgte ihr mit dem Kaffee. Sie saß auf der Küchenbank, das Kinn in die Hände gestützt. Ich schob ihr eine Tasse hin und goss ein. Wiebke trank in kleinen Schlucken und sagte nichts. Immerhin schien sie heute ansprechbar zu sein. Ich fragte sie, ob sie schon mal gesehen hatte, dass Gerda die gelbe Mütze trug. Wiebke starrte mich an, sprang auf, rannte ins Schlafzimmer und warf sich auf das Bett.

Sie war mir ein Rätsel.

Und immer noch wusste man nicht, wer der Täter war.

Die Organisation der Beerdigung blieb an mir hängen. Hinterher gab es Kaffee und Kuchen bei uns. Fischer kamen, langjährige Lieferanten, und die Nachbarn. Wiebke saß am Tisch und schwieg. Unsere Freunde klopften ihr auf die Schulter, nahmen sie in den Arm. Wiebke rührte sich nicht. Die fragenden Blicke der Freunde konnte ich nur mit einem Schulterzucken beantworten. Ich ertappte ich bei einem Blick aus dem Fenster. Gerne wäre ich jetzt allein, am Deich, mit einer langen Wegstrecke vor mir.

Eine kleine Bewegung am Fenster. Es klingelte. Ich ging zur Tür. Zwei Mitglieder der Fisch-Wächter mit verlegenen Blicken. Sie wollten uns ihr Beileid aussprechen. Dieser seltsame Club war offenbar auch zum Mitgefühl mit uns fiesen Fischverkäufern fähig. Ich bat die beiden herein.

Wiebke schaute hoch. Sah die Jungs von den Fisch-Wächtern und schrie auf. Sie weinte und schrie, es sei die gelbe Mütze gewesen. Sie hatte gedacht, dass die Fisch-Wächter auf der Suche nach bedrohten Arten in den Kühlraum gekommen waren. Das Geschäft kaputt machen wollten, das Gerda mit so viel Arbeit aufgebaut hatte, ihren Lebenstraum.

Der Hammer hatte zufällig auf dem Tisch gelegen, weil mal wieder niemand Zeit zum Aufräumen gehabt hatte.

Hinterher hatte sie den Hammer irgendwo hingelegt. Überall gesucht. Konnte sich nicht erinnern. Wollte alles vergessen. Konnte die Bilder nicht loswerden.

Trikotagenterror

Ich begreife es ja heute auch nicht mehr, wie ich mich mit Werner, ausgerechnet mit Werner, einlassen konnte. Werner, dieser Traum in beuteligen Shorts, Stoffturnschuhen und graugemusterten Polyestersocken.

Nach dem Feuerwehrball ist es passiert. Dichtgegossen mit Sangria und Jägermeister geht es auch mit einem wie Werner.

Heidi, die ja neuerdings bei Werner sauber macht, ist uns draufgekommen. Hat meinen BH unter Werners Bett gefunden und gleich ihre Chance erkannt.

Sie ist nämlich neidisch. Neidisch auf meinen 400-Euro-Job beim Edeka-Aktiv-Markt. Kann sich nichts Besseres vorstellen als dort Regale aufzufüllen zu einem absoluten Hungerlohn. Wie ich es tue.

Deshalb erpresst mich jetzt die Heidi, will jeden Monat von mir genau die Hälfte haben, jeden Monat 200 Euro bar auf die Kralle. Sonst sähe sie sich gezwungen, zwei Dinge zu tun: Zum einen würde sie Frido die Augen öffnen, mit was für einem Früchtchen er da verheiratet ist.

Nicht weiter schlimm. Soll sie doch, die Heidi.

Zum anderen würde sie meinen BH beim nächsten Donnerstagskränzchen wie eine Fahne über dem Kaffeetisch hissen. Sie hat nämlich so einen Terrassentisch mit Loch in der Mitte, wo man einen Sonnenschirm hineinstecken kann. Fast jede von uns hat so ein Ding. Auf unserer schönen Terrasse ist es meistens ganz schön windig. Was nicht richtig festgezurrt ist, fliegt weg. Und das möchte man natürlich vermeiden.

Meinen BH also will die Heidi hissen. Eine Katastrophe wäre das. Nicht auszudenken. Peinlicherweise kennt jede der Frauen hier meinen BH. Es ist die obere Hälfte eines Sport-Bustier-Sets von Aldi. Weinrot mit schwarzen Rändern. Alle kennen sie ihn. Er war oft genug Gesprächsthema in der Umkleidekabine im Fitness-Center in Oberneuland.

»Gewagt«, so hatte Karin ihn einmal bezeichnet. In was für einem Nest lebe ich eigentlich, wenn ein Sport-Bustier-Set von Aldi schon ein Wagnis darstellt?

Nur weil er weder weiß noch fleischfarben ist …

Aber ich will nicht dauernd abschweifen. Jede Frau aus der Umkleidekabine sowie deren Freundinnen kennen also meinen BH. Abstreiten hätte keinen Sinn. Zu allem Überfluss hatte ich auch noch ein Namensschildchen eingenäht, als wir damals mit dem Sportverein ins Sauerland gefahren sind. Obwohl wir nur vierzehn Frauen waren, hatte unsere Vorsitzende darauf bestanden, dass wir Namensschildchen einnähen. Wer seine Wäsche nicht ordentlich kennzeichnet, kommt nicht mit. Daran war nicht zu rütteln gewesen.

Ein im ganzen Stadtteil bekannter BH mit Namensschildchen. Abstreiten hätte überhaupt keinen Sinn.

Was sollte ich tun? Zahlen? Ihn hissen lassen? Alles Blödsinn.

Ich müsste ein Wäschestück von Heidi mopsen und zum Gegenschlag ausholen. Ich könnte behaupten, dass Heidi, die prüde Heidi, auch mit Werner …

Das ist es, das werde ich tun.

Was könnte ich denn mal anstellen mit einem ihrer peinlichen Liebestöter?

Ich könnte ihn im Fundsachenschrank der Schule ausstellen, auf die Heidis Söhne gehen. Oder ihn beim Oberneulander Lampionfest öffentlich an einem Holzstecken spazierenführen, hübsch von innen heraus beleuchtet.

Möglichkeiten gab es viele. Wenn Heidi das verhindern wollte, müsste sie sich um Mitternacht mit mir auf dem Friedhof der alten Kirche treffen und wir könnten die belastenden Wäschestücke austauschen. Eine Chance gebe ich ihr, mehr nicht. Mehr auf gar keinen Fall.

Am Montagabend mache ich mich auf den Weg. Bewaffnet mit einer Taschenlampe. Frido ist beim Skat, kann also keine dummen Fragen stellen.

Ich schleiche in Heidis Garten, der seit ihrer Scheidung total heruntergekommen und verwildert ist. Total asozial, die Heidi, steil bergab in Richtung Gosse.

Die Haustür ist nicht abgeschlossen. In unserer Straße schließt man nicht ab, jedenfalls nicht im Sommer. Treppe hoch. Leise. Den Strahl der Taschenlampe nach unten halten. Plötzlich Licht am anderen Ende des Flures.

»Stehenbleiben oder ich schieße!«

Kurz darauf Heidis flehende Stimme: »Mensch, Werner, mach keinen Blödsinn …«

War das wirklich Werner, der da wie Schimanski geklungen hatte?

Er hatte mir mal erzählt, dass er eine Waffe besitzt. Aber nahm er die mit zu einem Schäferstündchen mit Heidi? Und sowieso, Werner und Heidi, das hatte ich mir doch nur ausgedacht … oder?

»Stehenbleiben oder ich schieße!«

Ich stolperte über einen verrosteten Eimer.

Seine ungeschickten Hände schickten eine Kugel auf den Weg. Die Kugel bohrte sich in mein rechtes Knie. Körperverletzung? Hausfriedensbruch?

Die Bremer Gerichtsbarkeit wird darüber befinden.

Der Preis

Nellie

Es war 'ne Verwechslung, wie oft soll ich das noch sagen? Hier liegt immer soviel rum, das sehn Sie doch, und außerdem war ich voll bis obenhin. Nee, ich hab damit kein Problem, nu komm Sie mir nich damit. Ich trink nur manchmal 'n bisschen viel. Jedenfalls war sie gekommen und wollte mit mir üben. Hat sie immer gesagt. Ich will doch auch noch mal so 'ne tollen Geschichten schreiben wie sie und damit Geld verdien, verstehn Sie das nich? Im Moment steh ich im Pils-Eck Waller Heerstraße hinterm Tresen. Jeden Abend. Ich war auch mal kellnern, im Hotel zur Post, aber der Chef warn Ekel, hat mich rausgeschmissen, weil ich mal einen ganz Kleinen genommen habe bei der Arbeit. Nur nen ganz Kleinen und er schmeißt ein' gleich raus!

Also, sie wollte mit mir üben. Wir kenn' uns ja schon von ganz früher. Wir sind schon zusammen zur Realschule gegangen, so war das. Und dann ham wir uns auf der Wilhelm-Wagenfeld-Schule in der Pause gesehn und Sonnabends sind wir inne Disko.

Wir ham immer Kontakt gehalten, später. Sie hat die Fachoberschule fertiggemacht und hat dann irgendwas mit Druck gelernt, vergess immer, wie das genau heißt. Später hat sie mir manchmal 'n bisschen mit Geld geholfen, wenn ich nix mehr hatte. Ich hab ja die Lehre abgebrochen, Friseurin, schade, war n schicker Laden in der Innenstadt, aber das ging einfach nicht mehr. Die Chefin hatte es auf mich abgesehn, könn Sie sich vorstelln, wie das is, wenn eim keiner glaubt, dass man nich klaut? Als ob ich den Kolleginnen die Portemonnaies klauen würde! Da muss das angefangen haben, dass ich mal in der Mittagspause 'nen Flachmann … Aber nur einen! Und dann hat eines Tages Geld in der Kasse gefehlt und die Chefin hat gesagt, ich kann gehen. Woher wollte die wissen, dass ich das war? Aber so geht mir das immer, verstehn Sie? Alle denken immer, ich wär's gewesen.

Elisabeth

Sie sagt, es sei eine Verwechslung. Würde ich an ihrer Stelle auch sagen. Das konnte sie schon immer, Blödsinn machen und dann behaupten, ihr sei Unrecht geschehen. Ich kenne sie schon seit der Schulzeit.

Ich mochte sie gern und hab ihr oft geholfen, sehr oft. Die Schule hätte sie gar nicht geschafft ohne mich. Und als sie dann aus der Lehre flog, habe ich mich besonders viel um sie gekümmert, bin mit ihr zu den Ämtern, hab versucht, eine neue Lehrstelle für sie zu finden. Aber damals fing sie an zu trinken und das machte die Sache natürlich nicht einfacher. Ich habe ihre Bewerbungen geschrieben und verschickt und sie kommt besoffen zum Vorstellungsgespräch! Dann war ich mit ihr bei den anonymen Alkoholikern und bei der Suchtberatung, aber sie wollte nicht mitarbeiten, zu anstrengend.

Nellie

Also an dem Abend komm ich aus'm Pils-Eck und schmeiß erstmal meine Schuhe in die Ecke. Mach ich immer, und dann setz ich mich vor die Glotze und trink erstmal ein schönes Bier. Und da klingelt's und sie isses. Wollte mit mir üben, hab ich ja schon gesagt. Ich hol also meine neuste Geschichte raus. War schon spät, klar, aber wir sind beide immer Nachtmenschen gewesen und seit sie berühmt is, muss sie ja nich mehr früh aufstehn. Und sie hat mir wie immer eine Kopie von ihrer neusten Geschichte mitgebracht, und dann hat sie wie immer meine gelesen und dann hat sie mir erklärt, was an meiner Geschichte nich gut is, und warum's in ihrer Geschichte funktioniert. Funktioniert, hat sie immer gesagt. Und ich war doch so stolz, dass sie immer noch zu mir kommt, obwohl sie nu so berühmt is. Ich würd doch nie was tun, um sie zu ärgern oder so. Und deswegen is das alles eine Verwechslung!

Elisabeth

An dem Abend bin ich zu ihr gefahren wie immer. Ich habe jedes Mal einen Text mitgenommen, an dem ich ihr die Grundlagen des Schreibens erklärt habe. Sie wollte ja auch unbedingt Kurzgeschichten schreiben. Und da wir uns schon so lange kennen, fühlte ich mich verpflichtet, ihr zu helfen. Sie hat schließlich niemanden, der sich um sie kümmert, und ich fand, sie war auf dem besten Wege, völlig abzustürzen. Kellnerin in dieser Eckkneipe! Sie hat eben nie was richtig fertiggemacht. Wie ich schon sagte, Schule gerade mal eben, Lehre ging dann schon nicht mehr. Und ihre Texte waren auch hoffnungslos. Ich habe manchmal so getan, als ob sie was dazu lernt, damit sie wenigstens dabei bleibt. Ich dachte, das Schreiben würde ihr ein bisschen Halt geben. Das Schreiben und meine Besuche. Dass sie mich so hintergehen würde, hätte ich nie gedacht.

Nellie

Ich war doch immer so stolz, wenn sie gesagt hat, das und das is gut an meiner Geschichte. hat sie tatsächlich manchmal gesagt. Und ich hab auch immer daran gedacht, nicht so viel zu trinken, wenn sie da war, weil sie das nich leiden konnte. Das war dann so schön, wenn wir mit den Geschichten fertig waren, hat sie mich gefragt, wie's mir so geht. Sie war die einzige, die mir zugehört hat. Sie hat sogar mal nachgefragt, wenn sie was nich verstanden hat, zum Beispiel wenn ich mal wieder 'nen Job verloren hatte, dann wollte sie immer ganz genau wissen, wie das passiert is. Und wenn ich angefangen hab zu weinen, dann hat sie mich sogar mal in den Arm genommen, ja hat sie! Wo sie doch so berühmt is und das alles gar nich nötig gehabt hätte. Wenn ich daran denk, dass das alles jetz vorbei is, – ham Sie mal nen Taschentuch?

Elisabeth
Ich glaube nicht, dass sie außer meinen mitgebrachten Übungstexten viel von mir gelesen hat, wenn überhaupt. Bei der Arbeit hatte sie die Bildzeitung, nehme ich an, und zuhause kam ja gleich die Flasche. Den Schnaps muss sie in der Kneipe geklaut haben, denn so viel hätte sie sich sonst gar nicht leisten können. Ich glaube, sie hat immer die Reste mitgenommen, das fiel wohl nicht so auf. An dem Abend hatte sie auch wieder mindestens fünf Flaschen auf dem Tisch, alle höchstens noch halb gefüllt. Und dazu noch Bier. Aber sie war auch schon einiges gewöhnt, das kann ich Ihnen sagen.

Nellie
Nee, gelesen hab ich nix von ihr, außer natürlich was sie mitgebracht hat, wenn sie kam. Ich les sowieso nich viel, und Bücher kann ich mir nich leisten. Und nach der Arbeit bin ich immer so müde. Machen Sie mal son Job, den ganzen Abend hinterm Tresen und durchs Lokal laufen, da is man fix und fertig, sag ich Ihnen, da braucht man mal seine Ruhe. Und ich hab schon manchmal die Sachen nich verstanden, die sie mitgebracht hat, aber das hab ich ihr nich gesagt, das war mir zu peinlich. Manchmal dachte ich, jetz hat sie's gemerkt, an den Fragen, die ich gestellt hab. Ich hab dann versucht, vom Thema abzulenken, damit das nich so auffällt.

Elisabeth
Die Texte, die ich zu den Treffen mitnahm, das waren immer unveröffentlichte. Für mich war es eine Gelegenheit, die Texte noch mal zu durchdenken und manchmal habe ich auch getestet, ob jemand wie sie versteht, was ich meine. Das wurde dann mitunter richtig peinlich. Und hinterher haben wir noch über sie und ihr Leben gesprochen. Wie es ihr so geht, ob sie Sorgen hat und so weiter. Sie konnte dann richtig weinerlich werden. Dabei fiel zugegebenermaßen etwas ab für meine Serie, Sie

wissen schon. Authentischer geht's ja gar nicht. Da habe ich mir schnell ein paar Notizen gemacht, wenn sie mal wieder Bier holen gegangen war. So konnte ich auch wenigstens ab und zu ein bisschen profitieren von der ganzen Zeit, die ich ihr gewidmet habe.

Nellie

Ja, und dann sind wir also die Geschichten durchgegangen, erst meine und dann ihre und sie hat mir wieder dies und das erklärt und ich hab versucht, mir das alles zu merken. Ich find auch, ich bin schon besser geworden mit meinen Geschichten und auf die, die wir an dem Abend gelesen haben, war ich richtig stolz, weil ich fand, die funktioniert. So wie sie immer gesagt hat, eine Geschichte muss funktionieren. Ja und ich wollte diese Geschichte dann auch zu dem Wettbewerb einschicken. Ich dachte, vielleicht klappt's und ich wird auch noch berühmt. Nich so berühmt wie sie natürlich, aber vielleicht son bisschen. –Sie ham doch nichts dagegen, wenn ich mal nen ganz kleinen Schluck nehm? Ich hab immer sone kleine Flasche in der Handtasche, für mein' Magen, verstehn Sie? Die ganze Sache hat mich so nervös gemacht, schrecklich.

Elisabeth

Sie wollte an diesem Wettbewerb teilnehmen, das hatte sie mir erzählt. Sie war zuversichtlich. Ich hätte ihrem Text keine Chance gegeben und habe versucht, ihr zu erklären, wo es hapert. Ich wollte ihr die Enttäuschung ersparen, aber dazu ist es dann ja auch gar nicht gekommen. Verwechslung, das ich nicht lache. Wahrscheinlich hat sie meinen Text noch mal in Ruhe gelesen, als ich weg war, und gemerkt, dass es doch Qualitätsunterschiede gibt. Ich sage Qualität, obwohl wir ja gesehen haben, was passiert ist. Man weiß ja, aus was für Leuten die Jury bei dieser Art von Wettbewerben besteht. Bei Profis wäre natürlich etwas ganz anderes herausgekommen als ein dritter Preis! Jaja, ich weiß, als das Ganze noch frisch war, habe ich etwas unbeherrscht reagiert.

Nellie

So, jetz is mir besser. Ja also, wir ham über die Geschichten gesprochen und ich hab ihr von dem Wettbewerb erzählt. Und da wurde sie auf einmal son bisschen komisch, ich weiß nich, so als wollte sie das nich, das ich teilnehm, aber das war nur kurz un dann war sie gleich wieder die Alte. Un dann bin ich Bier holen gegangen und wie ich wiederkomm, seh ich wie sie sich mal wieder was aufschreibt. Das hat sie öfter gemacht, sich zwischendurch was aufgeschrieben, aber wenn ich gefragt hab, was schreibste denn da, dann hat sie nie was Genaues gesagt und ihre Zettel schnell wieder weggepackt. Naja, war mir eigentlich auch egal. Ich komm also mit meim Bier, sie packt ihre Zettel ein. Ich hab diesmal schon gar nich mehr gefragt und mich wieder hingesetzt. Und dann ham wir noch 'n bisschen über dies un das geredet un alles war ganz normal un dann is sie gegangen. War alles wie immer. Ich hab noch 'n klein genommen und dann bin ich ins Bett. Und wie ich andern Tag aufsteh, das war schon Mittag, da seh ich erst, dass sie ihre Geschichte liegengelassen hat. Und ich denk noch, die leg mal schön ordentlich weg und dann hab ich sie ins Regal gelegt. Meine auch, denn die wollt ich ja wegschicken. Ordentlich nebeneinander. Ich hätte nie gedacht, dass sie sich so aufregen könnte.

Elisabeth

Mittlerweile sehe ich das alles ruhiger. Aber Sie müssen doch verstehen, dass so ein Vertrauensbruch einen Menschen furchtbar erschüttern kann. Richtiggehend erschüttern. Mein Anwalt will auch in dieser Richtung argumentieren. So etwas nach all der Mühe, die ich mir mit ihr gegeben habe. Vielleicht hat der Suff ihre Hemmschwelle gesenkt, das könnte ich mir gut vorstellen. Man kann es wirklich nur Suff nennen. Ihnen hat sie wahrscheinlich was von ihrem Magen erzählt. Sie will es nicht wahrhaben. In meinen Band drei habe ich mich mit dieser Problematik auseinandergesetzt, Die Mühsal für die Menschen in der Umgebung eine Trinkers, die Lügen, all das. Sie haben es doch sicher gelesen? Als das Buch ein Erfolg wurde, habe ich ihr zweihundert gegeben. In Raten zu fünfzig, damit sie nicht alles auf einmal vertrinkt, verstehen Sie. Bei Band zwei war's die Schulzeit und das Fiasko mit der Lehre, haben Sie doch bestimmt auch gelesen? Ja, das Buch war dann in den Bestsellerlisten, da habe ich ihr dann einmal mit der Miete geholfen, als sie mal wieder aus irgendeinem Job geflogen war. Aus alter Freundschaft. Und das war nun der Dank.

Nellie

Wie ich dann meine Geschichte wegschicken wollte, da muss das passiert sein, dass ich die beiden Papierstapel verwechselt habe. Einfach verwechselt, kann doch mal passieren, nich? Und das muss sie mir glauben, das ich das nich mit Absicht gemacht hab. Sie glauben mir doch, oder? Und wie ich das gemerkt hab, hab ich ja auch gleich meine Geschichte hinterher geschickt. Es war nich gesagt, dass jeder nur eine einschicken darf. Und deswegen muss sie doch nich gleich so ausrasten. Ich hätt' das doch noch erklärt. Und das war sone schöne Preisverleihung, toll war das. Und was war ich aufgeregt, ich musste zweimal aufs Klo und 'nen Kleinen aus meiner Handtasche nehm. Ich glaub, das war der schönste Moment in meim Leben, wie sie mir da auf der Bühne den Preis gegeben ham. Und das sie mir das nich gegönnt hat, versteh ich nich', bei all ihren Erfolgen. Schließlich hab ich ja nich' den ersten Preis gekriegt, nur den dritten, sie könnt sich ja auch mit mir freuen. Da muss sie doch nich' gleich Eier auf die Jury werfen, das warn so nette Leute. Und das Publikum mit dem Feuerlöscher ... Was könn' die Leute im

Publikum denn dafür? Und wenn die Leute von der Jury nich' dazwischengegangen wären ... Wolln Sie mal die Stellen an meim Hals sehn? Der Arzt hat gesacht, wenn sie noch n kleines bisschen länger zugedrückt hätte ... Also, da fällt mir nix mehr zu ein, nix. Ich war so fertig. Ich bin immer noch ganz durcheinander, ich glaub, ich brauch noch 'nen Klein'.

Elisabeth

Mein Anwalt hat mir geraten, keine Kommentare abzugeben und daran halte ich mich. Verminderte Schuldfähigkeit wegen seelischer Erschütterung. Ich musste die Arbeit an Band vier deswegen erstmal unterbrechen, aber mein Therapeut ist zuversichtlich.

Es treiben wie die Fische

»Du, Rainer …« Belinda kratzte nervös an der Sofalehne herum.

»Ja?« Gelangweilter konnte ein Mann nicht klingen.

»Rainer, ich weiß nicht, wie ich es sagen soll … Es ist schon so lange her, äh … unser Eheleben.«

Nun ließ er doch den Weser-Kurier ein paar Zentimeter sinken, gerade so weit, dass er in das obere Drittel ihres verlegenen Gesichts blicken konnte. Auch Hund Hasso streckte sich in seinem Körbchen und stellte die Ohren auf.

»Wie wäre es mit … naja, mit ein bisschen Abwechslung?«

Abwechslung? Er brauchte keine Abwechslung. Er hatte seine heißblütige Anita, jeden Abend, wenn er wollte. Sie wohnte nur drei Häuserblöcke entfernt und war eine Sensation im Bett, ein echter Vulkan.

Belinda hatte nie Misstrauen geschöpft. Abend für Abend um die gleiche Zeit nahm Rainer Hund Hasso an die Leine zu einem ausgiebigen Spaziergang am Osterdeich. Das glaubte jedenfalls Belinda. In Wirklichkeit wurde Hasso nach ein paar Schritten in Anitas Heizungskeller angeleint, wo er warten musste, bis der Liebeshunger seines Herrchens gestillt war. Dann durfte er wieder ein paar Schritte gehen, nach Hause, und den Rest der Nacht in seinem Körbchen liegen. Einmal hatte Belinda gefragt, warum der Hund immer dicker würde bei all der Rennerei. »Das ist die Rasse«, hatte Rainer gesagt. »Die sind so …«

Womit der Fall abgehakt gewesen war.

Zwischen Belinda und ihm spielte sich schon lange nichts mehr ab. Es war von Mal zu Mal langweiliger gewesen, und da Anita allzeit mehr als bereit war, hatte er die Pflichtübungen mit seiner Frau auch gar nicht mehr vermisst. Und sie auch nicht, so hatte er zumindestens gemeint.

Sie schien nicht mehr zu brauchen als ihre Sofaecke, einen Stapel Kochbücher und einen Fernseher, aus dem unentwegt Arztserien quollen. Und jetzt redete dies Hausmütterchen auf einmal von Eheleben, ja sogar von Abwechslung.

Nicht dass irgendetwas an ihr ihn noch locken könnte. Durch die dralle und völlig tabulose Anita war er ziemlich verwöhnt. Aber neugierig war er nun doch. Und so ließ er sich zu einem fragenden »Hm?« herab und legte den Weser-Kurier ganz beiseite. Hasso öffnete die Augen und klopfte leicht mit dem Schwanz auf den Rand seines Körbchens.

»Naja …« Belinda setzte sich dicht neben ihren Mann, wurde ein bisschen rot und senkte den Blick. »Wir könnten es vielleicht einmal so wie die Fische treiben?«

Es verschlug ihm die Sprache. Solche Reden aus Belindas Mund?

Sie fuhr mit dem Zeigefinger seinen Unterarm auf und ab, bis sich jedes einzelne der dort sprießenden Härchen aufgerichtet hatte. Sein Mund wurde trocken. Fische? Wie trieben es denn die Fische?

Angeblich ging er ja ständig an der Weser spazieren, in Wirklichkeit jedoch hatte er seit Ewigkeiten keinen lebendigen Fisch mehr gesehen.

Kalte glitschige Phantasien zogen durch seinen Kopf. Sollte er etwa balzen, bis sich vor Anstrengung seine Hautfarbe veränderte? Sich in einen glibberigen Gummianzug zwängen? Oder mit Belinda ins Stadionbad gehen und dort … vor allen Leuten? Das alles passte nicht zu ihm und schon gar nicht zu ihr. Belinda, die es nicht einmal ertrug, wenn bei der Ausübung der ehelichen Pflichten eine kleine Nachttischlampe brannte.

Was also wollte seine Frau jetzt von ihm?

Inzwischen hatte Belinda eine Hand auf seinen Oberschenkel gelegt. Und zwar ziemlich weit oben. Ihre Arme waren weiß und schwabbelig.

Er würde die Augen schließen und an Anita denken müssen. Anita, ja, die wusste, worauf es bei der Liebe ankam. Er musste sich nur hinlegen und abwarten. Anita kam jedes Mal über ihn wie ein Orkan. Kein Trick aus irgendeinem Rotlichtviertel der Welt war dieser Frau fremd. Als er sie einmal gebeten hatte, auf sein Asthma Rücksicht zu nehmen, hatte sie nur schallend gelacht. Dagegen war alles, was er mit seiner Frau je gemacht hatte, ein reines Sandkastenspiel.

Aber irgendetwas faselte sie doch gerade? Als er wieder zu ihr hinschaute, standen vor seiner Nase auf dem Couchtisch zwei Gläser rätselhaften Inhalts.

Cocktails. Belindas Leidenschaft.

Cocktails. Nicht schon wieder.

Seit Jahren schon hatte sie die nervtötende Angewohnheit, nicht nur die Rezepte in kurioser Weise abzuwandeln, sondern auch noch die Namen der Cocktails zu verdrehen.

Da war zum Beispiel ihr geliebter »Bermuda-Fiveangle« mit fünf aufgespießten Maraschinokirschen, die in genau gleichem Winkel voneinander abstehen mussten. Oder ihr gefürchteter »Tuba libre«, zu dessen Genuss eigens eine CD mit gnadenlosen Blechbläserquartetten angeschafft worden war.

»Was ist es denn diesmal?«, stöhnte er und schnupperte fragend in Richtung Getränke. »Das ist was ganz Besonderes«, kicherte Belinda. »Ein Hai-Piranha … Damit wir Lust auf … na, du weißt schon, kriegen …«

Er runzelte die Stirn und sah sich den Inhalt der Gläser genauer an. Sah aus wie ein Caipirinha, nur dunkler. Fische schwammen wenigstens nicht darin.

Was war daran Hai? Und was Piranha? Er begann zu schwitzen. Belinda fing an, an seinem Hosenbund herumzufingern und an seinem Hals zu knabbern.

Was war nur in sein biederes Weib gefahren? Hatte sie von dem Zeug schon getrunken?

»Der Haifisch, der hat Zähne … weißt du das nicht, mein Großer? Scharfe dreieckige Zähne, rasierklingenscharf, aber nicht so scharf wie ich …«

Wieder dieses so gar nicht vertraute Kichern.

»Haie sind unheimlich gierig, unersättlich …« Inzwischen saß sie rittlings auf seinem Schoß und knabberte an seinen Lippen. »Und wenn sie irgendwo auch nur einen einzigen Tropfen Blut wittern, geraten sie geradezu in einen Rauschzustand.«

Rainer entzog ihr seine Lippen. Blut? Nein, da machte er nicht mit.

»Und kennst du denn keine Piranhas, mein Süßer? Deren Zähne sind noch viel schärfer. Die nagen dich in Sekundenschnelle ab bis aufs Skelett.«

Sie begann ihn zu entkleiden, wobei ihre Zähne sich immer heikleren Stellen seines Körpers näherten. Belinda war nicht wiederzuerkennen. Wahrscheinlich hatte sie sich das bei diesen dämlichen Krankenschwestern in ihren Lieblingsserien abgeguckt. Wenn er etwas hasste, dann waren es Frauen, die beim Liebesakt wie aufgezogen redeten. In dieser und in vieler anderer Hinsicht war Anita einfach klasse. Sex without speech, das könnte der Name eines Cocktails von Anita sein, wenn sie denn welche mixen würde.

»Mein brummiger Stachelrochen, mein Hecht im Karpfenteich …«, gurrte Belinda und schmiegte sich so fest an ihn wie schon lange nicht mehr. Ein wenig spannte es in seinen Lenden, aber er war mittlerweile wirklich ein anderes Kaliber gewohnt. Mit einem tiefen Seufzer dachte er an die glutäugige Anita. Wenn er dies hier hinter sich hatte, würde er noch bei ihr vorbeischauen. Das würde wie ein herzhaftes Schinkenbrot sein nach viel zu süßem Kuchen.

Er packte Belinda an den gutgepolsterten Hüften und wurde mit einem neckischen Kichern in seine Schranken verwiesen.

»Erst der Hai-Piranha, komm ...« Sie hielt ihm sein Glas entgegen, wollte offensichtlich mit ihm anstoßen auf diesen denkwürdigen Abend.

»Was ist da denn nun drin?« Das Eis war mittlerweile geschmolzen.

»Ach, im Grunde ist das ein abgewandelter Caipirinha. Zerstoßene Grapefruit, Martini, ein bisschen Zucker ... naja, und dann noch eine besondere Zutat, die verrate ich dir aber nicht!« Na, dann eben nicht.

Hasso war das ungewohnte Treiben offensichtlich nicht angenehm. Er hatte sich aus seinem Körbchen erhoben und war auf den Flur getrottet.

In dem Bestreben, den Cocktail und alles andere schnell hinter sich zu bringen, stürzte Rainer den Inhalt seines Glases in einem Zug herunter. Er griff nach seinem Hals und starrte seine Frau mit weit aufgerissenen Augen an, wobei sich seine Gesichtshaut zunehmend blau verfärbte. Er begann zu röcheln und rutschte mit offener Hose vom Sofa auf den Perserteppich.

Er will sie fragen. Fragen, was das soll.

Er könnte ruhig fragen. Belinda dachte nicht daran, ihm zu antworten. Ihm zu verraten, was die entscheidende Zutat in diesem Cocktail war.

Zwischen zwei Schichten Martini befand sich eine dünne Lage geschmacksneutralen Speiseöls, angereichert mit unzähligen Fischgräten.

Gräten der Brachse, den widerwärtigsten und hakeligsten Gräten, die es in Norddeutschland gab. So vielen Gräten, dass seine Luftröhre und sein Kehlkopf geradezu bersten mussten. Zur Not würde ihm sein Asthma noch den Rest geben. Letzte Woche hatte eine wohlmeinende

Nachbarin sie über Rainer und Anita aufgeklärt und im gleichen Augenblick hatte Belinda gewusst, dass er krepieren sollte – und zwar jämmerlich.

Das Röcheln auf dem Perserteppich wurde schwächer. Hasso war zögernd nähergekommen und von Belinda schnell wieder verscheucht worden.

Sie schnitt das Telefonkabel durch, nahm die Hundeleine vom Haken und schloss hinter Hasso und sich selbst die Tür. Drehte den Schlüssel zweimal um.

Von nun an konnte sich Hasso wirklich auf lange Spaziergänge freuen. Schon an diesem Abend liefen sie Stunde um Stunde den Osterdeich entlang, bis schließlich der Morgen zu dämmern begann. Das Weserwehr, das sonst immer grau und stählern ausgesehen hatte, wirkte warm und rot.

Hasso legte seinen schweren Kopf auf seine Vorderpfoten und gab seinem Frauchen Zeit, das Naturschauspiel zu genießen. Mit stillem Lächeln dachte Belinda daran, wie die Fische es treiben. Weit getrennt voneinander werden Eier und Samen ins Wasser entleert. Eine Befruchtung findet nur zufällig statt, Männchen und Weibchen frei wie der Wind. Mit anderen Worten: ganz nach Belindas Geschmack. Die Sonne stieg höher und legte warme Strahlen auf Frau und Hund. Belindas Sunrise …

Die Maßnahme

Christine wachte auf. Soweit es ihre Benommenheit zuließ. Sie fühlte sich taub, weitgehend. Bis auf den bohrenden Schmerz im Kopf. Sie zuckte innerlich zusammen. Im Kopf? Sie hielt die Augen vorsichtshalber geschlossen. Warum dieser Schmerz? Der Rest ihres Körpers befand sich in einer Art Schwebezustand. Sie kannte diesen Zustand. Die Rücken-OP letztes Jahr. War sie wieder operiert worden? Und warum diesmal? Christine versuchte sich zu konzentrieren, aber ihre Gedanken ließen sich kaum zusammenhalten. Was für eine OP? Und welches Krankenhaus? Dies hier musste ein Krankenhaus sein, da war sie sich sicher. Sie fühlte, dass sie ausgestreckt auf dem Rücken lag. Die Unterlage fühlte sich fest und gerade an. Wie ein Krankenhausbett. Christine seufzte. Als letzte Erinnerung kam ihr das Straßenfest in den Sinn. Jemand hatte ihr ein Getränk aufgeschwatzt. War sie betrunken gewesen? Unmöglich. Hatte sie einen Unfall gehabt? Ihr Herzschlag beschleunigte sich bei dem Gedanken. Der Schmerz in ihrem Kopf pochte im Rhythmus ihres Pulses und schien mit jedem Schlag tiefer in ihren Kopf einzudringen, bis sich Leere in ihrem Bewusstsein ausbreitete.

Wieder wachte Christine auf. Der Schmerz. Bohrendes Hämmern tief in ihrem Gehirn, sie musste die Schwester rufen. Die mussten unbedingt Schmerzmittel spritzen. Das war doch keinem Patienten zuzumuten. Christine traute sich wiederum nicht, die Augen zu öffnen. Allein die Vorstellung greller Lampen verstärkte den Schmerz. Christine überlegte, ob sich Tageslicht ertragen ließe. Auch nicht. Sie holte tief Luft. Wollte rufen. Weit konnten die Schwestern ja nicht sein, schließlich war Christine Privatpatientin, vielleicht hatte man schon bemerkt, dass sie wieder ansprechbar war. Das heisere Krächzen überraschte

Christine. War das ihre eigene Stimme? Sie schluckte. Versuchte wieder zu rufen. Brachte keine Lautstärke zustande. Christine schluckte noch einmal. Ihre Zunge fühlte sich dick an. Und unbeweglich. Tiefer im Hals hatte sich offenbar so etwas wie Staub angesammelt. Staub, der sich nicht herunterschlucken ließ. Staub? Sie hatte Durst. Höllischen Durst. Die Schwester musste dringend etwas zu trinken bringen. Wo waren die bloß? Der Gedanke an Flüssigkeit breitete sich in Christines Bewusstsein aus. Trinken. Sie brauchte etwas zu trinken. Jetzt. Das Verlangen nach Flüssigkeit wurde größer. Sogar der Schmerz trat eine Weile zurück. Christine versuchte, Spucke im Mund zu sammeln und zu schlucken. Ihre Mundschleimhäute fühlten sich an wie aus Papier. Sie konnte keinen anderen Gedanken mehr fassen. TRINKEN. JETZT. Jemand musste kommen. Sie musste jemanden rufen. Christine riss die Augen auf.

Dunkelheit. Absolute Schwärze. Nicht der kleinste Lichtschein. Das konnte nicht sein. In jedem Krankenhaus brannte Licht. Auf den Fluren. Der Lichtschein kam doch unter den Türen durch. In diesem Raum nicht. Wo war das Fenster? Christine drehte den Kopf zur Seite. Nichts. Panik schoss in ihr hoch. Hatte man ihr die Augen verbunden? Sie zwinkerte und fühlte nichts, kein Pflaster, kein Verband. War sie erblindet? Also ein Unfall? Ihr Herzschlag legte wieder zu, gleichzeitig das Hämmern in ihrem Kopf. Warum kam niemand? Sie musste versuchen, die Panik zu bekämpfen. Ein Unfall also. Sie würde sich auf den Prozess gut vorbereiten. Ihre Anwältin würde sicher gute Arbeit leisten. Da war was zu holen. Wieviel war das wert? Augenlicht. Behindertengerechter Umbau ihrer Wohnung. Ein Blindentrainer. Und sie würde nicht mehr arbeiten können. Bei diesem Gedanken konnte Christine sich ein wenig entspannen. Ihr Herz beruhigte sich etwas. Sogar der Schmerz wurde erträglicher. Nie wieder arbeiten bedeutete nie wieder Ärger mit den Kollegen. Die alle nicht so wollten wie sie. Die sich nach der Arbeit verabredeten, ohne sie zu fragen, ob sie mitwollte. Die Geburtstage miteinander feierten, ohne sie einzuladen. Als ob sie das nicht merken würde. Die sich beim Chef über sie beschwerten. Ja, einen Chef hätte sie dann auch nicht mehr, der sie in sein Büro bestellte, um ihr Stress zu machen, einfach so. Weil sie sich nicht verbiegen wollte. Keine Kompromisse machen wollte. Als einzige den korrekten Weg ging. Immer korrekt. Den Regeln entsprechend. Wozu wurden Regeln sonst gemacht?

Sie würde also blind weiterleben. Wieviel Rente war wohl zu erwarten? Sie würde es schaffen. Härte gegen sich selbst war eine ihrer Stärken, das war ihr Stolz. Beim Wandern immer den Rucksack selbst schleppen. Die Wohnung immer tiptop geputzt, auch wenn sie krank war.

Mit Wandern und Fensterputzen war es jetzt vorbei, wurde ihr klar. Aber sie würde sich andere Beschäftigungen suchen. Ganz sicher. Sie würde sich nicht unterkriegen lassen. Als erstes würde sie dieses Krankenhaus verklagen, wo man sie ohne Schmerzmittel im Dunkeln liegen ließ. Und ohne Trinken. Wieder wurde der Durst übermächtig. Der Schmerz schien ein Loch in das Innere ihres Kopfes zu bohren und ihn von innen auszuhöhlen. Aber schlimmer war das Verlangen nach Wasser. WASSER. Die Zellen ihres Körpers schrien nach Flüssigkeit. Ein riesiges Glas kühles Wasser erschien vor ihrem inneren Auge. Klares, perlendes, süß schmeckendes Wasser. Der Gedanke machte Christine verrückt. Sie versuchte erneut zu rufen. Tatsächlich brachte sie ein hallo heraus. Warum hörte das denn niemand? Vielleicht sollte sie tatsächlich aufstehen und versuchen, die Tür zu finden. Christine versuchte, Kraft zu sammeln. Verklagen würde sie das Krankenhaus. Die Schwestern würden sicherlich entlassen werden. Vielleicht auch der Stationsarzt. Der Gedanke gab ihr ein bisschen Kraft. Gedanken dieser Art hatten ihr immer Kraft gegeben. So wie bei der Klage gegen den Nachbarn Schmidt, dessen Zaun zu hoch war. 30 Zentimeter höher als üblich. Zuzusehen, wie er die Zaunpfähle absägte, hatte sie mit einer tiefen Zufriedenheit erfüllt. Oder als sie nachweisen konnte, dass ihre Kollegin sich nicht an die Vorschriften gehalten hatte. Sie konnte zum Chef gehen und sich beschweren. Da kam sogar Entspannung in ihr hoch, ein Zustand, den sie nur selten erlebte.

Blind war sie also jetzt. Wie ihr Nachbar Metzner von gegenüber. Der hatte sich einen Blindenhund angeschafft. Keine Lösung für sie. Ein Hund machte ja doch, was er wollte. Da war Christine sich sicher. Hunde bellen. Das störte. Deswegen hatte Christine den Nachbarn sofort angerufen und klargestellt, dass sie gegen ihn vorgehen würde, sobald der Hund anfinge zu bellen oder den Gehweg verschmutzte. Da würde sie handeln. Umgehend. Das würde sie nicht durchgehen lassen. So wie sie es bei beim Fernseher des Nachbarn Rademann getan hatte. Diese Lautstärke. Hatte man durch die Wand hören können. Wenn sie sich dicht an die Wand setzte. Sowas ging nicht. Sie brauchte nach der Arbeit ihre Ruhe. Auch direkt an der Wand. Den Text für die Anzeige hatte sie abgespeichert. Für das nächste Mal. Auch die Zielows von oben durften doch nicht am Sonntag staubsaugen. Und der Münzner aus der ersten Etage konnte doch nicht einfach in seine Wohnung humpeln und seinen Rollstuhl im Flur stehen lassen. Da musste man sich wehren.

Diese Gedanken gaben Kraft. Und jetzt würde sie sich gegen die Zustände hier wehren. Aufstehen, rausgehen und den Leuten in diesem Krankenhaus sagen, wie man mit ihr umzugehen hatte. Christine verdrängte den Schmerz und sogar den Durst. Aufstehen. Etwas hielt sie zurück. Sie versuchte sich zu konzentrieren. Was war das? Ihre Arme und Beine fühlten sich immer noch ein bisschen taub an, aber das lag bestimmt daran, dass sie hier schon wer weiß wie lange lag. Sie richtete ihre Gedanken auf ihr rechtes Bein. Aus dem Bett schwingen. Das Bein blieb unbeweglich. Ebenso das linke. Christine wollte nachfühlen, was ihre Beine festhielt. Der rechte Arm wurde von irgendetwas festgehalten. Sie versuchte es wieder, mit mehr Kraft. Mit aller Kraft. Dann mit dem linken Arm. In ihrem Bewusstsein explodierte die Panik. DIES WAR KEIN KRANKENHAUS. Sie war gefesselt. Arme und Beine waren mit etwas, das sich wie Draht anfühlte, an das Bett gefesselt. Sei zog und zerrte. Bäumte sich auf Versuchte sich auf die Seite zu wälzen. Der Draht hielt. Schnitt in die Haut. Etwas stach in ihre rechte Hand. Christine schrie.

Sie schrie lange. Bäumte sich auf, versuchte, die Fesseln loszuwerden. Der Draht oder was immer um ihre Hand- und Fußgelenke gelegt worden war, schnitt in die Haut. Die Nadel in ihrer Hand verschob sich und bohrte sich tiefer. Christine hatte das Gefühl zu bluten. Sie bot noch einmal alle Kraft auf und schrie in die Dunkelheit. Nichts. Niemand kam. Wie lange schon? Christine kamen die Tränen. Sie schnappte nach Luft. Versuchte wieder, Spucke zu schlucken, um das Durstgefühl wenigstens ein bisschen zu mildern. Ihre Zunge fühlte sich riesig an. Hieß es nicht, beim Verdursten würde die Zunge anschwellen? Christines Herzschlag raste. Sie würde hier bleiben. Unbeweglich. Man würde sie verdursten lassen. Die Dunkelheit lag wie ein Sack auf ihr.

Sie fühlte, wie die Hoffnung verging. Zum ersten Mal in ihrem Leben. Bis jetzt hatte sie für alles einen Weg gefunden. Immer. Gegen alle Widrigkeiten anderer Menschen. Und das Alleinsein hatte ihr nie etwas ausgemacht. Fast nie. Sie hatte es allen gezeigt. Mit ihr war nicht zu spaßen. Sie war stark. Gewesen. Ihr Kopf sank auf die Seite und ein dünner Jammerlaut kam aus ihrem Mund. Die Schwärze kroch in ihr Inneres.

Der Polizeibericht vermerkte, dass auf dem Autobahnparkplatz »Mühlenheide« eine stark dehydrierte Frau mit Fesselungsspuren aufgefunden wurde. Sie musste mehrere Tage gefesselt gewesen sein.

Vermutet wurde, dass sie im Verlauf dieser Zeit das Bewusstsein verloren hatte und in diesem Zustand abgelegt worden war. Die toxikologische Untersuchung ergab Reste eines Betäubungsmittels. Nach einigen Tagen war sie ansprechbar, konnte jedoch keinen Hinweis auf den oder die Täter geben.

Nach ihrer Entlassung zog sie in ein Hotel und beauftragte ein Umzugsunternehmen mit der Räumung ihrer Wohnung. Auch an ihrem Arbeitsplatz wurde sie nicht wieder gesehen.

Rademann und Münzner räumten den Keller auf. Schmidt zerstreute Metzners Zweifel durch eine Reihe stichhaltiger Argument. Nach einer Weile traf sich eine gewisse Anzahl von Menschen zu einer Party.

Blausäureblues

Sie saßen mal wieder auf seiner Terrasse. Nachbarn.

Ihre Hände die eines jungen Mädchens, seine Schläfen schon grau. Der Tisch penibel gedeckt, die geschmackvollen Sets genau auf Kante, die Zuckerwürfel zu einer makellosen Pyramide aufgetürmt. Auf dem sauber gefegten Waschbeton lagen nur wenige ausgesucht schöne Herbstblätter. Erst nach dem Fegen gefallen oder vielleicht auch absichtlich dort hingelegt.

Tee sollte es geben und dazu so viel Rum, dass man schon beinahe von Grog sprechen konnte. Trotz seiner Proteste hatte sie den Tee gekocht.

Nein, das sei ihre Angelegenheit, er solle sich mal schön hinsetzen, es sei ihr ein Bedürfnis. Zum Teekochen brauche man Fingerspitzengefühl. Eine taktlose Bemerkung, die seine behandschuhten Hände sogleich unter dem Tisch verschwinden ließ.

Narben. Ein lange zurückliegender Unfall am ältesten Gymnasium Bremens. Ein chemisches Experiment, das höchste Aufmerksamkeit verlangte. Ein Augenblick der Unaufmerksamkeit. Herbert, der Name des Schülers, der ihn abgelenkt hatte. Im entscheidenden Augenblick abgelenkt hatte.

Gebäck hatte sie auch mitgebracht, selbst gebacken, ja, beinahe nicht zu glauben. Mit neckischem Augenzwinkern zog sie eine Keksdose aus ihrem modischen Lederrucksack.

»Bittermandelkekse? Nein, wirklich, meine Liebe …« Er kicherte leise in sich hinein. »Bittermandelkekse … Ich muss schon sagen, du enttäuschst mich. Das ist ja wie in einem schlechten Film.«

Dann ist das eben ein schlechter Film, den wir hier drehen. Mir jedenfalls gefällt er schon lange nicht mehr. Erstick an diesen blöden Keksen, na los, tu mir schon den Gefallen!

Erst hatte sie erwogen, das Gift mühsam aus den Kernen bitterer Mandeln zu destillieren. Eigentlich wohl kein Problem, der Siedepunkt von Blausäure lag bei schlappen sechsundzwanzig Grad Celsius. Aber lief sie bei der Methode nicht Gefahr, das Gift selbst einzuatmen? Nervös, mit zitternden Händen, hatte sie zahlreiche Fachbücher durchgeblättert. Und aus diesen erfahren, dass das Gift häufig zur Schädlingsbekämpfung eingesetzt wurde und völlig problemlos in jedem Baumarkt mit Gartenabteilung erhältlich war. Also geradezu lächerlich einfach. Dennoch musste sie vorsichtig sein. Durfte nicht vergessen, dass er früher einmal Chemielehrer gewesen war. Vertraut mit dem Geruch von Blausäure wie der Bluthund mit der Fährte.

»Na, meine Schöne, wo hast du die Zutaten für dieses Gebäck gekauft? Im Lebensmittelgeschäft oder in der Eisenwaren- und Gartenhandlung?

Lass mich raten, mein hübsches Kind … Und welches Geld hast du dafür genommen? Einen der zerknitterten Scheine, die schwitzig-klebrige Finger verstohlen auf deinen Nachttisch legen? Die Unterhose gerade erst wieder hochgezogen? Komm, erzähl es deinem väterlichen Freund, mir kannst du es doch sagen …«

Er muss verschwinden. Er weiß Bescheid und er wird seinen Mund nicht halten. Wem wird er es zuerst erzählen? Der alten Baumann, die die Neuigkeit womöglich kichernd noch vor dem Eierlikör ihren Kränzchendamen mitteilen würde? Dem sittenstrengen Dr. Pauli, der jedes Mal erst meine Rocklänge begutachtet, bevor er entscheidet, ob ich heute zu grüßen sei oder besser nicht? Oder Frau Jacobi, die gar keinen Platz dafür hat in ihrem Kopf vor lauter Sonderangeboten und Tipps für die kluge Hausfrau?

Egal, wo das Lauffeuer seinen Anfang nehmen würde. Susanne, eine Schlampe, würde es heißen. Macht es für Geld. Treibt es mit Kerlen, statt sich um eine anständige Arbeit zu bemühen. Susanne, eine Schlampe.

Na und? Das wäre ihr sowas von egal.

Marco, das Kind einer Schlampe, würde es heißen. Das war ihr nicht egal.

Das nicht. Das war mit allen Mitteln zu verhindern. Marco, in der Schule von allen gehänselt. Das durfte nicht passieren. Darauf konnte und würde der liebe Nachbar Gift nehmen.

Er greift mit der Zuckerzange nach dem obersten Würfel der perfekten Pyramide. Entweiht und schändet sie. Degradiert sie rücksichtslos zu einem Stumpf. Lässt den Würfel in seine Tasse fallen, rührt sorgfältig um. Nippt an der Tasse wie ein Vögelchen. Verzieht das Gesicht, muss die Pyramide eines weiteren Bausteins berauben. Nippt wieder, äh, nun einen Tick zu süß. Etwas mehr Rum. Schluss damit – so muss es gehen. Jetzt hat er Zeit, die Kekse genauer zu betrachten. Seine zusammengekniffenen Augen mit unverhohlenem Interesse in sie hineinzubohren.

»Ach, Susanne, du liebes, naives Kind …

Du bist nicht clever genug für ein solches Vorhaben. Ich habe den Wunsch, dir ein bisschen zu helfen. Dir mit Rat und Tat zur Seite zu stehen. Putzig, nicht wahr? Also, hör zu, du musst darauf achten, keine Spuren zu hinterlassen. Wenn ich einen dieser Kekse essen würde, dürftest du nicht vergessen, alle Rückstände des Gebäcks gründlich zu entsorgen. Du dürftest dir keine Nachlässigkeit erlauben, ein einziger vergessener Krümel könnte deine Schandtat verraten.« Er lehnte sich mit einem behaglichen Seufzer in seinem Gartensessel zurück. »Leider denke ich nicht im Traum daran, dieses Zeug zu mir zu nehmen.«

Er verzog seinen Mund zu dem Lächeln eines Haifischs und trank einen herzhaften Schluck Tee. Erstarrte. Zog entsetzt die Lippen hoch.

Entblößte in Panik seine schlecht angepassten dritten Zähne. Sackte schließlich in sich zusammen.

Sie war nicht nachlässig. Entsorgte alle Spuren des Gebäcks. Entsorgte auch alle Spuren der kleinen Teezeremonie. Gründlich. Vergaß auch nicht die Flasche mit dem Rum. Nahm sich sogar die Zeit, die beschädigte Fassade der kleinen Zuckerpyramide wieder instand zu setzen, bevor sie sie behutsam in ihre Wohnung hinübertrug.

Die Segelreise

Gegen Abend legte die Helios ab. Der Wetterbericht versprach für die nächsten Tage eine ruhige Fahrt. Das erste Abendessen mit der Crew war entspannt verlaufen, alles erfahrene Segler, die an Bord wussten, was sie taten und sich auf die Fahrt freuten. Sie hatten nur wenig Persönliches erzählt. Der Skipper Danny hatte ausreichend Lebensmittel beschafft und neue Seekarten gekauft.

Der Hafen blieb hinter der Helios zurück, der Leuchtturm tauchte im letzten Abendlicht auf und verschwand kurz danach in der Dunkelheit. Die Wachen starteten problemlos. Wer frei hatte, nahm sich ein Bier oder legte sich in die Koje, um bis zur nächsten Wache ein bisschen Schlaf zu bekommen.

Der Ostwind brachte die Yacht bequem durch die deutsche Bucht und erzeugt kleine Wellen unter einem blauen Himmel. Noch sieben Tage bis Schottland.

Richard hatte sich gut vorbereitet. Seine Segelkenntnisse würden immerhin ausreichen, und er hatte sich dazu aufgerafft, einen neuen Schlafsack zu kaufen.

Hermann verschlief zwar gerne seine Wache, belieferte aber die Crew mit selbstgebackenen Brötchen und phantasievollen Abendessen aus den mitgeführten Vorräten.

Robert, das genaue Gegenteil von Hermann, drückte sich ums Abwaschen, aber in Sachen Navigation nötigte er sogar dem Skipper Respekt ab.

David, eher ein durchschnittlicher Navigator, hatte Angst vor nächtlichen Wachen, besonders, wenn Danny, der Skipper, sich schlafen legte, aber sein Vorrat an Witzen würde sicher bis Island reichen.

Der Ostwind wehte so gleichmäßig, wie die Crew es sich nur wünschen konnte.

Dies war die Zeit zum Nachdenken. Hatte er viel falsch gemacht? Zu viel? Es galt, die Gedankenlosigkeiten von den schwerwiegenden Fehlern zu unterscheiden. Dann könnte er sich wenigstens einen Teil verzeihen.

Im Hafen von Wick, am Nordende von Schottland, legten sie eine Pause ein, duschten gründlich, wuschen die Klamotten und kauften neuen Proviant für die Weiterreise zu den Shetlandinseln. Richard streckte sich in seinem Schlafsack aus.

Hermann hatte sich vor dem Schlafengehen mehrere Dosen Bier genehmigt, seinen Schnarchgeräuschen zufolge schlief er tief und fest.

Danny schlief auf der anderen Seite der dünnen Trennwand, David und Robert im Vorschiff.

Der Nachthimmel war bedeckt, kein Mondlicht. Das Boot schaukelte sanft, das Hafenwasser gluckste gegen den Rumpf.

Verzeihen. Sich selbst? Und wem noch und wofür? Sollte er sich darüber wirklich Gedanken machen? Er fühlte in der Reisetasche nach den Tabletten. Alles in Ordnung. Die Schachteln in der Tiefe der Tasche gut verstaut.

Im Hafen von Lerwick auf den Shetlands gab David zum Fisch zwei Runden Bier aus. Er sagte, er habe sich an Bord noch nie so wohl gefühlt wie auf dieser Reise und legte bei den Witzen noch zu. Hermann überredete den Koch des Restaurants, das Rezept für Lachs mit Erdnuss und Koriander zu verraten, und Robert und Danny probierten sich durch mehrere Whiskysorten. Richard hielt sich beim Trinken zurück und lobte das Essen.

200 Seemeilen von den Shetlands zu den Färöern.

Danny schätzte, dass die Helios drei Tage brauchen würde. Das war zu schaffen. Der Ostwind war weiterhin günstig.

Welche Chancen hatte er verpasst? Hatte es einen Sinn, jetzt darüber nachzudenken?

Der längste Abschnitt: 250 Seemeilen von den Färöern nach Island. Die spannendste Etappe des Törns.

Nachdenken. Alles ins Reine bringen. Gedanken, die er sich schon lange nicht mehr erlaubt hatte. Er hatte Grübeln immer gehasst. Es gab soviel anderes zu tun.

Sie verließen Torshavn am frühen Morgen. Die Morgensonne glitzerte auf den kleinen Wellen. Die gelben und roten Häuser wurden kleiner, der Wind frischte auf und drehte auf West.

Nachdenken. Jetzt, wo das alles keinen Sinn mehr machte. Sein Entschluss stand fest.

Hermann kochte Kaffee. Danny legte sich schlafen, der Wetterbericht meldete Windstärken um 6 Beaufort für den Nachmittag, da würde der Skipper wieder gefordert sein. Einstweilen konnte Robert die Yacht alleine steuern. Richard setzte sich dazu und sah in die Wellen.

Die nächsten Stunden verliefen ohne besondere Vorkommnisse. Hermann reichte belegte Brötchen an Deck und legte sich mit einem Buch in den Salon.

Die Wolken zogen schneller, die ersten Wellen klatschten auf das Deck. Danny kam an Deck und ließ das Großsegel reffen. Er übernahm das Ruder, die anderen gingen unter Deck, um die wasserdichten Klamotten überzuziehen.

Er kroch in seine Koje und zog die Kabinentür hinter sich zu. Er hatte mehrere Ärzte aufsuchen müssen, um den Vorrat zusammenzubekommen. Zittrig öffnete er die Schachtel und zählte die Tabletten. Dann beruhigte er sich. Es wäre genug für die Crews von zwei Yachten.

Am Nachmittag übertraf der Wind den Wetterbericht mit Böen um acht und starkem Regen. Danny ordnete an, die Rettungswesten umzulegen und den Niedergang schließen.

In der Nacht lag Hermann an Deck auf dem Bauch, die Rettungsweste an der Sorgleine eingepickt und den Kopf möglichst dicht an der Reling, der Seekrankheit ergeben. David kauerte in der Plicht, starrte mit leerem Blick in die Wellen und tastete mit den Händen nach einer Möglichkeit, sich festzuklammern. Richard, sehr blass und mit zusammengebissenen Zähnen, öffnete das Schott einen Spalt, zwängte sich hindurch und verschwand im Niedergang.

Danny am Ruder und Robert neben ihm wuchsen zu einem schweigsamen Team zusammen.

Der Wind erreichte Sturmstärke. Das Deck wurde von Wellen überspült. Hermann löste seine Rettungsweste von der Sorgleine und kroch zum Niedergang. Danny brüllte in den Sturm, Hermann solle oben bleiben und das Schott zum Niedergang schließen. David kroch auf Hermann zu und versuchte, ihm zu helfen. Mit einer Hand festgeklammert, gelang es ihnen nach einer Weile, das Schott zu schließen und sich wieder einzuhaken.

Die Freunde, weit weg. Waren es Freunde gewesen?

Die Crewmitglieder, alles nette unkomplizierte Menschen, jedenfalls soweit sie sich zeigten. Trotzdem konnte man nichts wissen.

Er musste das hier zu Ende bringen. Alles andere war sinnlos.

Als der Wind endlich nachließ, schaltete Danny die Selbststeuerungsanlage ein, rieb sich die Augen und zog eine Zigarette aus der Jackentasche. Robert legte David die Hand auf die Schulter und holte tief Luft. Hermann rappelte sich auf und kündigte an, Tee zu machen. Er rief in Richtung von Richards Kabine:« Alles wieder ruhig.«. Hinter Richards Kabinentür war ein gedämpftes »Prima! Komme gleich« zu hören.

Der heiße Tee mit einem guten Schuss Rum wärmte Hände, Mägen und Gemüter. David brachte einen Trinkspruch zustande und sogar auf

Dannys Gesicht deutete sich ein Lächeln an. Die Crew zog die nassen Jacken und Overalls aus.

Der Wind flaute weiter ab, Danny legte sich in seine Kabine, Hermann und David erboten sich für die Wache.

Im Morgengrauen tastete Hermann sich zum Wasserkessel vor. Zeit fürs Frühstück. Mit dem Kaffeeduft würde er die Crew wecken. Danny und Robert streckten die Köpfe aus der Kabinentür. Hermann hatte wegen des Sturms zwar keine Brötchen backen können, aber das Knäckebrot reichte auch.

Das Wetter bleib ruhig, die Selbststeuerungsanlage tat ihren Dienst, so dass der restliche Kaffee an Deck getrunken wurde.

Gegen Mittag stieg Hermann zu seiner Kabine hinunter, um Zigaretten aus seiner Reisetasche zu holen und bei dieser Gelegenheit Richard zu wecken, der sich zum Frühstück nicht hatte sehen lassen.

Die Männer an Deck schreckten durch den Knall auf, mit dem Hermann die Kabinentür zuschlug. Kurz darauf Hermanns Gesicht im Niedergang. »Richard …«

Die Crewmitglieder drängte sich vor der Tür zu Richards Kabine. Man sah Richards nackte Füße, er hatte sich nur lose mit einer Ecke seines Schlafsacks zugedeckt, als sei Wärme nicht notwendig. Im hinteren Halbdunkel der Kabine war Richards Gesicht zu erkennen, die Augen geschlossen, die Hände hatte er auf dem Bauch gefaltet.

Robert kroch in die Kabine und rüttelte an Richards Schulter. Zog seine Hand erschrocken zurück.

David schrie etwas von Herzmassage, aber Hermann schüttelte den Kopf.

Danny und Hermann rafften sich auf, fassten Richards Fußgelenke, um ihn aus der Kabine zu ziehen. Sie zuckten zurück. Die Totenstarre hatte den Körper steif wie ein Brett werden lassen.

Hermann kletterte hastig an Deck und einen Augenblick später hörte die Crew Würgegeräusche.

Danny holte tief Luft und sah Robert an. Der nickte und trat näher.

Die beiden Männer zogen Richard an den Füßen aus der Kabine, griffen unter seine Schultern, wuchteten Richards Körper aus der Kabine und legten ihn auf den Fußboden im Salon. Tabletten kullerten über den Boden. Robert kroch in die Kabine und brachte mehrere Tablettenschachteln zutage. Hilflos starrte er auf eine der Schachteln, bis Danny, der einzige an Bord, der noch keine Lesebrille brauchte, sie ihm aus der Hand nahm. »Palladon«, sagte er, drehte die Schachtel in den Händen und zog den Beipackzettel heraus. »Bei starken und stärksten Schmerzen … Hydromorphon …«.

Robert setzte zum Sprechen an, es dauerte einen Moment, bis er flüsterte: »Das gibt's nicht einfach so zu kaufen. Er muss schwer krank gewesen sein …«

Er trat einen Schritt zurück, als ob eine größere Entfernung zwischen ihm und dem toten Körper etwas ändern würde. David hielt sich am Kartentisch fest.

Danny sagte: »Seine letzte Reise.«

Zeit verging.

Hermann kam wieder nach unten und unterbrach das Schweigen: »Was machen wir jetzt?«

David schrie: »Wir müssen in einen Hafen!«

Robert saß auf der Kante des Sofas. »Island …«

Danny schaute den Niedergang hoch. »Bis Island kann es noch dauern. Der Wind soll drehen und auffrischen. Dann müssen wir kreuzen.«

Hermann öffnete den Mund, schwieg dann doch.

Langsam sickerte die Tatsache in die Köpfe der Crew.

»Los«, sagte Danny, »es wird nicht besser, wenn wir warten.«

Danny ging an Deck, kramte in den Backskisten und kam mit einem langen Tampen zurück. Robert zog sich vom Sofa hoch. Er nahm Danny den Tampen aus der Hand. Danny stellte sich hinter Richards Körper, fasste ihn unter den Schultern und hob ihn an, so dass Robert das Tau unter Richards Schultern hindurchziehen konnte. Danny nickte, nahm das eine Ende in die Hand und stieg den Niedergang hoch. Richard folgte mit dem anderen Ende. Hermann holte tief Luft, fasste Richards Fußgelenke und drehte den Körper so, dass die Männer an Deck ihn hochziehen konnten. David wich entsetzt zurück und drückte sich in die Pantry.

Die Männer an Deck wuchteten Richards Körper zur Reling. In unausgesprochener Einigkeit richteten sie sich auf. Leise begann Danny ein Vaterunser. Die Crewmitglieder stimmten ein. Hermann plierte in die Sonne, Danny und Robert richteten den Blick auf den Horizont. Die Wellen waren klein und gleichmäßig. Sie schoben Richard mit den Füßen voran über Bord.

Als die Südküste von Island am Horizont auftauchte, sahen sich die Männer zum ersten Mal wieder in die Augen. Sie hatten einander vor wenigen Tagen noch nicht gekannt und jetzt gab es eine Gemeinsamkeit zwischen ihnen, die sich nicht wieder auflösen würde.

Es wurde eine stille Nacht im Hafen. Winzige Wellen platschten leise an die Bordwände, die Boote schaukelten sanft. Ein riesiger Vollmond beleuchtete die Masten, die menschenleeren Stege, das Waschhaus und das Büro des Hafenmeisters.

Die rechte Hand der Nemesis

Ihr Haus gefällt mir, hat mir auf den ersten Blick gefallen. Es gefällt mir so sehr, dass ich meine, es müsste entweder mir gehören oder niemandem. Dass es ausgerechnet ihr gehört, ist ein Irrtum, der korrigiert werden muss und korrigiert werden wird.

Wenn sie auf ihr Haus zugeht, leuchten die Klinkersteine ihr als eine warme Begrüßung entgegen, und die Steinlöwen rechts und links der Treppe scheinen die schweren Köpfe zu heben. Sie aber ist ständig mit Einkaufstüten und Getränkekisten beladen und schenkt ihnen keinen einzigen Blick.

Der runde Tisch im Eingangsbereich lädt sie ein, eine Weile zu verschnaufen und ihre Augen an dem griechisch anmutenden Innenhof zu weiden. Sie jedoch geht achtlos vorüber.

Die hübsch geschwungene Wendeltreppe schlägt vor, nach oben zu gehen, um dann von der holzgeschnitzten Empore hinunter ins Wohnzimmer zu schreiten. Nicht ein einziges Mal ist sie darauf eingegangen.

So kann es nicht weitergehen. Das Haus fühlt sich missachtet und abgewiesen, wird ihr Verhalten nicht länger hinnehmen. Das Haus hat mich erwählt, Gerechtigkeit zu üben, das Gleichgewicht wieder herzustellen.

Es geht nicht anders, die hübsch geschwungene Wendeltreppe und die holzgeschnitzte Empore müssen zu Asche werden. Die schneeweiße Farbe des Innenhofes muss heißer und heißer werden und schließlich von den Wänden platzen. Auch dem runden Tisch kann die Verwandlung in stinkende Kohle nicht erspart werden.Die vorerst nur warmen Klinker werden glühen, den Steinlöwen werden die Zungen röchelnd aus dem Halse hängen.

Montags von freitags von acht bis siebzehn Uhr ist sie im Büro. Kann nicht aufpassen auf ihr schönes Haus. Das Haus hat ein Küchenfenster, in das die Sonne von acht bis zwölf Uhr ihre versengenden Strahlen schickt.

Ich habe eine Vase, eine besondere Vase. Vom ästhetischen Gesichtspunkt her hat die Vase eine anmutige, leicht bauchige Form. In physikalischer Hinsicht jedoch ist sie nichts anderes als ein Hohlspiegel. Sie ist imstande, Strahlen zu bündeln, unendlich viele Sonnenstrahlen anzustiften, sich genau im Fokus zu treffen. Fokus klingt so kalt. Das deutsche Wort Brennpunkt gefällt mir wesentlich besser.

Ich wickle die Vase liebevoll in Geschenkpapier, winde Kräuselband um ihren schmalen Hals, nehme eine Schere und ziehe es mit Hingabe in anmutige Locken. Am Sonntagabend werde ich ihr die Vase schenken und erwähnen, wie gut sie im Küchenfenster – und nur dort – zur Geltung käme. Die gebündelten Sonnenstrahlen werden die zierlich gebauschte Gardine anpeilen und treffen.

Ich muss darauf bestehen, dass sie die Vase sogleich ins Küchenfenster stellt. Denn, wie gesagt, schon am Montag ist sie von acht bis siebzehn Uhr im Büro.

Für mich bleibt dann nichts mehr zu tun. Ich werde mich ins Bett legen und mir die Ohren zuhalten, um die Schreie des Hauses nicht hören zu müssen.

Mortadella speziale

Der neue Auszubildende schien nicht wirklich ein Glücksgriff zu sein. Mirko war noch ziemlich unreif für seine siebzehn Jahre und wohl allgemein nicht das hellste Licht im Kronleuchter.

Dafür allerdings war er überdurchschnittlich von sich überzeugt. Wenn Fleischermeister Wohlde ihm zum hundertsten Mal erklärte, dass er für den hochwertigen Geflügelsalat einen anderen Preis eintippen müsse als für den eher schlichten Fleischsalat, verzog er das Gesicht, als müsse man das einem klugen Kerlchen wie ihm doch nicht extra sagen.

Und er war überdurchschnittlich gut gelaunt, was Meister Wohlde mehr und mehr auf die Nerven ging. Eigentlich hätte er sich freuen müssen, dass das jüngste Mitglied seines Teams zu einem guten Betriebsklima beitrug, aber Mirkos Frohsinn hatte etwas Aufgesetztes und war eher nervtötend als belebend. Mit Stentorstimme wünschte er jedem Kunden einen »wunderschönen guten Tag« und benutzte Sätze wie »Beehren Sie uns doch bald einmal wieder!« Dabei benahm er sich, als würde der Laden ihm gehören und als wäre sein Meister nur vorhanden, um im Hintergrund Schlachttiere in verkaufsgerechte Portionen zu zerteilen.

Wenn keine Kundschaft da war, spielte er auf der Registrierkasse wie auf einem imaginären Klavier und pfiff dazu den alten Schlager »Ich brauche keine Millionen«. Mit seiner verdammten guten Laune schien er aus einem anderen Jahrzehnt zu stammen.

Täglich, fast stündlich knirschte Meister Wohlde mit den Zähnen. Natürlich, er könnte das Arbeitsverhältnis mit Mirko nach der Probezeit beenden, aber es war gar nicht so einfach, heutzutage noch einen Fleischerazubi zu bekommen. Die jungen Herrschaften wollten ja alle nur noch Mechatroniker oder Mediengestalter werden und schon in der

Lehre ein fürstliches Gehalt beziehen. Und bei der Fleischereiinnung hob es auch nicht gerade das Ansehen, wenn man mit einem Auszubildenden nicht klarkam.

Seit einigen Monaten lief Wohldes Fleischerei nicht mehr so gut. Die Leute kauften ihr Fleisch und ihre Wurst mehr und mehr im Supermarkt, auch dort angeblich alles regionale Bioware. Seine Kunden hatten überhaupt keine Ahnung, was es kostete, ein Schwein oder ein Rind monatelang artgerecht zu halten und zu ernähren. Hielten die Supermarktbosse für fleischverschenkende Wohltäter.

Immer weniger Menschen kamen in seinen hübschen, gepflegten Fleischerladen. Und meist waren es ältere Damen, die ihm ihre ganze Krankengeschichte erzählten und am Ende 100 Gramm Teewurst oder drei Scheiben Bierschinken kauften.

Allein im Laden zu hocken war schon schlimm genug für Meister Wohlde, zusammen mit Mirko war es die Hölle.

Gut, Mirko war noch sehr jung, aber auch für sein Alter war er ausgesprochen unsensibel. Nachdem er die ersten drei Tage nur wenige Kunden im Geschäft gesehen und sich hinter seinem Chef die Beine in den Bauch gestanden hatte, hatte er mit breitem Grinsen gefragt: »Und, wie läuft der Laden so?«

Dazu hatte er ein Gesicht aufgesetzt, als wolle er nur ein wenig höfliche Konversation machen.

»Im Sommer läuft das Geschäft immer ein bisschen schleppend, da essen die Leute nicht so viel Fleisch«, hatte Wohlde sich herausgeredet. Er machte sich große Sorgen um seine Existenz, aber das ging diesen Grünschnabel nichts an. »Echt?«, hatte Mirko zurückgefragt. »Ich dachte immer, da wird jedes Wochenende gegrillt wie verrückt. Also, da wo ich wohne, riecht es fast jeden Abend nach Grillfleisch …«

Wohlde hatte nur geseufzt und sich wieder dem Fleischwolf zugewandt. Ja, es stimmte. Die Leute grillten wie verrückt und kauften vorher wie verrückt Fleisch im Supermarkt. Große, gemischte Grillplatten, die Rolle mit der Kräuterbutter im Preis inbegriffen. Seine liebevoll eingelegten Nackensteaks dagegen musste er nach Ladenschluss selber essen.

Zum 1. August hatte Mirko als Azubi bei ihm angefangen, jetzt war Mitte August. Wohlde kam es vor wie eine Ewigkeit. Würde er es aushalten, drei Jahre mit diesem chronischen Clown zu verbringen?

In dem winzigen Laden war es unmöglich, sich auch nur ein bisschen aus dem Weg zu gehen. Zum Glück ging Mirko wenigstens in der Mittagspause nach Hause und hatte donnerstags Berufsschule. Schon nach zwei Wochen war der Donnerstag Wohldes absoluter Lieblingstag.

Sonst war nur noch Marita im Laden. Marita war eine nette, junge Verkäuferin, die auf Minijobbasis arbeitete. Wenn Marita da war, war es nicht ganz so unerträglich. Sie war ein gutmütiger Mensch und schien Mirko nachsichtig zu belächeln. Aber sie hatte ihn auch nicht ständig an ihrer Seite.

»Du kannst nach hinten gehen und Wurst und Gurken für den Fleischsalat schneiden«, blaffte Meister Wohlde in Mirkos Richtung. »Aber wasch dir vorher die Hände!«

»Wird gemacht, mein Herr und Meister, wird gemacht!«, zwitscherte der Junge und verschwand im hinteren Bereich des Ladens. »Soll ich auch schon die Salatsoße anrühren?«

»Nein«, knurrte Wohlde. »Das muss einer machen, der ein bisschen Verstand hat.« Marita runzelte erst die Stirn und lächelte dann. So waren sie eben, ihr Chef und sein Azubi.

Vier Monate waren vergangen, inzwischen zierten edle Pasteten und Mettwürste in Weihnachtsmannform die Auslage.

»Eine tolle Idee, wenn ich das sagen darf«, säuselte Mirko.

Wohlde knirschte mit den Zähnen. Nein, das durfte er nicht sagen. Das Beste wäre, er würde nie wieder etwas sagen.

»Ja, die verkaufen sich auch ganz gut«, sagte Marita.

Das war sicher freundlich gemeint, aber Wohlde machte sich nichts vor. Auch jetzt, in der Zeit, in der die Menschen über die Stränge schlugen und sich gern etwas gönnten, kamen viel zu wenig Kunden. »Luxus für alle« boten schließlich auch die Supermärkte an. Und auch sie produzierten mittlerweile Würste in Form von Weihnachtsmännern und Engeln.

Schon wenn Wohlde sonntags am Frühstückstisch saß und in den Zeitungsbeilagen blätterte, wusste er, wo seine Kunden am Montag hinlaufen würden. Die Discounterketten überboten sich geradezu mit edlen, festlichen Fleischwaren. Vielleicht würde er es als Kunde auch nicht anders machen.

Als Mirko begann, falsch und fröhlich »Jingle bells« zu pfeifen, schickte Wohlde ihn zum Fliesenschrubben nach hinten. Das gehörte doch zu einer soliden Ausbildung auch dazu. Lehrjahre waren keine Herrenjahre.

Bei den älteren Kundinnen kam Mirko recht gut an. Sie genossen es sichtlich, mit »gnädige Frau« angeredet zu werden. Wenn sie über ihre zahlreichen Wehwehchen klagten, zwinkerte Mirko neckisch mit den Augen und sagte:

»Sie müssen mehr Fleisch essen. Hat Ihnen der Onkel Doktor das nicht gesagt?« Die meisten lachten dann zufrieden und kamen bald wieder her.

Meister Wohlde gab es nicht gerne zu, aber ohne Mirko wäre die Haushaltslage wahrscheinlich noch schlechter gewesen.

Kurz nach Ladenschluss räumte Wohlde die vielen nicht verkauften Waren aus der Auslage und seufzte geräuschvoll. Was sollte er mit dem ganzen Zeug machen? Millionen von Frikadellen, die sich dann auch nicht verkauften?

»Wir werden das Kind schon schaukeln«, vernahm er Mirkos optimistische Stimme direkt hinter sich. »Bald habe ich Weihnachtsferien. Dann stehe ich Ihnen auch donnerstags zur Seite!«

Wohlde knallte die Metallschüssel mit Hackepeter auf den Tresen.

»Hast du eigentlich nie schlechte Laune?«, knurrte er.

»Nein, das hat mir meine Mutti verboten.« Dabei grinste er von einem abstehenden Ohr zum anderen.

Januar. Der Wind peitschte den Schneeregen gegen die Schaufensterscheibe. Die Leute machten bei dem Wetter nur die nötigsten Wege. Kauften alles im Supermarkt und gingen nicht in drei verschiedene Geschäfte.

Wohlde und Mirko waren mit Reinigungsarbeiten im hinteren Ladenbereich beschäftigt. Marita hatte er zwangsweise beurlauben müssen.

»Wir brauchen mal so einen richtigen Knaller, Chef!«, ließ sich Mirkos Stimme hinter der Frikadellenpfanne vernehmen.

»Knaller hatten wir reichlich zu Silvester«, brummte Wohlde.

Mirko lachte anbiedernd. »Bald ist Karneval, Chef. Vielleicht sollten wir mal ein paar Würste grün oder lila färben?«

»Das werden sie von allein, wenn sie sich nicht verkaufen.«

Mirko begann zu pfeifen. »Oder Veggiewurst, Meister? Einfach auf den veganen Zug aufspringen?«

Wohlde schüttelte den Kopf. Er hasste solch neumodischen Kram. Der Junge meinte es gut, aber er nervte.

»Gönnen Sie sich doch mal was Schönes!«, sagte Mirko gerade zu einer achtzigjährigen Kundin. »Vielleicht ein Stück von unserer Trüffelleberwurst?«

Wohlde horchte auf. Tatsächlich, die Kundin nickte.

»Wie viel? So?«, fragte Mirko und tat so, als würde er ein riesiges Stück abschneiden. Die Kundin nickte wieder.

Wohlde staunte. Die Dame verließ den Laden und hatte etwa 400 Gramm sündhaft teure Trüffelleberwurst erstanden. Hoffentlich hatte der Junge auch die richtige Nummer eingetippt, die 21.

Wohlde schaute auf die Anzeige der Kasse. Nicht die 21. Die 7. Für den billigsten Posten: Hundewurst.

»Mirko, du Idiot! Weißt du, was du gerade gemacht hast? Du hast ein Riesenstück unserer teuersten Wurst als Hundewurst abgerechnet!«

»Naja, kann vorkommen, oder? 21 oder 7, da kommt man schon mal durcheinander.«

»Wenn das noch einmal passiert, ziehe ich es dir vom Lohn ab.«

Mirko zog einen Schmollmund.

»Wir brauchen mal ein paar neue, kultige Rezepte, Chef!«, fing Mirko am nächsten Morgen wieder an. »Vielleicht eine Mortadella mit ganz vielen Kräutern? Frauen stehen doch so auf Grünzeug!«

Wohlde wollte wieder in Bausch und Bogen ablehnen, zögerte aber dann.

Was konnte es groß schaden, wenn er beim nächsten Mal in einen der Mortadellaschläuche gehackte Kräuter gab? Er musste Mirko in irgendeiner Weise auch mal einbinden, und diese Idee schien so schlecht nicht zu sein.

Der Meister orderte mehrere Päckchen Tiefkühlkräuter und rührte sie am nächsten Tag in die neu kreierte Frühlingsmortadella.

Mirko strahlte über das ganze Gesicht und pries »seine« Wurst an, als hinge sein Leben davon ab. Dabei hatte er Erfolg, beträchtlichen Erfolg.

Zuerst kamen nur die älteren Damen, dann aber auch andere Kunden.

»Die schmeckt so frisch!«, hieß es. »Die tut einem richtig gut!«

Bald reichte es nicht mehr, einen der Wurstschläuche mit Kräutern zu bestücken. Mirkos Mortadella lief gut. Richtig gut.

Meister Wohlde konnte endlich einmal ernstgemeintes Lob verteilen und überließ Mirko schließlich die Mischung seiner kreativen Wurst.

Petersilie, Schnittlauch, Basilikum, Kresse. Mirko variierte, experimentierte und traf mit erstaunlicher Sicherheit den Geschmack der Kunden.

»Löwenzahn!«, sagte er irgendwann mit wichtiger Miene. »Ein Wildkraut mit exzellentem Geschmack, man muss sich nur trauen.«

Wohlde biss die Zähne zusammen. Mut und innovative Ideen waren nicht gerade seine starke Seite. Das war ihm schon klar. Aber was sollte er grübeln? Der Junge war langsam aber sicher gut fürs Geschäft. Und das war doch auch was wert.

Bald zierten mehrere Kräuterwürste die Auslage von Wohldes Fleischerei.

»Die schmeckt endlich mal anders als die aus dem Supermarkt«, hatte auch Marita gesagt, die jetzt wieder fast täglich kam. »Ich esse die auch richtig gern.« Und wirklich. Wenn sie nach Ladenschluss Reste mitnehmen durfte, griff sie immer nach Mirkos Würsten. Wenn es davon überhaupt Reste gab.

Der Laden nahm einen leichten Aufschwung. Die Kunden kauften Mirkos Wurst und nahmen meist auch noch ein paar andere Sachen mit. Wenn sie nun schon einmal hier waren …

Wohlde freute sich über den Kundenzuwachs, konnte seinen Azubi aber deshalb nicht besser ertragen. Je erfolgreicher seine Wurstrezepte waren, umso mehr benahm er sich, als gehöre der ganze Laden ihm.

»Haben Sie schon meine neueste Kreation probiert? Ich sage Ihnen, sie werden nie wieder eine andere Wurst auch nur angucken!«

»Na, wie hat Ihnen meine Frühlingsmortadella geschmeckt? Hervorragend? Da sind Sie nicht die Erste, die das sagt …«

Kleinen Kindern hielt er eine Gabel mit aufgerollter Wurstscheibe entgegen und fragte: »Na, mein Kind, möchtest du mal eine wirklich leckere Wurst probieren? Meine Zauberwurst? Nur für dich!«

Die Dame mit der Trüffelleberwurst war inzwischen zur Stammkundin geworden. Mirko rechnete jetzt meistens richtig ab und die wohlhabende Kundin war zu einer Säule des kleinen Geschäfts geworden.

Als sie wieder einmal den Laden betrat, um Trüffelleberwurst und Frühlingsmortadella zu kaufen, lief Mirko ihr strahlend entgegen und rief: »Sie haben Glück! Heute bedient Sie der Chef persönlich!« Und er begann, die teure Wurst sorgfältig einzuwickeln, während sein Meister hinten mühsam das Räderwerk des Fleischwolfs reinigte.

Der Chef persönlich. Manchmal fühlte es sich wirklich schon so an. Im Kundenkontakt war Mirko tatsächlich besser als er. Und ansonsten … ansonsten vielleicht auch. Ein neues Gleichgewicht pendelte sich ein. Mirko turtelte mit den alten Damen, Marita ging den männlichen Kunden um den Bart.

Er selbst war der Mann fürs Grobe. Aber wenigstens der Mann, der am Ende den Gewinn machte. Das immerhin.

»Haben Sie schon Mirkos Gute-Laune-Wurst probiert? Exklusiv für Sie, meine Dame!«

Mirkos Gute-Laune-Wurst. Wohlde schnaubte. Aber das Zeug war trotz oder wegen seines albernen Namens der Renner. Fast täglich musste Mirko diese Wurst nachproduzieren. Immer öfter war sie mittags ausverkauft und die Kunden am Nachmittag verlangten danach.

»Was sind denn da für Kräuter drin?«, fragte Wohlde und schnitt sich eine Scheibe ab. Schmeckte seltsam, fast schon muffig beim ersten Biss. Aber der zweite Happen rutschte schon besser, doch, in der Tat, eine tolle Wurst.

»Betriebsgeheimnis!«, tönte Mirko. »Einfach nur Kräuter, die Mischung macht's!«

Von Mirkos Gute-Laune-Wurst blieb nie ein Rest. Marita musste sich morgens heimlich Scheiben abschneiden, um überhaupt in den Genuss zu kommen.

Mirko war eine furchtbare Nervensäge, aber betriebswirtschaftlich war er ein Volltreffer. Wenn er Geselle war, musste er ihn übernehmen. Alles andere wäre sein Ruin.

Zwei Herren ohne Lächeln im Gesicht betraten den Laden.

»Na, die Herren, was kann ich Ihnen Gutes tun an diesem schönen Morgen? Vielleicht ein paar Scheiben Frühlingsmortadella oder gleich das Beste vom Besten, Mirkos Gute-Laune-Wurst?«

»Drogendezernat«, sagte einer der beiden Männer und zückte einen Ausweis. »Noch ist der Verkauf von Cannabis nicht erlaubt.«

Wohldes Fleischerladen wurde bis auf Weiteres geschlossen.

Die Krisensitzung

Anwesend:

Prof. Dr. Pollmann	1.Vorsitzende
Frau Hegeler	Jugendwartin
Dr. Pfahl	2.Vorsitzender
Herr Schönbohm	Sportwart
Herr Weseberg	Trainer
Dr. Busse	Pressesprecher

Protokoll von Donnerstag, 15. Mai

Prof. Dr. Pollmann eröffnet in seiner Eigenschaft als erster Vorsitzender die heutige außerordentliche Sitzung mit einer kurzen Zusammenfassung der Ereignisse: Am Mittwochmorgen sei Frau Dr. Niebach-Schlottmer tot im Tauchbecken der Sauna aufgefunden worden. Platzwart Kuhlke, der die Leiche gefunden habe, sei unverzüglich in Kontakt mit ihm, Pollmann, getreten. Er habe daraufhin diese Sitzung anberaumt, die aus Gründen der terminlichen Belastung der Vorstandsmitglieder erst heute habe angesetzt werden können. Es sei nun zu beraten, wie weiter vorgegangen werden könne bzw. müsse.

Dr. Pfahl möchte wissen, ob schon bekannt sei, wie Frau Dr. Niebach-Schlottmer genau zu Tode gekommen sei.

Frau Hegeler sagt, sie könne das erklären. Frau Dr. Niebach-Schlottmer sei ertrunken.

Dr. Pfahl bemerkt, das wisse man bereits. Es gehe jetzt um die Gründe ihres Ertrinkens.

Frau Hegeler sagt, sie habe den Kopf Frau Dr. Niebach-Schlottmers unter Wasser gedrückt.

Die Anwesenden schweigen mehrere Minuten lang. Frau Hegeler niest einige Male.

Herr Schönbohm fragt, ob sie sich erkältet habe.

Prof. Dr. Pollmann möchte wissen, welche Beweggründe Frau Hegeler zu dieser Tat veranlasst hätten und wann genau das geschehen sei.

Frau Hegeler gibt als Zeitpunkt Dienstag abend gegen 20 Uhr an.

Dr. Busse fragt erneut nach den Gründen.

Frau Hegeler erwidert, sie habe am Dienstag wie gewohnt mit Frau Dr. Niebach-Schlottmer sowie den Damen Osterberg und Mersmann-Krone Doppel gespielt. Danach habe Frau Dr. Niebach-Schlottmer den Wunsch geäußert, die Sauna zu besuchen, während die Damen Osterberg und Mersmann-Krone in den Duschraum gegangen seien. Sie selbst sei ebenfalls in die Sauna gegangen, da sie die Gelegenheit nutzen wollte, mit Frau Dr. Niebach-Schlottmer über die Mannschaftsaufstellung zu sprechen.

Herr Weseberg möchte wissen, was das Problem gewesen sei.

Frau Hegeler erklärt, sie spiele jetzt in der fünften Saison trotz guter Leistungen nur als Ersatz. Sie habe den Eindruck gehabt, Frau Dr. Niebach-Schlottmer wisse ihre Spielqualitäten nicht zu würdigen. Diesen Zustand könne sie nicht länger hinnehmen. Frau Dr. Niebach-Schlottmer habe sich im Gespräch jedoch abweisend verhalten, woraufhin sie, Frau Hegeler, laut geworden sei. Ein Wort habe das andere ergeben, schließlich sei es am Rand des Tauchbeckens zu Handgreiflichkeiten gekommen, während derer sie beide in das Becken gefallen seien. Frau Dr. Niebach-Schlottmer habe ihr, Frau Hegeler, dann ins Gesicht geschlagen. Daraufhin habe sie selbst versucht, Frau Dr. Niebach-Schlottmers erregtes Gemüt durch Unterwasserhalten des Kopfes abzukühlen. Sie sei sehr überrascht gewesen, als sie feststellte, dass Frau Dr. Niebach-Schlottmer sich nach einer Weile nicht mehr bewegte. Dann habe sie das Tauchbecken verlassen.

Herr Weseberg sagt, die Klagen über die Mannschaftsaufstellung könne er nicht nachvollziehen. Frau Hegelers Aufschläge seien immer noch zu schlecht.

Frau Hegeler wirft Herrn Weseberg vor, das liege an seinem Training.

Herr Weseberg erwidert, er könne sich nicht erinnern, wann er Frau Hegeler das letzte Mal beim Training gesehen habe.

Prof. Dr. Pollmann ermahnt die Anwesenden, man möge doch beim Thema bleiben. Zu klären sei jetzt, welche Vorgehensweise angebracht sei.

Dr. Pfahl fragt, ob schon Maßnahmen eingeleitet worden seien.

Herr Schönbohm erklärt, er habe den Platzwart Kuhlke angewiesen, die Saunatür abzuschließen sowie ein Schild mit der Aufschrift »Aus technischen Gründen geschlossen« anzubringen. Allerdings könne es sich dabei nur um eine kurzfristige Überbrückung handeln, da die Mitglieder einen Anspruch auf den Besuch der Sauna hätten.

Dr. Pfahl fragt, ob Frau Dr. Niebach-Schlottmer Angehörige habe.

Frau Hegeler antwortet, Frau Dr. Niebach-Schlottmer sei geschieden und habe keinen Kontakt mehr zu ihrem Exmann. Kinder sowie sonstige Angehörige gebe es nicht. Im Übrigen bedaure sie den Vorfall trotz ihres dauerhaft schlechten Verhältnisses zu Frau Dr. Niebach-Schlottmer.

Prof. Dr. Pollmann bemerkt, es sei jetzt vordringlich zu klären, was mit der Leiche zu geschehen habe. Die Nichtexistenz von Angehörigen erleichtere die Angelegenheit erheblich.

Dr. Pfahl fragt, ob man nicht die Polizei einschalten müsse.

Dr. Busse weist darauf hin, das sei unter allen Umständen zu vermeiden, da dies die kostspieligen Vorbereitungen zum hundertsten Gründungsjubiläum zunichte machen würde. Er lasse nicht zu, dass seine Bemühungen um ein denkwürdiges Jubiläum durch einen solchen zugegebenermaßen bedauerlichen Zwischenfall konterkariert würden. Ein Bekanntwerden des Vorfalls hätte eine Absage der Feierlichkeiten zur Folge. Der Termin sei jedoch schon bekannt und die Vorbereitungen stünden kurz vor dem Abschluss. Außerdem habe der Bürgermeister sein Erscheinen zugesagt. Ein Skandal sei weder ihm noch den Mitgliedern zuzumuten.

Prof. Dr. Pollmann stimmt zu und führt aus, es sei vordringlich, die Sauna freizumachen.

Dr. Pfahl fragt, wie man sich denn der Leiche entledigen könne.

Die Anwesenden schweigen während mehrerer Minuten.

Herr Schönbohm schlägt eine Entsorgung auf dem Vereinsgelände vor.

Dr. Pfahl möchte wissen, wie die Entsorgung im Einzelnen vor sich gehen solle.

Herr Schönbohm schlägt Platz zehn vor, da dieser abseits gelegen sei und selten bespielt werde. Als Bauunternehmer verfüge er auch über kleine Bagger. Er erklärt sich bereit, Platzwart Kuhlke in die Bedienung eines solchen einzuweisen. Als Termin schlage er die heutige Nacht vor. Für Beleuchtung wolle er sorgen.

Prof. Dr. Pollmann äußert Zustimmung. Es sei nur noch mit Kuhlke abzustimmen, wann dieser seine so entstandenen Überstunden abfeiern könne. Auch müsse das Wasser im Tauchbecken gewechselt werden.

Frau Hegeler bedankt sich für die Hilfe.

Dr. Busse sagt, er sei ebenfalls erleichtert über die schnelle Klärung. Er stelle den Antrag auf Abstimmung über den Vorschlag Herrn Schönbohms.

Die Anwesenden erklären sich sämtlich mit Herrn Schönbohms Plan einverstanden.

Seibel, Sekretärin

Okra

Früher war sie seine kleine Elsie gewesen – heute die bettlägerige, inkontinente Elsbeth. Ein Außenstehender konnte den Eindruck gewinnen, dass Albert Kleinschmidt sich rührend um seine Frau bemühte, die seit unzähligen Wochen schon behauptete, die Bettcouch im Wohnzimmer nicht mehr verlassen zu können. Sie wollte sich gar nicht mehr von der Operation erholen, die die Ärzte damals als einen harmlosen Eingriff bezeichnet hatten.

Jeden Tag kaufte Albert ein und kochte aufwendige Gerichte. Eine Pflegerin, die nur stundenweise ins Haus kam, hatte sich ausschließlich um einige körperliche Grundbedürfnisse der Patientin zu kümmern. Alle anderen Wünsche der Kranken erfüllte Albert. An den freien Tagen der Pflegerin übernahm er klaglos auch den Behälter mit Elsbeths dritten Zähnen und den Dienst an der Bettpfanne. Elsbeth Kleinschmidt konnte von ihrem Krankenlager aus die Küche einsehen und so bequem das Schalten und Walten ihres Mannes überwachen. Sie thronte auf ihrer Bettcouch, deren zerschlissener Bezug unter Kissen, Wolldecken und alten Zeitschriften kaum noch zu sehen war. Das Telefon, die Fernbedienung des alten Grundig-Apparats sowie drei verschiedene Brillen befanden sich immer in Griffbereitschaft. Es roch nach Kölnisch Wasser und welkenden Topfpflanzen.

Besucher kamen nie in das einsame Haus am Rande des Bremer Blocklands, das tief verborgen im Schilf kauerte, die Mauern von Efeu überwuchert, sodass sich die Tür Jahr für Jahr weniger weit öffnen ließ. Kein Mensch außer der Pflegerin und der noch unerfahrenen Hausärztin trat je über die Türschwelle. Und auch die Ärztin kam recht selten; sie wohnte im Neubaugebiet Borgfeld-West, wo die Häuser wie ungeduldige Pilze aus dem Boden schossen. Mit anderen Worten, sie musste für einen Besuch bei Kleinschmidts extra ihren Wagen aus der Garage holen und konnte am Ende nur einen einfachen Hausbesuch abrechnen.

Die Pflegerin wurde von den Eheleuten sehr unterschiedlich beurteilt. Elsbeth war äußerst unzufrieden und beschwerte sich ständig über »diese Person«. Fast täglich bedrängte sie ihren Mann, eine andere Krankenschwester kommen zu lassen. Albert behauptete dann, er habe erst kürzlich beim Hauspflegedienst angerufen, aber leider, leider niemand anderen bekommen können. Und so tönten Elsbeths Klagen weiter durch die einsamen Räume:

»Albert! Diese Person telefoniert die ganze Zeit mit irgendwelchen Leuten und dann so leise, dass man gar nichts verstehen kann!«

»Albert! Hast du heute Morgen die Zeitung auf meinem Tablett gesehen? Ganz zerknüdelt war sie und voller Fettflecke! Albert, hörst du mich? Diese sogenannte Pflegerin macht mich fertig! Diese langen, lackierten Krallen! Das ist unhygienisch, schließlich bin ich eine schwerkranke Frau!«

Albert Kleinschmidt dagegen waren die beruflichen Fähigkeiten der Krankenschwester herzlich egal: Das Haus konnte seinetwegen verkommen und um Elsbeth war es erst recht nicht schade. Gelassen ignorierte er die in Haus und Garten herumliegenden Kippen und sah achselzuckend über die schmutzigen Teller und Tassen hinweg, die sich in allen Ecken stapelten.

Die junge Frau hatte andere Qualitäten, die Albert sehr schätzte. Sie besaß herrlich üppige Formen und kleidete sich in dem überheizten Haus in kurze Shorts und tief ausgeschnittene Hemdchen. Oft drehte Albert am Thermostat, damit sie auch ja nicht auf die Idee kam, sich etwas überzuziehen. Wenn sie sich gelangweilt an den Gefrierschrank lehnte, um ihre Nägel zu lackieren oder eine ihrer billigen Zigaretten zu rauchen, dann genügte sie seinen Ansprüchen vollkommen. Hübsch war sie eigentlich nicht, doch es war sehenswert, wie sie ihre vollen Lippen trotzig aufwarf oder an der Kleidung herumzupfte, um ihre Oberweite ins rechte Licht zu rücken. Alberts Anwesenheit nahm sie dabei mit keinem Wimpernzucken zur Kenntnis. Und gerade ihre Gleichgültigkeit brachte ihn fast um den Verstand.

»Albert, was machst du gerade? Bist du sehr beschäftigt? Meine Brille ist verschmiert. So kann ich keine Zeitung lesen. Auch wenn mich das Tagesgeschehen nicht mehr viel angeht, könntest du darauf achten ... Albert, was ist? Hörst du nicht?«

Elsbeth Kleinschmidt hatte eine Vorliebe für exotisches Essen. Da ihre Geschmacksnerven unter den vielen Medikamenten gelitten hatten, erschien ihr fast alles fade. Es gab ihrem Leben Abwechslung, Albert durch die Läden und über die Märkte Bremens zu scheuchen, um die ausgefallensten Lebensmittel zu finden. Dass kürzlich in Findorff ein Laden für türkisch-orientalische Nahrungsmittel seine Tore geöffnet hatte, wurde von Elsbeth allerdings hartnäckig ignoriert.

»Albert, wie wohl frischer Bambus schmeckt? Ja, ich weiß, für dich sind das bloß Stöcke zum Blumenanbinden ... Du, das soll ein ganz erlesenes Gemüse sein. Hast du schon mal was von Bambushuhn Nanking gehört?

Meine Güte, Albert, du weißt doch, an Avocados gehört ein Spritzer Limonensaft. Wieso hast du es schon wieder vergessen?«

Häufig stand er vor dem großen Spiegel im Flur und versuchte, sich mit den Augen der jungen Pflegerin zu sehen. Ob sie wohl der Typ war, den graue Schläfen ganz verrückt machten? Mit Wohlgefallen betrachtete Albert seinen melierten Scheitel. Ob die Krankenschwester wohl auch schon bemerkt hatte, dass er eine auffallende Ähnlichkeit mit diesem amerikanischen Filmschauspieler hatte? Albert Gable, Clark Kleinschmidt ...

Seinen Garten, der über 1.000 Quadratmeter umfasste, beackerte Albert mit Leidenschaft. Besonders liebte er die »Urwaldecke«, in der die Pflanzen ungehindert ihren eigenen Weg gingen und so ihre vollkommene Schönheit entfalteten. Das Wort »Unkraut« existierte in seinem Wortschatz nicht, der Begriff »Spontangewächse« kam seinem Empfinden wesentlich näher.

Welche Schätze barg dieser wundervolle Garten! Eine riesige Eibe beschattete einen großen Teil des verwilderten Gebietes. Im Spätfrühling breiteten sich wahre Teppiche von Maiglöckchen aus; im Sommer entfaltete der hochgewachsene Fingerhut seine Pracht. Sogar den Schierling, der sich durch herangewehten Samen Einlass in Alberts Garten verschafft hatte, ließ er schrankenlos wuchern. Sein besonderer Liebling aber war ein üppiger Goldregenbusch, der im Mai über und über mit gelben Blüten bedeckt war. Später trug er dann seine giftigen Schoten, ebenso reichlich. Wie viele Menschen könnte dieser Strauch allein jährlich in den Tod schicken? Zur Ausrottung aller Bewohner des Blocklands würde es allemal reichen. Zärtlich betrachtete Albert die Früchte dieses Strauches. »Bohnenbaum«, so wurde er auch genannt … Leider aß Elsbeth keine Bohnen, sie mochte so gut wie gar kein einheimisches Gemüse.

»Albert, hast du die Tür zum Garten auf? Auf jeden Fall zieht es ganz furchtbar.«

Wenig später teilte Elsbeth ihrem Mann mit, dass sie beschlossen hatte, heute Okra zu essen. Okra? Da musste Albert im Exotenkochbuch nachschlagen.

Die Pflegerin trug eine Waschschüssel an ihm vorbei und streifte flüchtig seine Hüfte. Ein unwilliges Knurren gab ihm zu verstehen, dass er im Wege stand.

»Okraschoten. In Geschmack und Aussehen bohnenähnlich.«

Bohnenähnlich … Bohnenbaum … Alberts Hände wurden vor Aufregung feucht und klebten an den glatten Buchseiten. Würde Elsbeth ein Gericht aus giftigem Goldregen essen? Bestimmt. Man hörte doch öfter von vergifteten Kindern, die mehrere Schoten gegessen hatten und dann nicht mehr zu retten waren. Demnach konnte die erste »Bohne« nicht so schlecht geschmeckt haben. Außerdem aß Elsbeth sowieso fast alles, wenn es nur exotisch genug wirkte. Albert hatte sich einmal einen Scherz erlaubt und seiner Frau raffiniert gewürztes Katzenfutter serviert. Sie hatte den Teller rastlos leergefuttert. Es war Katzenfutter der allerbilligsten Sorte gewesen, was die Freude des Kochs noch gesteigert hatte.

Albert trabte ins Krankenzimmer und fragte Elsbeth mit erzwungener Gelassenheit, wie sie die Okras zubereitet haben wollte. Seine Frau richtete sich ein wenig auf, wobei etliche Romanheftchen raschelnd zu Boden fielen. »Gedünstet, würde ich sagen …« Sie wälzte das gleiche Kochbuch, das ihr Mann konsultiert hatte. Die Fernsehbrille und eine Packung Erfrischungstücher landeten auf dem staubigen Teppichboden. »Nicht mit gewöhnlichen Zwiebeln, nimm lieber Schalotten …«

O ja, aber gern, sie würden einen verdächtigen Geschmack mit ihrem würzigscharfen Aroma gut überdecken.

»Und Honigpaprika darf auch nicht fehlen, hörst du? Und zwar die gelbglänzende Sorte, nicht die, die fast schon orange aussieht!«

Albert nickte zustimmend. Warum sollte er die kleinen Sonderwünsche seiner Frau nicht erfüllen? Es würde das letzte Essen sein, das sie zu sich nahm. Da war er gern bereit, ihr in allen Einzelheiten entgegenzukommen. Es genügte ihm, die Hauptzutat zu bestimmen. Im Grunde wäre er sie schon los, wenn er nur die Dosis ihrer zahllosen Medikamente erhöhte. Doch das Leben an ihrer Seite war schon so grau und langweilig, dass die Trennung von ihr nicht auch noch die Kennziffer 0815 tragen sollte.

Nein, das Verbrechen musste zu Albert Kleinschmidt passen. Ein genialer Mann, ein genialer Mord … Endlich würde er frei über das beträchtliche Vermögen seiner Frau verfügen können und nicht länger auf ihre knauserigen Zuteilungen angewiesen sein. Eine Rechtslage, die Mord geradezu zwingend notwendig machte. Seine Mundwinkel zuckten nervös, frettchenhafte Zähne blitzten auf. Er dachte angestrengt nach. Schalotten und scharfe Gewürze würden den Geschmack des Goldregens untergehen lassen. Wie aber würden die gegarten Schoten auf dem Teller aussehen? Würden sie in irgendeiner Weise verdächtig wirken? Zumindest hatte Elsbeth keine Ahnung, wie Okra auszusehen hatte. Im Kochbuch befand sich keine Abbildung. Trotzdem erschien es ihm sicherer, das Auge der Essenden abzulenken. Etwas schön Buntes, ein Farbtupfer … vielleicht Tomaten? Und so behauptete er, gelesen zu haben, dass in ein Okragericht unbedingt Tomaten gehörten.

»Tomaten? So? Die Idee ist vielleicht gar nicht schlecht …« In Elsbeths Blick war Anerkennung und auch Überraschung zu lesen. »Aber nicht diese Hollanddinger, hörst du, Albert?« Ich möchte die kleinen Cherrytomaten, und bitte fein säuberlich abgezogen.«

Alberts Lächeln kam fast von Herzen. Ja, er würde sich Mühe beim Abziehen der Tomaten geben. Dieses Gericht sollte vollkommen sein.

Als Elsbeth sich der Zeitung zuwandte, begab sich Albert in den Garten. Für einen unwissenden Beobachter würde es so aussehen, als ob der ältere Herr Unkraut jätete. Dabei steckte er jedoch auch mehrere Goldregenzweige in den Müllsack, wobei seine Hände unkontrolliert zitterten.

Im Haus wartete er, bis Elsbeth wieder einmal nach der Bettpfanne verlangte und die Pflegerin mürrisch ins Krankenzimmer schlurfte. Als er sicher sein konnte, nicht beobachtet zu werden, riss er die giftigen Schoten ab und steckte sie in eine Markttüte mit der Aufschrift »Esst mehr Früchte«. Von nun an war es Okra. Er atmete tief durch und wusch sich sorgfältig die Hände. Anschließend ließ er die gefährliche Tüte ganz unten in die altmodische Einkaufstasche gleiten und fuhr nach Borgfeld, um die noch fehlenden Gemüsesorten zu besorgen.

Als er nach gut zwei Stunden wieder ins Haus trat, trieb ihn Elsbeths nörgelnde Stimme zur Eile an. Die Zubereitung des Gemüsetopfes nahm nur wenig Zeit in Anspruch. Albert würzte das Ganze recht scharf und fügte auch ein wenig Honig hinzu, um eine liebliche Note zu erreichen. Plötzlich fuhr ihm ein Schreck in die Knochen: Fast hätte er einer alten Gewohnheit nach abgeschmeckt!

Er musste sich einen Augenblick setzen und den Angstschweiß abwischen.

Zuletzt brachte er die verräterischen Stiele zusammen mit den anderen Gemüseabfällen auf den Kompost. Es war recht unwahrscheinlich, dass irgendwelche übereifrigen Polizisten in seinem Komposthaufen herumwühlen würden. Trotzdem nahm er sich vor, die Goldregenschnipsel mit einem Haufen anderem Grünzeug zum Recyclinghof Findorff zu bringen. Eine sehr vernünftige Einrichtung, dachte Albert mit einem leisen Schmunzeln, in jeder Hinsicht …

Er wusch noch einmal gründlich seine Hände und begann, über die Menge des Giftes nachzudenken. Zwei Goldregensamen konnten schon töten, hatte er gehört. Wie wäre es dann wohl bei einem ganzen Teller voll? Viel hilft viel. Albert musste kichern. Wie lange mochte es dauern, bis die Alte tot war, mausetot? Bei der Dosis würde es doch wohl schnell gehen? Albert hatte nicht vor, zu diesem Zeitpunkt zu Hause zu sein. Er würde erst nach einigen Stunden heimkehren und einmal vorsichtig ins Krankenzimmer hineinlugen. Beim geringsten Lebenszeichen würde er sich davonmachen und diesmal einen noch längeren Ausflug unternehmen.

»Albert? Also, was ich dir jetzt erzähle, wirst du nicht glauben. Stell dir vor, diese Person raucht, während sie mich wäscht und anzieht!«

Noch einmal ging er in Gedanken die möglichen Konsequenzen durch. Die Pflegerin würde wie immer gleich nach dem Servieren des Mittagessens davoneilen. Auch wenn die Wirkung des Giftes sehr schnell eintrat, bestand von dieser Seite her keine Gefahr. Elsbeth konnte nach Herzenslust um Hilfe schreien – ihr Haus lag in einer entlegenen Ecke, in die sich nur sehr selten Radfahrer verirrten. Aufstehen konnte die Patientin auf gar keinen Fall, nach dem langen Liegen hatte sie keine Gewalt mehr über Muskeln und Kreislauf. Wie oft hatte die junge Hausärztin versucht, sie zu einem kleinen Rundgang zu ermutigen! Elsbeth hatte ihren Oberkörper jedes Mal um wenige Zentimeter angehoben, um gleich darauf erschöpft auf die weichen Polster zurückzusinken. Den Telefonstecker hatte Albert mit einer geschickten Bewegung des rechten Fußes herausgezogen, während er fürsorglich die Kissen seiner Frau aufschüttelte. Besucher kamen nie, wenn man von der Hausärztin einmal absah. Die letzte Visite war vor zwei Tagen gewesen, damit war Elsbeth Kleinschmidt erst einmal wieder für längere Zeit abgehakt.

»Albert, hörst du mich? Eine Fliege macht mich ganz verrückt, schon seit Stunden … Stell dir vor, diese Person behauptet, da wäre gar keine!«

Wenn Elsbeth erst tot war, dann sollte die Pflegerin trotzdem weiterhin zum Hause Kleinschmidt kommen. Nur, dass sie dann seine Bedürfnisse zu erfüllen hatte. Mindestens das gleiche Gehalt wollte er ihr bieten. Wenn sie ablehnen würde, nun, es gab noch jüngere, hübschere, leichter bekleidete Mädchen. Albert Kleinschmidt, der vermögende Witwer … Zahlreiche junge Dinger würden hier ein- und ausgehen. Albert Blaubart, geheimnisumwitterter König …

Vor dem Weggehen schminkte sich die Pflegerin immer einen Erdbeermund, viel zu dick aufgetragen, viel zu grell. Doch für Albert war es jedes Mal wie eine Offenbarung. Er lauerte auf diesen Moment, machte sich dann in der Nähe des Flurspiegels zu schaffen. Wenn sie erst ihm zu Diensten wäre, würde er sie jeden Tag auffordern, sich nur für ihn einen solchen Erdbeermund zu malen.

Wohin sie wohl ging, um ihre obskuren Männerbekanntschaften zu machen, mit denen sie während der Arbeit ständig telefonierte? In die Pustastube im Oberblockland wohl kaum, dazu schien sie ihm nicht bodenständig genug zu sein. Albert vermutete eher, dass sie meilenweit zu ohrenbetäubenden Discoveranstaltungen fuhr oder sich in Bremer Szenekneipen lümmelte. Seine Augenbrauen zogen sich missbilligend zusammen.

»Albert? Ich habe es mir anders überlegt mit den Okras heute Mittag.«

Sein Herz stockte. Hatte sie womöglich Verdacht geschöpft?

»Es ist heute zu warm für ein solches Essen«, tönte Elsbeth weiter. »Lass es einfach abkühlen und rühre eine kaltgeschlagene Vinaigrette unter. Ich mache erst ein kleines Nickerchen, dann esse ich es mit Baguette als Salat.«

Albert atmete auf. Fürsorglich erkundigte er sich, ob er den Salat vor seinem Weggehen auf ihren Tisch stellen oder ob die Krankenschwester ihn servieren sollte. Elsbeth aß immer halb liegend an ihrem Tischchen im Bett, während Albert die Mahlzeiten allein in der Küche einnahm. Er sah keinerlei Grund, mit seiner Frau zusammen zu essen. Er mochte in einem Krankenzimmer nichts zu sich nehmen. Und war es nicht für beide Seiten so viel angenehmer?

Für die Pflegerin musste kein Gedeck aufgelegt werden. Sie hatte verkündet, in dieser Atmosphäre könne sie keinen Bissen durch den Hals kriegen.

»Du fährst noch einmal in die Stadt, Albert? Na, ich denke, die sogenannte Schwester kann mir das Essen hinstellen, bevor sie sich aus dem Staub macht. Aber sie soll mich ja nicht wecken, sagst du ihr das?«

Einen Moment lang fürchtete Albert um seinen guten Plan. Aber warum machte er sich eigentlich Sorgen? Elsbeth döste oft vor dem Essen eine kurze Weile. Noch nie hatte sie eine Mahlzeit ganz verschlafen. Auf jeden Fall war es so ausgeschlossen, dass die Pflegerin Zeugin des beginnenden Todeskampfes wurde. Er hoffte, dass alles vorüber wäre, wenn er das Haus wieder betrat.

Nachdem Albert die letzte Mahlzeit seiner Frau sorgsam angerichtet und auf den Küchentisch gestellt hatte, gab er der Pflegerin die nötigen Anweisungen. Vielleicht ging er dabei ein wenig zu gründlich vor. Jedenfalls brummte sie gereizt, er solle sie nicht für blöd halten. Es war jetzt wohl das Beste für ihn, schnell zu verschwinden und sich nicht noch im letzten Augenblick verdächtig zu machen.

Lange fuhr er mit dem Auto über sonnenbeschienene Landstraßen. Sein komfortabler Wagen fraß die Kilometer. Er versuchte, sich sein neues Leben als lustiger Witwer vorzustellen. Doch seine Gedanken wanderten immer wieder zur Tat zurück. Er hatte doch wohl nichts vergessen? Es war wie vor einer langen Reise. Bald musste er umkehren und der Situation ins Auge sehen. Würde Elsbeth in einer Lache Erbrochenem liegen? Nun, das war leicht zu beseitigen. Seit Monaten roch das ganze Haus penetrant nach den Ausscheidungen eines bettlägerigen Menschen. Ein eventueller Restgeruch würde gar nicht auffallen. Und überhaupt – niemand würde die Polizei verständigen, nur weil Elsbeth Kleinschmidt sich übergeben hatte.

Die Vorstellung war so komisch, dass Albert vor Lachen bebte. Ach ja, auch das Essgeschirr musste er dann noch fortschaffen.

Plötzlich runzelte Albert die blasse Stirn. Würde die Leiche irgendwie auffällig aussehen? Verfärbt, aufgedunsen – was verstand er schon davon?

Sollte eine derartige Katastrophe tatsächlich eintreten, so müsste er die Überreste der kleinen Elsie heimlich vergraben und zu einer langen Reise aufbrechen. Elsbeth einfach in der Wümme zu versenken, war nicht ratsam. Wer trieb sich da nicht alles herum! Außerdem war es typisch für diese sogenannten Naturschützer, dass sie auf der Suche nach selten gewordenen Spezies jeden Grashalm und wahrscheinlich auch jede Wasserpflanze dreimal prüften und umdrehten. Nein, vergraben war besser. Bei seiner Rückkehr könnte er dann von einer auswärtigen Spezialklinik erzählen, in der seine Frau leider verstorben war. Falls es überhaupt irgendjemanden interessierte ... Das Wort Obduktion spukte eine Weile durch seinen Kopf. Doch wer sollte die anordnen? Elsbeths Leben oder Elsbeths Tod war für keinen Menschen außer Albert von Bedeutung. Wem es nicht völlig gleichgültig war, der mochte sagen: Frau Kleinschmidt ist gestorben? War die nicht schon länger krank? Nun ist sie also endlich erlöst ... Man würde ihn eine Zeitlang bemitleiden und dann bald die Nase rümpfen, wenn die jungen Dinger ihren Einzug hielten. Es würde ihm nichts ausmachen, wenn die Leute über ihn redeten. Wenn überhaupt, so würde es ihm schmeicheln. Der sagenumwobene Blocklandcasanova ...

Irgendwann riss Albert den Wagen herum und fuhr mit entschlossener Miene nach Hause. Es nützte nichts, er musste den Alptraum hinter sich bringen. Es gab noch einiges zu tun.

Vorsichtig betrat Albert die vertraute Diele in der Hoffnung, dass die Stimme seiner Elsbeth von nun an nie mehr erklingen würde. Es war still, die Wanduhr im Wohnzimmer tickte. Er holte tief Luft.

»Albert?«

Wie war das möglich? Hatte das Gift nicht gewirkt oder hatte sie den Salat noch gar nicht gegessen?

»Albert, wo warst du nur so lange? Ich rufe und rufe ... Stell dir vor, diese Person hat mir meinen Salat weggegessen!«

Der Anruf

Clara setzte das Messer an und trennte die erste Scheibe in gleichmäßiger Dicke ab. Bei der zweiten Scheibe bremste ein Knorpelstück das Messer ab. Mettwurst im Sonderangebot. Clara erhöhte den Druck des Messers, allerdings etwas zu sehr, denn der Rest der Wurst war wegen des hohen Fettgehalts sehr weich. Das Messer knallte auf den Teller, Clara zog erschrocken die Finger weg, die die Wurst hielten, der Teller überschlug sich und fiel samt Brot und Wurst auf den Fußboden. Die schon fertig abgeschnittenen Tomatenscheiben rutschten über das Linoleum und zogen rötliche Spuren. Die letzte Scheibe Brot, die letzte Tomate, nur noch 3 Euro im Portemonnaie und neues Geld kam erst in drei Tagen. Resigniert spießte Clara das Messer in einen Apfel. Aufwischen konnte sie später noch. Das Telefon klingelte. Clara zuckte zusammen, stieg über den Teller, konnte jedoch die Tomatenscheiben nicht umgehen und rannte zum Telefon. Ein Anruf um zehn Uhr am Vormittag konnte nur eines bedeuten.

Zwei Schritte vor dem Telefon hielt sie inne. 324 Bewerbungen, wenn sie richtig gezählt hatte. Und meistens alles richtig gemacht. Wenn auch, bei der Sachbearbeiterstelle im Fliesengroßhandel den Lebenslauf vergessen und dann die Bewerbung bei der Tiefbaufirma, wo sie in der Eile das Bikinifoto … Egal. Jetzt nur nichts Falsches sagen. So wie vor vier Monaten, als sie gesagt hatte, sie könne am nächsten Morgen um acht anfangen. Sie hätte sich erkundigen sollen, wann die Züge fahren. Naja, wäre sowieso nur eine Notvertretung für zwei Wochen gewesen. Aber jetzt.

Das zweite Klingeln. Und bloß nicht nein sagen wie zu dem Versicherungsmakler, der sie gefragt hatte, ob sie auch Kundenbesuche machen würde. Natürlich würde sie Kunden besuchen. Überhaupt jeden würde sie besuchen. Nie wieder nein sagen, auch nicht wie bei dem Chef des Baumarktes, der mit der einen Hand die Tür zum Büro schloss und wie unabsichtlich mit der anderen Hand an ihrer linken Brust entlangstrich. Sie fühlte wieder seinen Fettwanst an ihrem Bauch und schauderte. Trotzdem.

Das dritte Klingeln. Clara trat von einem Bein auf das andere. Wegen der Tomatenreste klebten die Schuhe ein bisschen auf dem Fußboden. Nie wieder nein sagen, auch nicht bei noch so fetten Bäuchen, das hätte es doch sein müssen. Aber der Prokurist der Weinimportfirma hatte offenbar nicht gewollt, dass sie ihren Rock hochschob und die Hand auf seinen Oberschenkel legte. Auch wieder nicht das Richtige. Aber zuletzt, war das nicht eine Frau gewesen beim Vorstellungsgespräch? Frauen sind auch schwierig. Clara erinnerte sich an die Chefin der Reinigungsfirma. Die musste so um die sechzig gewesen sein. Zu dumm, dass Clara vergesssen hatte, ihr Nasenpiercing rauszunehmen. Was hatte die geglotzt. Aber die letzten drei oder vier Gespräche waren gut gelaufen, sie hatte sich genau an die Ratschläge des Typen bei der Arbeitslosenselbsthilfe gehalten und das hatte sich offenbar gelohnt, denn jetzt gleich würde man ihr sagen, dass sie anfangen konnte. Wo eigentlich? Clara erinnerte sich an drei Firmen der letzten Zeit deutlich, und an ein paar andere schon etwas verschwommen. Alle hatten sie gesagt, wir rufen Sie an, jaja.

Das vierte Klingeln. Verdammt, wie hießen diese Firmen denn bloß? Und mit wem hatte sie gesprochen? Namen sind wichtig, hatte der Typ von der Arbeitslosenselbsthilfe so oft gesagt. Dabei war »Sehr geehrte Damen und Herren« doch so praktisch, weil man das Anschreiben so schön kopieren konnte, aber das soll man nicht machen, hatte der Typ, wie hieß der bloß, gesagt. Musste was dran sein, denn fünf Vorstellungsgespräche in den letzten sechs Wochen, das war schon was, verglichen mit den 319 Bewerbungen davor. Und sie hatte auch den Rat von wie hieß er noch befolgt und all die Zeugnisse weggelassen, in denen die Worte »bemüht« oder so ähnlich vorkamen. Blieben nur zwei übrig, aber egal, hier war der Anruf und jetzt würde sich alles ändern.

Das fünfte Klingeln. Clara holte tief Luft, nahm ab und meldete sich. Der Firmenname oder was sonst am anderen Ende gesagt wurde, war nicht zu verstehen. »… Ihre Bewerbung …« Clara schlug das Herz wie noch nie, sie bekam kaum noch Luft. Das war ihre Chance, endlich. Clara tat die Hand weh und jetzt merkte sie, dass sie immer noch das Messer samt aufgespießtem Apfel fest umklammert hielt. Sie klemmte den Hörer zwischen Kopf und Schulter und zog das Messer mit der freigewordenen Hand aus dem Apfel.

Sie lauschte der Stimme am anderen Ende und wartete auf den alles entscheidenden Satz »Wir möchten, dass Sie …« Dunkel erinnerte sie sich an die Stimme und die Firma. Baustoffhandel. Den Namen hatte sie immer noch nicht verstanden, aber vielleicht konnte sie den ja aus den Gelben Seiten suchen, jetzt noch mal fragen wäre sicherlich wieder blöd. Aus dem Hörer kam »… jemand ausgefallen … Ersatz … zunächst vertretungsweise.«

»Ja, gern,« keuchte Clara in den Hörer und stocherte mit dem Messer im Apfel herum. Immer freundlich sein, Vertretung ist schon was, Fuß in der Tür, hatte der Typ … Die Stimme schwieg. Clara schreckte hoch. Die Stimme hatte etwas gefragt, aber was bloß? Sie stocherte wie wild in den Apfel, ihr wurde heiß und kalt. Was zum Teufel hatte die Stimme zuletzt gesagt? Kleine Stückchen lösten sich aus dem Apfel und fielen auf den Fußboden. Aufwischen konnte sie immer noch. Die Stimme sagte jetzt schon etwas ungeduldig »Ist Ihnen das recht?« Was nur? Clara antwortete »Ja natürlich«, ohne zu wissen worauf und stach heftig auf den Apfel ein. »Dann sehen wir uns morgen.«, sagte die Stimme.

Es wurde aufgelegt. Clara lief der Schweiß den Rücken hinunter. Wie hieß bloß diese Firma? War das wirklich der Baustoffhandel oder die Auslieferungszentrale von … ? Clara stach auf den Apfel ein, größere Stückchen fielen heraus, Golden Delicious, Sonderangebot, schmeckt sowieso nicht, dachte sie und warum fiel ihr bloß der Firmenname nicht ein. Hier war ihre Chance und sie konnte sich nicht erinnern. Der Typ von der Arbeitslosenselbsthilfe würde sie bestimmt aus dem Büro werfen. Sie sah auf die Apfelstückchen vor ihren Füßen, trat auf ihnen herum, zermatschte sie zu Brei. Vielleicht war's der Maschinenverleih für Heimwerker? Da war auch noch diese Firma mit dem französischen Namen, was machten die noch gleich? Sie stocherte weiter, im Apfel und im Gedächtnis, bis der Schmerz sie zusammenzucken ließ. Sie schaute auf ihr Handgelenk, sah den langen Schnitt, aus dem das Blut stoßweise floss, ließ das Messer fallen und ging in die Knie. Bald bildete das Blut einen kleinen See, mit Apfelstückchen drin.

Es könnte auch der Versand für Anglerbedarf gewesen sein. Das Firmenlogo war so ein Teich gewesen, grünblau, mit Schilfinseln drin. Sie fiel auf die Seite, sah den See größer werden, aufwischen konnte sie immer noch. Die Augen fielen ihr zu, die Gedanken wurden langsamer, Baustoffhandel, sie würde noch draufkommen, bis morgen …

Rapunzel reloaded

Janos hatte sie bei einer dieser hochpreisigen Artistenshows zum ersten Mal gesehen. Chinesischer Zopfhang.

Nur mit ihren Haaren befestigt hatte sie hoch unter der Dachkuppel gehangen und mit unglaublicher Präzision die schwierigsten Kunststücke gezeigt.

Natürlich lagen Welten zwischen diesen teuren Shows und seinem kleinen Wanderzirkus, aber er hatte sie tatsächlich überreden können, zu ihm zu kommen und mit seinem Zirkus durch die Städte zu tingeln.

Liebe ist eine Himmelsmacht, sagte man, und das schien zu stimmen.

Nach einigen Blumensträußen und Verabredungen zum Essen war Miao-Miao nicht nur seine Angestellte, sondern auch seine feste Freundin geworden.

Seit vier Monaten waren sie nun zusammen und er konnte sein Glück immer noch nicht fassen. Was fand diese zierliche Trapezprinzessin nur an ihm ungehobelten Burschen? Als er sie einmal danach gefragt hatte, hatte sie geantwortet, es sei seine Ehrlichkeit. Er hätte nie behauptet, mehr zu sein, als er tatsächlich war. Und das sei höchst selten in ihrem Gewerbe.

Außerdem hatte er es als selbstverständlich akzeptiert, dass sie sich von ihrer Mutter nicht trennen wollte und der älteren Dame einen seiner schöneren Wohnwagen kostenlos zur Verfügung gestellt. Madame Miao hatte sich höflich bedankt und dem jungen Paar offiziell ihren Segen erteilt. Aber Janos wurde das Gefühl nicht los, dass sie ihn in Wirklichkeit nicht mochte und ihre Tochter lieber an der Seite eines Chinesen gesehen hätte. Ihre stechenden Blicke waren ihm unangenehm, aber Miao-Miaos liebenswertes Wesen wog alles auf. Sie strahlte, sobald sie ihn erblickte, und war in jeder Hinsicht die richtige Frau für ihn. Das beengte Leben im Wohnwagen schien ihr nichts auszumachen, sie hielt den kleinen Haushalt tadellos in Schuss und schmückte die wenigen Quadratmeter mit kunstvoll arrangierten Obstschalen und frischen Blumen. Sie kochte köstliche chinesische Mahlzeiten, die sie täglich zu dritt einnahmen, wobei Madame Miao kaum jemals ein Wort sagte. Wenn sie hingegen mit ihrer Tochter allein war, redete sie ohne Pause. Sobald Janos auf der Bildfläche erschien, war ihr Mund wie zugenäht.

Doch das machte ihm nicht viel aus. Er hatte als Zirkusdirektor viel zu tun und konnte im Grunde froh sein, dass Miao-Miao Gesellschaft hatte. Und noch dazu so harmlose Gesellschaft wie die ihrer Mutter.

Seine Angestellten Imre und Gregor verschlangen die junge Chinesin jedes Mal mit den Blicken, wenn sie in ihrem engen Glitzertrikot die Manege betrat. Aber Miao-Miao schien die gierigen Blicke der Männer gar nicht zu bemerken. Ihre ganze Konzentration galt der Perfektion ihrer Kunststücke. Sie war ein Wunder an Selbstdisziplin; Ablenkungen und Blödeleien konnte sie nicht ausstehen.

Außerdem stand ihre Mutter bei jeder Aufführung und jeder Probe wie ein Zuchtmeister neben ihr und hätte keinerlei Geplänkel geduldet.

Janos konnte das nur recht sein. Doch, vielleicht war die Alte sogar Gold wert. Wenn er frei hatte und seiner Freundin endlich etwas Zeit widmen konnte, verschwand Madame Miao in ihrem Wohnwagen und sah stundenlang fern. Wenn er zu tun hatte, war sie ständig an der Seite ihrer Tochter – besser im Grunde als jeder Wachhund.

Vor kurzem war Miao-Miao der Gedanke gekommen, dass man ihre Mutter doch auch in die Show miteinbeziehen könne. Lange schon war es der geheime Wunsch von Madame Miao, in einem prachtvollen Kostüm in der Manege zu stehen. Natürlich war sie keine Akrobatin, aber in einem Zirkus gab es ja jede Menge kleinerer Aufgaben.

Miao-Miao war in Deutschland aufgewachsen und kannte seit frühester Kindheit die Märchen der Gebrüder Grimm. »Rapunzel«

hatte sie immer besonders fasziniert, waren doch die Haare auch ihr wichtigstes Requisit.

Ihrer Mutter zuliebe hatte sie zu diesem Thema eine Zopfhangnummer ausgearbeitet, die auch Janos miteinbezog.

Warum nicht? Er zeigte sich gern an der Seite seiner schönen Freundin, die Idee hatte ihm von Anfang an gefallen und mit dem Trapez war er seit seiner Kindheit vertraut.

Wie alles, was Miao-Miao tat, war auch ihre erste eigene Zirkusnummer ein Muster an Präzision und Körperbeherrschung. Ihr glänzendschwarzer Zopf wurde mit einem Haken an einer Glitzerkugel befestigt. Dann lief sie schneller und immer schneller im Kreis und wurde schließlich an der Kugel in die Höhe gezogen, bis sie unter der Zirkuskuppel schwebte. Sie lief noch in der Luft ein paar Runden, bis der Schwung ausreichte und ihr zierlicher Körper zur Ruhe kam. Nach einer Reihe von anmutigen Bewegungen in der Luft warf sie ihren Umhang ab und präsentierte ihren makellosen Körper in einem silberglänzenden, eng anliegenden Trikot. Dann war es Janos' Aufgabe, ihr das Trapez zuzuwerfen. Sobald sie kopfüber am Trapez hing, löste sie ihren Zopf von der Glitzerkugel und steckte ihn in ihr Dekolleté.

Nun betrat Madame Miao in einem hochgeschlossenen Mantel aus dunkelgrünem Satin die Manege und rief mit gebieterischer Stimme:

»Rapunzel, Rapunzel, lass mir dein Haar herunter!«

Sie war die Idealbesetzung der bösen Fee, musste im Grunde gar nicht schauspielern. Miao-Miao ließ nun ihren Zopf frei herabbaumeln und kreiste über ihrer Mutter, die schließlich auf eine kleine Leiter stieg, nach den Haaren ihrer Tochter begriff und in geringer Höhe über dem Boden schwebte.

Das war keine große Leistung, aber Madame Miao war ja auch keine wirkliche Artistin. Die wirkliche Leistung wurde von Miao-Miao erbracht, die bei diesem Kraftakt süß lächelte und keinerlei Schmerzen zu haben schien. Kurz darauf senkte Janos das Trapez ab, die Alte konnte loslassen und ihr Teil der Show war beendet. Miao-Miao wurde wieder hochgezogen, vollführte einige Kunststücke in der Luft, bis schließlich Janos, der den Prinzen spielte, rief:

»Rapunzel, Rapunzel, lass mir dein Haar herunter!«

Wenig später hing er am Zopf seiner Freundin, kletterte allerdings daran hoch und setzte sich auf das schwankende Trapez zwischen Miao-Miaos Beine. Das Festhalten des Trapezseils war von nun an Imres Aufgabe. Zuletzt ertönte eine Fanfare, Miao-Miao schwang sich neben Janos auf das Trapez und mit einem innigen Bühnenkuss ließen sie sich wieder zum Boden herabsenken.

Diese Nummer war die absolute Attraktion, um viele Klassen besser als das übliche Programm. Janos war durch Miao-Miao mindestens um eine Liga aufgestiegen.

»Wie bist du nur auf so eine Form der Akrobatik gekommen?«, hatte er sie einmal gefragt. »Darauf gekommen?«, hatte sie erstaunt zurückgefragt. »Das ist bei meinem Volk Tradition, seit über 2000 Jahren.«

Nun, für das deutsche Publikum war es eine Sensation, die immer mehr Zuschauer ins Zirkuszelt strömen ließ.

»Tut das nicht weh?«, hatte sich Janos besorgt erkundigt. Schließlich wusste er, was er wog. Miao-Miao hatte lächelnd den Kopf geschüttelt. Sie hatte vom Kleinkindalter an Übungen machen müssen, die die Nackenmuskulatur stärkten, dann – so sagte sie – war es keine Kunst. Jeder Muskel ihres zierlichen Körpers war Teil einer ungeheuren Selbstdisziplin. Ein anderes Leben konnte sie sich gar nicht vorstellen. Es war wirklich reine Körperbeherrschung, es gab keine Tricks und keine Mogelei. Und auch kein Sicherheitsnetz.

Vor jedem Training und vor jedem Auftritt wurden Miao-Miaos Haare in nassem Zustand von ihrer Mutter zu einem Zopf gebürstet, wobei eine kleine Hilfsschlaufe mit Ring eingeflochten wurde. Das war alles. Alles andere leistete Miao-Miao.

Es kam der letzte Auftritt der Saison in der Hansestadt Bremen. Dann würde es ins Winterquartier gehen, eine ruhige Zeit stand bevor.

Für den letzten Abend hatte sich Janos etwas Besonderes ausgedacht. Er würde Miao-Miao einen Heiratsantrag machen, hoch oben in der Luft. Wenn sie am Schluss der Nummer nebeneinandersaßen und das Trapez herabgesenkt wurde, würde er ihr den Verlobungsring auf den Finger stecken. Er konnte sicher sein, dass sie seinen Antrag nicht ablehnen würde. Sie hatte sogar schon zaghaft angedeutet, dass sie gern eines Tages seinen Namen tragen würde. Ihre Mutter hatte mitgehört und ihre Lippen zu einem schmalen Strich zusammengepresst.

Nun, er würde die Alte wohl kaum um Erlaubnis fragen. Sie konnte froh sein, dass er sie hier wohnen ließ und ihr sogar eine kleine Rolle in seiner Show gab. Und war es nicht für jede Mutter ein besseres Gefühl, die Tochter rechtmäßig verheiratet zu sehen statt in wilder Ehe in einem Zirkuswagen?

Janos ignorierte die stechenden Blicke seiner angehenden Schwiegermutter und traf die letzten Vorbereitungen für die Abschlussvorstellung.

Der Abend verlief glatt wie geplant. Die Pferde waren in absolutem Ebenmaß im Kreis galoppiert, der Clown hatte viel Beifall bekommen und nun warf gerade Miao-Miao ihren Umhang in die Manege. Lauter Jubel und Applaus brandeten auf. Madame Miao spielte ihre kleine Rolle, wobei sie anders als sonst ungeschickt in Miao-Miaos Haaren herumfuhrwerkte, und trat dann an den Rand der Manege an Imres Seite. Das hatte sie sonst nie gemacht. Janos runzelte die Stirn. Sonst war sie immer aus der Manege getreten und hatte sich an den Rand der ersten Reihe gesetzt.

Naja, egal, er musste jetzt an seinen Einsatz denken. Als er wenige Minuten später verzweifelt nach der Schlaufe in Miao-Miaos Haaren suchte, begann er die Katastrophe zu ahnen. Die Alte stand so weit vorn, um keine Einzelheit seines Absturzes zu verpassen. Die Schlaufe war nicht da und es gelang ihm auch nicht, sich an Miao-Miaos Haaren festzuhalten. Sie waren wie eingeölt. Falsch. Sie w a r e n eingeölt.

Er rutschte ab, fiel wie in Zeitlupe und hörte Miao-Miao wie eine Wahnsinnige schreien. Das Publikum schrie ebenfalls, ein wenig zeitversetzt. Es hätte ja auch ein Trick sein können, wo der Held in letzter Sekunde gerettet wurde.

Als Janos aufprallte und Imre und Gregor auf ihn zurannten, begriff auch der Letzte, dass das hier ein echtes Unglück war.

Madame Miao starrte mit unbewegter Miene hoch zu ihrer Tochter. Sie hatte dieses deutsche Märchen mit seinem geradezu sentimentalen Happyend nie gemocht.

Die Messerparty

Sonja und Anna hatten sich eigentlich mit Petra verkracht. Aber Bea, Petras Arbeitskollegin, hatte gesagt, Messer seien der letzte Schrei im Bereich Verkaufsparties. Da durften Sonja und Anna nicht fehlen, gingen mit Zähneknirschen zu Petra, die sich als Gastgeberin zur Verfügung gestellt hatte, weil sie unbedingt das neuste Schneidebrett haben wollte und das gab es nur als Geschenk für die Gastgeberin, natürlich abhängig vom Umsatz. Nachdem einige andere abgesagt hatten, musste Petra sich dazu durchringen, die beiden einzuladen, damit die Mindestzahl an Gästen erreicht wurde.

Anita stellte sich vor und beschrieb die ausgelegten Messer. Das klassische Kochmesser in Restaurantqualität, ein chinesisches Chai Dao-Messer mit einer schönen breiten Klinge. Anita demonstrierte die Handhabung. Außerdem das Santoku, das »Messer der drei Tugenden«, das heute, laut Anita, in keiner Küche fehlen durfte und natürlich das klassische europäische Küchenmesser aus Damaszenerstahl. Alles keine Messer für Anfänger. Anita zerkleinerte, hackte und filetierte.

Sonja und Anna vermieden jedes Gespräch mit Petra. Nur ausprobieren, kaufen und verschwinden. Soweit konnte man sich ja zusammenreißen. Petra ihrerseits hoffte auf Umsatz und ertrug die Anwesenheit der Beiden stillschweigend.

Dann wurde der Prosecco ausgeschenkt und die Gäste durften kochen. Anita legte von jeder Sorte ein Messer aus und wies darauf in, dass diese heute ausnahmsweise sofort und zum Sonderpreis gekauft werden könnten. Für weitere Bestellungen verteilte sie Vordrucke.

Sicher war die Enge in Petras Küche schuld. Als Sonja und Petra gleichzeitig zum Santoku griffen, schlitzte Sonja sich die Finger auf. Sie muss Absicht unterstellt haben, denn sie rammte Petra das gerade benutzte Damaszener-Kochmesser von oben in den Handrücken. Wahrscheinlich hatte sie die Schärfe unterschätzt, denn das Messer nagelte Petras Hand auf der Arbeitsplatte fest. Petra schrie, Sonja sei eine gemeine Schlampe und holte mit dem Santoku weit aus. Sonja, in die Brust getroffen, sank zwischen Arbeitsplatte und Kühlschrank zu Boden. Anna schrie ebenfalls. Sie habe immer gewusst, dass Petra eine böse Hexe sei. Petra verlor das Bewusstsein und rutschte am Küchentisch auf die Knie und sackte vorüber, soweit ihre auf der Arbeitsplatte befestigte Hand es zuließ. Blut sickerte auf die Arbeitsplatte und von dort auf den Boden.

Anita, blass wie die Sahne in der Schüssel, fummelte in ihrer Handtasche nach dem Telefon, dass ihr aus den Händen glitt und im Wasserbad versank.

Bea fasste sich ans Herz und krallte sich mit den Händen an der Tischkante fest, ging dann aber doch zu Boden, als Anna sie anbrüllte, sie sei schuld, denn sie habe dieses Treffen angeleiert und ihr die gusseiserne Pfanne auf den Kopf schlug. Das heiße Fett verteilte sich großflächig, unter anderem in Annas Gesicht.

Der Schmerz ernüchterte Anna soweit, dass sie innehielt. Sie glotzte in die Gesichter der drei Frauen. Sie musste etwas tun, irgendetwas, aber sie stand starr zwischen den am Boden ausgebreiteten Frauenbeinen. Endlich drehte sie sich in Richtung Tür um.

Und erstarrte erneut, denn im Türrahmen stand Anita. Sie sagte, sie werde sich von diesen verrückten Frauen nicht ihren Aufstieg zur Bezirksleiterin kaputtmachen lassen. Langsam und mit erhobenem Gussstahlmesser »Chef Classic« kam sie auf Anna zu.

Wenig später zog sie das Chef Classic auch aus Petras Brust, räumte die mitgebrachten Messer zusammen, fischte ihr Telefon aus dem Wasserbad, löschte ihre Telefonnummer sowie den SMS-Verkehr auf Petras Handy und zog die Haustür hinter sich zu.

Weihnachtsmarktbummel

»Kommet, kommet zuhauf … Hier gibt's den aechten Kehlenschneider …«

Sven und ich bummelten über den Bremer Weihnachtsmarkt, den historischen, versteht sich. Ich liebe diese verschrobenen Kostüme und die altertümliche Sprache, die Sven für künstlich und aufgesetzt hält. Trotzdem ließ er sich dazu herab, mit mir dorthin zu gehen. Ich weiß das sehr zu schätzen und belohnte ihn deshalb mit einer Elchbratwurst für drei Euronen.

Wir waren satt und standen vor einer Bude mit »stärkenden Getränken«.

»Kommet, kommet zuhauf … Hier gibt's den aechten Kehlenschneider …«

»Haha«, brummte Sven, »wohl eher Beutelschneider! Was kostet denn wohl so'ne Flasche?«

Der Verkäufer hatte Svens Worte gehört und reagierte mit professioneller Geschwindigkeit: »Wohlfeyl, edler Recke! Zwei güldene Thaler, doch weil Ihr es seid, gleich drei!«

»Sag ich ja, Beutelschneider …« antwortete Sven und wollte weitergehen. Der Verkäufer, der es genoss, schon viele Lacher auf seiner Seite zu haben, hielt ihn zurück: »Wollt Ihr wohl gleich das Maule halten? Die Halseisen des Pranger stehen Euch offen!«

Sven zog an meinem Ärmel und knurrte: »Lass uns weitergehen, der Typ ist nicht ganz frisch.«

»Nicht mehr ganz frisch, edler Herr? So empfehle ich das Lebenselixier! Nur ein einzig Glas würde Euer Gemächt … Oder zur Stärkung Eures Weibes? Es scheint mir ein wenig schwach auf der Brust.«

»Du hast Recht, lass uns gehen«, sagte ich jetzt auch.

»Wieso?«, fragte Sven. »Jetzt wird's doch gerade interessant!«

»Kommet, kommet zuhauf … Hier gibt's den aechten Kehlenschneider …«

Wir schlenderten noch bis zum Ende des Marktes. Dort war es ruhig und die blauen Lichter und der Schein der Fackeln auf dem Weserwasser gefielen auch Sven. Wir hätten gern noch im Warmen etwas getrunken, aber alle Tische in sämtlichen Lokalen waren besetzt.

»Wir könnten es noch hinten bei Radio Bremen versuchen«, meinte Sven.

Das bedeutete einen längeren Fußmarsch und mir war kalt.

»Komm schon«, drängte Sven. »Wenn du flott gehst, wird dir wieder warm.« Flott gehen? Ich hatte meine hochhackigen Stiefel an. Ich wollte doch schick aussehen bei einem Date mit Sven.

Er war mir schon bei der Erstsemesterfete aufgefallen. Nach etlichen Annäherungsversuchen meinerseits hatten wir uns heute zum ersten Mal verabredet. Meine Füße fühlten sich schon regelrecht verbogen an, aber die Chance, mit Sven in romantischer Atmosphäre ein Glas Wein zu trinken, konnte ich mir nicht entgehen lassen. Und wenn ich meine flachen Moonboots angehabt hätte, wäre es auch prima gewesen, noch einmal an allen Buden entlangzugehen.

Nun denn, ich wollte unbedingt noch länger mit Sven zusammen sein und stimmte zu. Als er seinen Arm leicht um meine Schulter legte, vergaß ich meine schmerzenden Füße vollkommen. In der Mitte des Marktes blieb ich plötzlich stehen.

»Die sind ja witzig!«, rief ich und bemerkte kaum, dass mir Svens Arm von der Schulter rutschte. »Guck mal!!!«

Ich hatte Ausstechformen mit Tiermotiven entdeckt. Mal was anderes als Herzen und Sterne. Und was es da alles gab! Schweinchen, Häschen … und Elche, sage und schreibe Elche!

»Wie findest du die?«, fragte ich und hielt Sven die Elchform entgegen

»Ganz okay«, brummte er und trat ungeduldig auf der Stelle. Offensichtlich konnte er mit Elchen in Bratwurstform mehr anfangen. »Wenn du die haben willst, kauf sie und lass uns endlich weitergehen.«

Seine Arme blieben hängen, meine Schultern blieben frei. Leider.

Ich beeilte mich, das Förmchen zu bezahlen und hakte mich bei ihm ein. Ich hätte auch morgen noch einmal mit Sabrina herkommen und die Form kaufen können, aber es war nur noch die eine da. Bei aller Liebe zu Sven, ein weiteres Leben ohne Elchausstecher war undenkbar.

Wir liefen durch die Kälte Richtung Radio Bremen, wobei unsere Schritte immer schneller wurden. Der Wind hatte zugenommen, klatschnasser Schneeregen setzte ein. Und jetzt taten mir auch wieder die Füße weh. Aber wenigstens konnten wir schon erkennen, dass im Radio-Bremen-Café noch Licht brannte. Jetzt einen Glühwein im Sitzen und vielleicht Händchenhalten mit Sven. Ja!

Als wir ins Café traten, schlug uns anheimelnde Wärme entgegen.

»Tut mir leid, geschlossene Gesellschaft«, hörten wir den Kellner sagen und standen kurz darauf wieder in Wind und Schneeregen.

»So ein Mist!«, schimpfte Sven. »Na denn …«

Ohne weitere Abschiedsworte hastete er zur Brillbrücke und ließ mich einfach stehen. Ja gut, wir nahmen nicht die gleiche Straßenbahn – aber so ein Verhalten war ja wohl das Letzte. Es tat weh, verdammt weh.

Der Schneeregen rann mir in den Kragen und bis zur Domsheide war es noch weit. Meine Füße hätte ich am liebsten abgeschraubt.

Natürlich fuhr mir die Straßenbahn vor der Nase weg, sobald ich an der Domsheide angekommen war. Zwanzig Minuten warten bei nasskaltem Wetter. Schneeregentropfen mischten sich mit Tränen.

In meiner Lieblingsserie »Sex and the city« winkten die Frauen in solchen Situationen mit dramatischer Gebärde ein Taxi heran. Aber hier war kein Taxi, ich hatte gerade mal das Geld für eine Fahrkarte.

Und ich hatte dem Kerl noch von meinem knapp bemessenen Bafög eine Bratwurst spendiert! Das einzig Gute an diesem Abend war die niedliche Ausstechform. Die würde mir bleiben. Allerdings würde sie mich auch immer an Sven erinnern.

Endlich kam die Straßenbahn. Ich setzte mich dicht hinter den Fahrer und wurde langsam wieder warm. Und auch mein angeborener Optimismus kehrte zurück. Es gab unzählige Studenten an der Uni und viele waren bestimmt süßer als Sven. Sehr viele.

Außerdem würde ich gleich morgen Kekse backen, für die ganze WG. Und Sven in der Uni übersehen, eventuell ganz kurz »Hallo« sagen. Mehr hatte der Kerl von mir nicht mehr zu erwarten.

Straßenbahndepot Gröpelingen. Endstation. Von hier aus war es nicht mehr weit nach Hause. Nach dreißig Minuten Ruhe und Wärme in der Bahn taten meine Füße nicht mehr ganz so weh. Die paar Schritte würde ich jetzt auch noch schaffen. Der Schneeregen hatte aufgehört und so windig wie an der Weser war es hier auch nicht mehr. Ich machte mich auf den Weg durch dunkle und recht einsame Straßen. Bei dem Wetter blieb man lieber zu Hause, wenn man nicht so bescheuert war wie ich.

Plötzlich hörte ich hinter mir Schritte. Ich ging schneller. Die Person hinter mir ebenfalls. »He, Süße, bleib doch mal stehen ...«

Ich drehte mich nicht um, das hätte nur Zeit gekostet. Ich ging noch schneller, als mich ein dicklicher, älterer Mann am Arm packte. Alkoholdunst und der Geruch nach ungewaschenen Kleidern schlugen mir entgegen.

»Bleib doch mal stehen, Kleine ... So alleine unterwegs? Wir könnten uns gegenseitig ein bisschen wärmen ...«

Nun hielt er auch noch meinen anderen Arm fest und schnaufte genüsslich. Meine Hände steckten tief in meinen Taschen. Meine rechte Hand krallte sich um die Elchform. Sabrina hatte mal gesagt, man solle solchen Typen einfach einen Schlüssel ins Auge rammen. Das brachte ich nicht fertig. Aber ich holte mit der Ausstechform aus und schlug sie dem Angreifer mit der scharfen Seite ins Gesicht.

»He, bist du bekloppt?«

Er taumelte und gab mir genügend Zeit wegzulaufen. Ich rannte, ohne mich umzusehen, nach Hause und verschloss die Haustür zweifach hinter mir. Ich atmete tief durch, wischte mir zum zweiten Mal an diesem Abend die Tränen vom Gesicht und ging ins Bett. Gut, dass ich die Elchform gekauft hatte.

Mehr als gut.

Am nächsten Morgen ging ich zur Polizei. Der Besoffene lebte wahrscheinlich ganz in meiner Nähe und so etwas wollte ich nicht noch einmal erleben.

»Besondere Kennzeichen?«, fragte ich den Beamten nachdenklich. »Er hat gestunken, war ziemlich fett ... Ach ja, kann gut sein, dass er ein Elchbild auf der Wange trägt. Nein, keine Tätowierung, mehr so als Wunde, mehr gestanzt ...«.

Anja Schwarze

Kurs auf Mord

Ein Nordsee-Krimi

192 Seiten, TB, 12,90 Euro

ISBN 978-3-95494-223-7

Elsa und Fiete sind eine Zweckgemeinschaft. Elsa hat ein Boot und Fiete möchten in der Nordsee angeln. Bevor die beiden Rentner jedoch in Cuxhaven ablegen können, müssen sie erfahren, mit welchen Mitteln der Konflikt Umweltschutz-Tourismus in der beschaulichen Urlaubsregion ausgetragen wird. Von einer jungen Umweltschützerin hören Fiete und Elsa einiges über Plastikmüll im Meer. Als dieselbe Frau als Leiche im Hafenbecken liegt, beschließen die beiden, auf eigene Faust zu ermitteln. Damit sie zwischen den profitorientierten Hoteliers, ambitionierten Fischern und hochengagierten Umweltschützern nicht die Nerven verlieren, greift Fiete auf das zurück, was er am besten kann: kochen – besonders natürlich Fischgerichte. Auch Elsa, für die Essen sonst nicht so wichtig ist, greift gerne zu, bevor sie ihren Segelschüler in das Bordleben einweist.

Elise van Mark

Scherbellenskoppen

Ein Ostfriesland-Krimi
208 Seiten, TB, 12,90 Euro
ISBN 978-3-95494-210-7

Dreizehn mysteriöse maskierte Gestalten ziehen am Martiniabend in Heidland von Haus zu Haus. Am nächsten Morgen wird ein altes Ehepaar tot aufgefunden. Hat jemand den ostfriesischen Brauch der Scherbellenskoppen genutzt, um unerkannt die Morde zu begehen? Hexe, Teufel und der schwarze Mann machen sich verdächtig. Hat der kleine Marvin etwas gesehen, das ihn in Gefahr bringt, und warum ist der Sohn der Ermordeten verschwunden? Kriminalhauptkommissarin Janne Winkelmanns erster Fall bei der Polizeiinspektion Leer/Emden führt sie ausgerechnet in ihr Heimatdorf. Zum Glück gibt es dort noch ihre Tante Leni, die viel über alte Dorfgeschichten weiß. Ist vielleicht jemand der Meinung, dass sie zuviel weiß?

Elke Marion Weiß

Wattlauf mit dem Tod

Ein Nordsee-Krimi
288 Seiten, TB, 12,90 Euro
ISBN 978-3-95494-222-0

Der abgebrannte Journalist Adrian Blau muss sich seit seinem Rauswurf aus der Redaktion selbst nach lukrativen Aufträgen umtun. Da kommt ihm das unerklärliche Verschwinden der Malerin Jette Alba wie gerufen. Entführung? Erpressung? Oder gar Mord? Adrian macht sich auf die Suche nach der schönen Künstlerin. Die Recherche führt ihn auf eine friedliche nordfriesische Insel. Dort muss er erleben, wie plötzlich das Böse in die Idylle eindringt: Brandstiftung, manipulierte Autobremsen, Baugruben fordern tödliche Opfer. Stehen die Morde in Zusammenhang mit einer ménage à trois, in die auch die Frau eines Politikers verwickelt ist? Oder geht es um das große Bauprojekt Wattenmeerpark am Rande eines Vogelschutzgebiets, das einen Inselkrieg in Gang gesetzt hat, der an Theodor Storms Schimmelreiter erinnert? Oder verbirgt sich etwas Größeres, Gefährlicheres dahinter?

Andreas Mundt

Der vergessliche Fisch

Eine merkwürdige Geschichte aus den Wümme-Wiesen

148 Seiten, Taschenbuch, 14 x 19 cm
10,90 Euro
ISBN 978-3-95494-218-3

Aufstieg und Fall einer dörflichen Weltreligion: In Heuwede, einem winzigen Ort zwischen Fischerhude und Quelkhorn bei Bremen, lebt der Landwirt Knut Harmsen. Eines Tages gerät dem Bauern eine kräftige Ladung Wildkraut-Ex in den Karpfenteich des Bürgermeisters. Und leider sind ihm auch noch Dämpfe von dem Zeug in das Hirn gezogen. Kurz darauf hört Knut zum ersten Mal die Stimme des Fisches. Ein Ereignis, das sich als eine religiöse Offenbarung erweist und nicht nur das Dorfleben gehörig durcheinander bringt.

Neben Knut und dem Karpfen sind auch dabei: ein atheistischer Bischof, eine fast echte Prinzessin, ein fetter Kater mit Blähungen, drei geheimnisvolle Veganerinnen und viele mehr.

Andreas Mundt

Hühnerhorst

Eine seltsame Reise ans Nordkap

148 Seiten, Taschenbuch, Format 14 x 22 cm
9,90 Euro
ISBN 978-3-95494-146-9

Eigentlich war es seine Frau, die sich am Nordkap die Polarlichter ansehen wollte. Doch die hatte es zu Lebzeiten nicht geschafft. Woran Horst nicht ganz unschuldig war. Also macht er sich auf den Weg. Stellvertretend sozusagen.
Und weil er die beiden Hühner Helene Fischer und Renate nicht alleine zurücklassen kann, nimmt er sie einfach mit. Und weil das Auto gerade kaputt ist, fahren die drei mit dem alten Mofa los.

Werden sie ihr Ziel erreichen? Gibt es in Schweden wirklich fliegende Toilettenhäuschen oder gefährliche Kaninchen? Was haben der Papst und Königin Silvia in dieser Geschichte zu suchen?

Kauzig, komisch, kurios:
Beste Unterhaltung mit skurrilem Humor – nicht nur für Schwedenliebhaber.

Christa Picard

Mord im Moorexpress

Krimi, 4. Auflage
192 S., TB, 14 x 19 cm
9,90 Euro
ISBN 978-3-95494-139-1

Gerade hat der Moorexpress seine letzte Saisonfahrt beendet, da entdecken die Eisenbahner in ihrem Zug einen Toten. Die Mordkommission steht vor einem Rätsel: Bei dem Opfer, einem älteren, gut gekleideten Herrn, finden sie keine Hinweise auf seine Identität. Niemand hat etwas von dem Mord mitbekommen. Die Ermittler machen sich auf die Suche nach den Mitreisenden. Einer von ihnen muss der Mörder sein …

Der Krimi handelt in nahezu allen Orten an der Moorexpress-Strecke: Bremen – Osterholz-Scharmbeck – Gnarrenburg – Worpswede – Bremervörde – Stade.

Katrin Steengrafe

Mord an der Wümme

Ein Krimi in HB und ROW, Bd. 2, 2. Auflage
244 S., TB, 14 x 19 cm
9,90 Euro
ISBN 978-3-95494-126-1

Der 20-jährige Sven Hartmann wird am Borgfelder Deich tot aufgefunden. Weder ein Motiv noch weitere Hintergründe des Mordes sind erkennbar. Die Kommissarin Rieke Senger tappt bei ihrem ersten Fall in Bremen völlig im Dunkeln. Welche Rolle spielt der Verein »Helfende Hände e.V.«, bei dem Hartmann gerade eine Ausbildung absolvierte und Carmen Schütte ihre Stelle antritt? Die einzige Zeugin, ein depressives Mädchen, hüllt sich in Schweigen …

Christa Picard

Die Tote im Apfelgarten

Ein Krimi aus dem Alten Land
Taschenbuch, 192 Seiten
12,90 Euro
ISBN 978-3-95494-243-5

Kurz nachdem Kommissarin Gisela Schmidt die Leitung der Mordkommission in Stade übernommen hat, wird in einer Apfelplantage in Jork eine tote Frau entdeckt. Die Aufklärung des Falls stellt sie vor besondere Herausforderungen mit dem neuen Team. Der Fall führt an viele Orte im Alten Land und entlang der Unterelbe, aber auch ins Teufelsmoor im Landkreis Osterholz bis nach Worpswede. Außerdem enthält der Krimi viel Wissenswertes über die Geschichte und Kultur des Alten Landes.